전지적 독자 시점

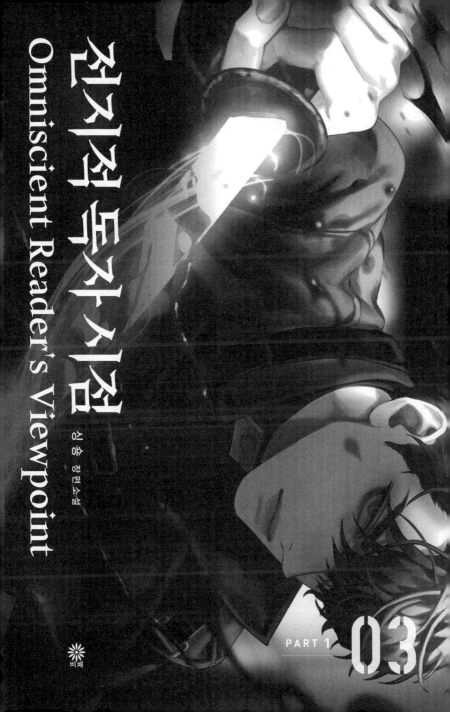

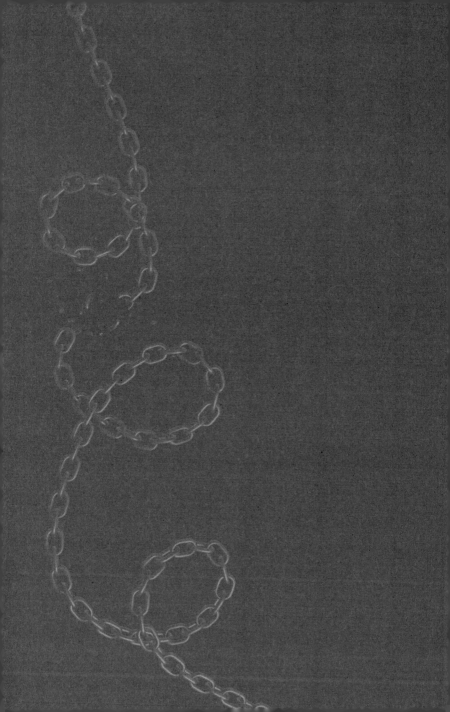

차례

Episode 10

미래 전쟁

(2)

6

착각이 아니었다.

내 이름을 들은 녀석의 눈이 순간적으로 커졌다.

"설마?"

녀석이 내 얼굴을 유심히 바라보았다. 그러고 보니 멸살법에는 유중혁에 관한 묘사가 꽤 나온다. 특히 '잘생겼다'라는 표현이 굉장히 많았다. 그리고 내 얼굴은…….

"왜 그러지?"

"아, 아닙니다."

녀석의 말투가 아주 공손하게 바뀌어 있었다. 모르긴 해도 지금 머릿속이 한창 복잡한 상태일 것이다. 적어도 한 가지는 틀림없다. 눈앞의 이 녀석은 분명 멸살법을 읽었다. [등장인물 일람]에 등록되지 않은 것도 그렇고, '유중혁'이라는 이름을 듣고 놀라는 모습을 보면 더욱 확실하다.

녀석의 다급한 눈길이 내 곁의 이현성에게 돌아갔다.

[특성 간파]…… 그렇군. 정보를 캐시겠다?

나는 일부러 적당히 관찰할 시간을 준 후 입을 열었다.

"눈알 조심해서 굴리는 게 좋을 거다."

"……."

녀석은 이현성의 이름을 확인했고, [특성 간파]로 내 특성 창을 엿볼 수 없다는 사실도 알았을 것이다. 멸살법을 얼마나 읽었는지는 모르겠지만, 유중혁의 얼굴을 모르면서 떠올릴 만한 심증은 몇 개 되지 않는다.

그중 대표적인 것이 바로 만능 탐지 및 탐지 방어가 가능한 SS급 스킬 [현자의 눈]이다. 그리고 이제 녀석은 내가 [현자의 눈]을 가졌다고 확신하기 시작했을 것이다.

"고작 B급 스킬로 엿보면 모를 줄 알았나?"

녀석의 눈동자에서 시작된 경련이 이내 얼굴 전체로 번져 갔다. 헤매던 눈이 마지막으로 향한 곳은 내가 등에 짊어진 충무로역의 '붉은색 깃발'. 그렇겠지. 정확히 거기까지가 네놈이 찾을 수 있는 '유중혁 증거'의 한계치일 테니까.

"……근데 이 새끼가!"

아직 상황 파악을 못 했는지, 전방에 있던 사내 중 하나가 나를 향해 위협적으로 창을 겨누었다. 정희원과 이현성이 앞으로 나서려는 순간.

퍼억!

창을 든 사내의 머리가 터지며 새빨간 피가 분수처럼 뿜어졌다. 움츠러드는 무리의 비명. 후두둑 떨어지는 피보라 너머로 표정을 심각하게 굳힌 녀석이 보였다.

……이 자식 봐라?

녀석은 무리를 헤치고 천천히 내 앞으로 걸어 나왔다.

"죄송합니다. 귀인 앞에서 못난 광경을 보였군요."

"뭐냐? 네놈은."

말투는 차갑지만 애써 표정을 관리하는 게 보였다. 제법 용쓰는군. 하긴 내가 너라도 지금 심장이 터질 것 같을 테니.

"정식으로 소개하겠습니다. 제 이름은 이성국. 동묘앞역의 부대표를 맡고 있습니다."

어느새 눈앞까지 다가온 녀석이 깍듯이 고개를 숙였다. 그럼 어디 본격적인 유중혁 코스프레를 시작해볼까.

나는 놈을 한 번 쏘아봐준 후 냉혹한 목소리로 입을 열었다.

"동묘앞? 그렇군. 그럼 이세 꺼져라."

"……예?"

"여긴 지금부터 내 역이니까, 내놓고 꺼지란 말이다."

놈이 멍하니 입을 벌렸다.

"그게 무슨……"

"내 말이 말 같지 않은 모양이지?"

나는 동묘앞역 깃발이 꽂혀 있는 깃발 꽂이를 내려다보았다. 뒤늦게 이성국이 말뜻을 알아들었다.

"그, 그건 불가능합니다. 이미 차지한 역은 양도할 수 없습……."

"내가 바본 줄 아나? 네놈은 부대표잖아."

"예?"

"부대표 이상의 권한을 가지고 있다면, 역을 임의로 양도할 수 있다. 그것도 몰랐나?"

"……!"

"셋 셀 때까지 내놓지 않으면 네놈들 목을 자르겠다. 하나."

이성국의 얼굴이 천천히 굳어졌다. 사내들이 천천히 나를 둘러싸며 흉흉한 기세를 내뿜었다. 정희원과 이현성은 내가 왜 갑자기 이런 미친 짓을 벌이는지 몰라 초조한 기색이었다. 나는 계속해서 말했다.

"농담처럼 들리는 모양이지? 둘."

십 년 전에 읽어서 기억이 가물가물하신가? 유중혁이 어떤 놈인지 까먹은 모양이군. 그럼 내가 친히 기억을 되살려주마.

[전용 스킬, '백청강기 Lv.2'를 발동합니다!]

['신념의 칼날'이 활성화됩니다.]

칼날에서 새하얀 섬광이 타오르는 것을 보며 이성국의 낯빛이 창백하게 물들었다.

이것은 치킨 게임이다. 유중혁의 이름을 기억한다는 것은, 어떤 녀석인지도 조금은 알고 있다는 뜻. 초반의 유중혁이 얼마나 무자비한지 안다면, 절대로 이 승부를 계속할 수 없다.

만약 녀석이 유중혁을 제대로 모른다면? 그럼 그것대로 상관없다. 뭣하면 한판 붙으면 되고, 질 것 같으면 도망가면 된다. 지금의 나에게 그 정도 힘은 충분히 있다.

"세―"

내 입이 벌어지며, 분위기가 절정에 이른 바로 그 순간.

"자, 잠깐만요! 드, 드리겠습니다!"

자식, 멸살법을 읽긴 읽었네. 그런데 제대로 읽진 않았어.

"필요 없어."

"……예?"

"네놈은 너무 늦게 대답했다."

"예?"

"여기 하나론 부족해. 동대문역도 내놔라."

정희원이 경악한 얼굴을 했다. 그렇게 막 나가도 되느냐는 눈빛이었다.

막 나가도 된다. 아니, 막 나가야 한다. 왜냐하면 나는 지금 유중혁이니까. 내가 유중혁이라고 믿게 만들기 위해서는, 더욱 말도 안 되는 깽판을 놓아야만 한다.

나는 이성국을 향해 검을 겨누며 말했다.

"내놓지 않으면 거래는 없던 것으로 하겠다."

"하, 하지만……!"

"다시 셋 센다. 하나."

이성국의 표정이 실시간으로 변해갔다.

내가 유중혁이라고 믿기 시작했으니 아마 속이 타들어가는 심정일 것이다. 여기서 주인공이랑 적이 되면 어떤 꼴이 될지 빤하니까.

과연 녀석은 어떻게 대처할까? 임기응변이 어떠냐에 따라 나와 이 녀석들과의 관계도 정해질 것이다.

"도, 동역사역까지는 제 권한으로 드릴 수 있습니다! 하지만……."

"하지만?"

"동대문역까지 넘기는 건 제가 결정할 수 없습니다. ……괜찮으시다면 저희 대표님을 만나주시겠습니까?"

훌륭한 대처. 내가 딱 원하는 수준의 먹잇감이랄까.

이성국은 계속해서 입을 나불거렸다.

"유중혁 님의 명성은 익히 들어 알고 있습니다. 그러니 대표님이라면, 유중혁 님을 뵙기를 고대하고 계실 겁니다. 부디 저희 그룹이 유중혁 님과 대화할 수 있는 기회를 주십시오."

"나를 안다고?"

"어떻게 유중혁 님을 모르겠습니까?"

그렇게 말하던 이성국이 흠칫 어깨를 떨었다. 자기도 뭔가 이상한 말이라고 생각했겠지. 아직 유중혁이 유명해지기는 이른 시기니까.

"아, 아무튼 동행해주신다면, 일생의 영광으로 알겠습니다."

나는 녀석을 지그시 노려봐주다가 대답했다.

그래, 이 정도면 합격이다.

"좋아, 안내해봐."

이성국의 표정이 급격하게 밝아지더니 쓸데없는 소리를 덧붙였다.

"혹 사소한 걱정은 마십시오. 제가 모시는 왕의 명예를 걸고, 유중혁 님께 일말의 해도 끼치지 않을 것을 맹세합니다."

[동묘앞역 부대표 '이성국'이 '왕의 명예'를 걸었습니다.]
[만약 이 맹세를 어길 시, 이성국은 스스로 징벌형에 처해질 것입니다.]

성급한 녀석이군. 하지만 내가 정말 유중혁이라고 생각했다면 당연한 일을 한 것이다. 예상보다 초반부 유중혁에 대한 이해도가 출중한데?

그럼 그에 맞게 보답을 해줘야지.

"내게 해를 끼쳐? 네놈들이?"

"물론 저희가 다 덤벼도 유중혁 님의 손가락 하나 건드릴 수 없겠지만 밀입니다. 하, 하하. 저, 그림 이쪽으로."

"잠깐."

"예?"

나는 동역사역의 깃발 꽂이를 가리켰다.

"이건 주고 가야지."

"……"

['동대문역사문화공원역'을 양도받았습니다.]
[현재 점거지: 충무로(본진), 명동, 동대문역사문화공원]

['붉은색 깃발'의 공적치가 상승합니다.]

눈앞에서 바뀌는 역의 깃발.

시작이 아주 좋다. 아니, 이렇게 쉬워도 되는 거야?

"그럼 가자고."

부들부들 어깨를 떠는 이성국을 보고 있자니 기분이 묘해진다.

이대로 유중혁으로 계속 살아도 괜찮지 않을까?

☼ ☼ ☼

우리는 이성국의 안내를 받아 동묘앞역으로 진입했다.

내 정체를 모르는 동묘앞 그룹 녀석들은 수군거리는 눈치였지만, 이성국의 태도가 워낙 완강해 반발하지 못하는 것 같았다.

나는 일행들과 함께 무리의 꼬리 쪽에서 걸었다. 아까부터 망설이던 이현성이 나를 보며 기어코 입을 열었다.

"저기, 독자······."

눈치 빠른 정희원이 이현성의 허리를 찔렀다. 허파에서 바람 빠지는 소리와 함께 이현성이 신음을 흘렸다.

역시 정희원이다. 상황은 정확히 몰라도 일단은 분위기를 맞출 줄 안다.

나는 입 모양으로 말했다.

'말 안 해도 어떻게 해야 할지 대충 알겠죠?'

'네, 대충은요.'

나는 정희원을 한 번 보고, 이현성이 들쳐 메고 있는 강일훈을 바라보았다. 지금 제일 요주의 인물은 바로 저 녀석이다.

'저놈 입단속 잘 시켜요. 알겠죠?'

미미하게 고개를 끄덕인 정희원이, 이어서 수상한 몸짓을 했다.

과장스럽게 쩌렁쩌렁한 목소리를 내며 내 앞에 무릎을 꿇었다.

"넵, 중혁 님! 분부대로 하겠습니다!"

누가 봤다면 중세의 기사라도 되는 줄 알았을 것이다. 우습게도 화들짝 놀란 이현성이 마찬가지 짓을 벌였다.

"바, 받들겠습니다……!"

둘의 목소리를 들었는지 선두에 있던 이성국이 깜짝 놀라 이쪽을 돌아보았다. 민망한 상황이기는 해도 결과적으로는 잘되었다. 이성국의 속내를 읽을 수는 없지만, 읽을 수 있다면 분명 이런 느낌이었을 것이다.

「역시 유중혁이 틀림없군.」

나와 시선이 마주친 이성국이 재빨리 앞으로 고개를 돌렸다.

……이게 주인공의 기분이었군그래.

얼마 지나지 않아 우리는 동묘앞역 플랫폼에 도착했다. 꽤 세력을 이룬 그룹이라 그런지 상당히 많은 사람이 모여 있었다. 이성국의 부대처럼 병장기를 착용한 사람도 있지만, 대부분은 아무것도 지니지 않았다.

아마 그룹을 잃은, 다른 역의 방랑자들이리라.

"빨리빨리 움직여!"

"아, 알겠습니다."

그들은 동묘앞 그룹의 감시 속에서 땅강아쥐의 고기를 도축하거나, 괴수 사체를 분해해 장비를 만들고 있었다.

이른바 '노예' 계급. 왕의 시대가 도래한 이후에는 흔히 있을 풍경이었다. 정희원이 인상을 찌푸렸다.

"무슨 왕국도 아니고……."

나는 그런 정희원을 향해 말했다.

"경거망동하지 말고, 일단 여기서 대기하며 상황을 살피고 있어라."

"예에에……."

나는 정희원을 무시하고 주변을 관찰하기 시작했다. 혹시 모를 추가적인 변수를 고려하기 위해서였다. 동묘앞은 원작에서도 꽤 중요한 터전이 되는 역이다. 내 기억이 맞는다면 이곳의 대표는 그 '폐인' 녀석인데.

하지만 선지자들이 개입했다면 이야기의 향방이 상당히 달라졌을 가능성이 컸다.

나는 멀찍이 앞서가는 이성국의 뒤통수를 보며 생각했다.

현시점에서 내가 궁금한 것은 두 가지다.

하나, 저 이성국이란 놈도 나처럼 '파일'이 있느냐는 것.

둘, 저놈과 같은 〈선지자들〉이 몇 명이나 되느냐는 것.

그리고 굳이 셋을 꼽자면, 저놈도 나와 같은 '스킬'을 가지고 있느냐 하는 것인데…… 아무래도 아닌 것 같았다. 그랬다면 녀석은 처음부터 [특성 간파]가 아니라 나처럼 [등장인물 일람]을 사용했겠지. 게다가 내가 [등장인물 일람]을 쓸 때 따로 방어 메시지가 뜨지 않았으니 [제4의 벽]이 있는 것 같지도 않았다.

즉, 저놈은 유상아나 이길영과 같은 케이스라는 뜻이다.

하긴 3,000화가 넘는 소설을 읽은 사람은 나뿐인데, 겨우 수십 화 읽은 녀석들한테까지 같은 특전이 간다면 그건 좀 불공평하다.

그렇게 따지면 녀석들에게는 파일이 없을 것이라는 추측이 온당한데, 그래도 혹시 모르는…….

근데 저 자식, 아까부터 뭘 저렇게 열심히 보는 거지?

선두의 이성국이 아까부터 자신의 스마트폰을 들여다보고 있었다.

[민첩에 5,000코인을 투자했습니다.]

[민첩 Lv.20 → 민첩 Lv.30]

[놀라운 기민함이 당신의 전신에 깃듭니다.]

나는 바람처럼 은밀하게 이성국을 향해 접근했다.

"뭘 그렇게 열심히 보는 거냐?"

"허엇. 아무것도 아닙니다!"

황급히 스마트폰을 끄며 뒤로 숨기는 녀석. 찰나의 순간이지만 언뜻 화면이 보였다. 노란색 배경의 익숙한 말풍선. 순간 위화감이 들었다.

눈이 잘못되지 않았다면 방금 내가 본 건 분명 '단톡방' 화면이었다.

인터넷이 된다고? 지금 여기서?

그럴 리가 없었다. 시나리오가 시작된 이후 서울 전역은 도깨비들의 채널 활성화로 인해 인터넷이 차단되었으니까.

아니지, 잠깐만. 여기는 그 '폐인'이 있는 동묘앞역이지……
그렇군. 그래서 인터넷이 가능한가?

불안한 얼굴로 내 눈치를 살피던 이성국이 입을 열었다.

"저, 유중혁 님?"

"왜."

"도착했습니다. 대표님께서 안에서 기다리고 계십니다."

나는 플랫폼 중앙에 조악하게 세워놓은 중형 천막을 보았다. 꼴에 대표라고 엉성하게나마 구색을 갖춰놓았다.

"앞장서라."

이성국이 꾸벅 고개를 숙이며 나를 안내했다. 천막을 젖히고 들어서자 제법 화려한 내부가 드러났다. 허름한 천막으로 만들었다기에는 믿을 수 없을 정도로 호화로웠다.

붉은 융단이 깔린 바닥과, 고급 호텔에서 훔친 듯한 융숭한 침대. 회의용 원탁이 놓였고 심지어 컴퓨터가 설치된 작은 데스크도 있었다.

가장 흥미로운 것은, 그 컴퓨터로 한창 인터넷 서핑에 몰두한 소년이었다. 길영이보다 두어 살쯤 많아 보이는 얼굴. 새카만 눈 그늘을 드리운 채 잠옷 바람으로 의자 위에 앉아 있는 소년.

그리고 품에 꼭 끼운 '남색 깃발'.

대단하다.

이 소년은 벌써 '왕의 길'을 반 이상 지나왔다.

[전용 스킬, '등장인물 일람'을 발동합니다!]

〈인물 정보〉

이름: 한동훈
나이: 17세
배후성: 장막 뒤의 그림자
전용 특성: 고귀한 은둔형 폐인(영웅)

전용 스킬: [광역 인터넷 Lv.5] [댓글 조작 Lv.3] [키보드 어택 Lv.3] [소식小食 Lv.6] [음파 차단 Lv.2]…….

성흔: [존재 부재 Lv.2]

종합 능력치: [체력 Lv.10] [근력 Lv.10] [민첩 Lv.19] [마력 Lv.26]

종합 평가: 은둔형 폐인의 정점인 '고귀한 은둔형 폐인'입니다. '광역 인터넷' 스킬을 통해 도깨비의 채널망을 뚫고 특정 기기에 가상의 랜선을 설치할 수 있습니다.

놀라운 여론 선동 능력을 가졌지만 아직 방어기제가 충분히 형성되지 않아 멘탈이 취약한 상태입니다. 해당 인물의 배후성은 현재 자신의 화신이 처한 상황에 불만이 많습니다.

* 현재 해당 인물은 강력한 최면에 걸려 있습니다.

확실히 기억이 난다.

동묘앞의 왕.

아마 이 소년은 얼마 지나지 않아 '은둔한 그림자의 왕'이 될 것이다. 하지만 지금 가엾은 소년 왕은 한창 인터넷 댓글 놀이에 빠져 있었다.

─그런데 지금 서울만 고립되어 있는 거 진짜임? ㅋㅋ 강

남 땅값 폭락할 듯~~ 땅부자들 눈물 나서 어쩌냐??

└아니 서울뿐만 아니고 지금 전세계 수도가 다 그 꼴임.
도쿄랑 베이징이랑 전부 다 그 돔 안에 갇혔음

└서울 탈환 작전은 어떻게 됨? 어제 시작했다며?

─ ㅋㅋㅋ 카더라긴 한데 지금 저 안에 있는 사람들 전부 무
슨 초능력 각성했다 함 ㅋㅋㅋ 무슨 판타지도 아니고~

└괴물들 나타났을 때부터 이미 판타지였음

모처럼 보는 인터넷 화면이 낯설었다.

새삼 실감이 난다. 그랬지. 지금 우리는 이런 상황에 처해
있었지.

바깥에서는 아직도 많은 사람이 사태의 진실을 모르고 있다.

이윽고 소년 왕의 손가락이 움직이기 시작했다.

─근데 혹시 '신지자들'이라고 들어봄? 뭔시는 모르셌는데,
이 사태의 비밀을 안다고 주장하는 놈들임 ㅎㅎ

[등장인물 '한동훈'이 '댓글 조작 Lv.3'을 발동했습니다.]

발동 메시지가 뜨자마자, 마치 자석에 이끌린 듯 수십 개의
댓글이 소년이 쓴 글 아래로 들러붙었다.

└구라겠지 그걸 믿냐?

└나도 그런 줄 알았는데 아닌 듯? 얼마 전에 무슨 계시인가 예언인가 풀렸는데 전부 그 새끼들 말대로 됐음 진짜임

└그 새끼들 활동처가 어디? 주소 좀 쏴봐

댓글들은 엄청난 파급력을 가지고 온라인 곳곳으로 번져가기 시작했다. 놀랍다. 설마 이 능력을 벌써 이런 식으로 활용하고 있을 줄이야.

"한동훈 대표님?"

이성국의 부름에 그제야 소년이 고개를 들었다.

"귀한 손님께서 오셨습니다. 인사하시지요."

소년, 한동훈의 퀭한 눈이 나를 향했다.

"아, 아아, 안, 안녕⋯⋯하세요."

한동훈은 정상이 아니었다. 멸살법에서는 무려 서울 7왕으로 꼽힌 소년이 이렇게나 초췌한 모습이라니. 대인기피증이 심하다는 설정이기는 했지만 이 정도까지는 아니었을 텐데.

비틀비틀 일어난 한동훈이 원탁 가까이에 있는 의자에 앉더니 이내 손톱을 물어뜯기 시작했다.

이성국이 만족한 듯 미소를 지었다.

"자, 유중혁 님. 이제 슬슬 대표님과 본격적인 이야기를 해 볼까요."

나는 한동훈을 가만히 바라보다가 피식 웃었다.

"이야기? 무슨 이야기?"

"예?"

"지금 나랑 장난치자는 거냐?"

텅 빈 한동훈의 눈동자.

"……이놈이 '대표'라고?"

분명, 원작대로라면 이 소년이 동묘앞역의 대표가 맞다. 명목상으로도 그렇다.

하지만 '대표'라는 말이 곧 '실세'를 뜻하는 것은 아니다.

"언제까지 나를 놀릴 셈이지? 인형을 앉혀놓고 얘기하게 만들 셈인가?"

옆을 돌아보자 이성국이 손을 떨고 있었다. 아마 [현자의 눈]이 그런 사실까지 알아낼 줄은 몰랐겠지. 녀석은 순간적으로 스마트폰을 열어 뭔가 확인하더니 한숨을 내쉬었다.

"……유중혁 님, 역시 보통이 아니시군요. 제 불찰을 용서해 주십시오."

"이 역의 실세는 네놈이군. 그렇지?"

"그렇습니다."

"다른 사람들은 알고 있나?"

"간부 몇 명만 압니다."

강력한 능력을 가진 인물을 허수아비로 세워놓고 역을 장악한다. 멸살법에서도 자주 쓰이는 레퍼토리지만 막상 현실로 보니 기분이 묘했다.

"어차피 네놈이 실세라면 왜 굳이 날 여기까지 데려왔지?"

"사람들 눈을 피하기 위해섭니다. 아시는지 모르겠지만, 이 천막 주변에는 [음파 차단] 스킬이 걸려 있습니다."

예상은 했다. 실제로 한동훈의 능력 중에 그런 게 있으니까.

"그 정도로 중요한 일인가?"

"그렇습니다. 유중혁 님께, 그리고 저희 모두에게 중요한 일입니다."

숨을 흡, 하고 들이켜더니 이성국이 말을 이었다.

"저는 〈선지자들〉입니다. 좀 더 정확히 말하면 그들 중 하나지요."

드디어 원하는 정보가 나오려는 모양이다. 나는 잠자코 놈의 다음 말을 기다렸다.

"지금 저희가 느끼는 엄청난 희열을, 유중혁 님은 결코 모르실 겁니다. 왜냐하면 저와 제 동료들은 그저 유중혁 님의 위대한 승리를 위해 이날만을 기다려왔기 때문입니다."

갑자기 놈이 이상한 소리를 하기 시작했다.

"저희는 유중혁 님의 특별한 능력을 알고 있습니다. 몇 번이고 죽어도 다시 과거로 돌아가는 기적. 이 세계에서, 유중혁 님께서만 가지신 특별한 힘!"

성좌들의 필터링이 조금 신경 쓰였지만 일단은 계속 들어보기로 했다.

"아마 이미 몇 번의 삶을 반복하셨을 겁니다. 끔찍한 적과 맞서 싸우셨고, 사람들을 구하기 위해 이계의 존재와 투쟁해오셨지요. 오직 홀로, 외로운 기억을 안은 채…… 그 숭고한 정신을 저희는 진심으로 존경하고 있습니다."

이 자식, 아부 잘한다. 유중혁이 들었으면 감동해서 눈물이라도 줄줄 흘렸겠는데. 나중에 유중혁이 우울해지면 내가 생각해낸 것처럼 말해줘야지.

"하지만 지난 회차를 통해 깨달으셨을 겁니다. 설령 유중혁 님께서 뛰어난 기적을 행하시는 분이라 하여도, 혼자만으로는 다가올 재앙에 맞서 싸울 수 없다는 사실을요."

게다가 제법 맞는 말도 하고.

"그렇지만 유중혁 님, 이번 회차는 다를 겁니다. 저희가 있으니까요. 저희 〈선지자들〉은 특별한 가호를 받아, 오직 유중혁 님을 돕기 위해 이번 회차에 파견되었습니다."

와, 이것 봐라?

이성국이 희미한 미소를 지었다.

"의아하시겠지요. 지난 회차까지는 없던 녀석들이 어째서 갑자기 나타났는가. 무척 혼란스러우시겠지만, 부디 저희를 믿어주셨으면 좋겠습니다. 왜냐하면 저희는 이미 십 년 전부터 이날을 대비한 계시를 받아있기 때문입니다."

"……계시?"

"예. 이번 회차의 세계에는, 저희 〈선지자들〉 사이에 은밀히 전해오는 '계시록'이 있습니다. 유중혁 님께서 살아오셨고, 또 살아가실 신화神話. 그 모든 과거와 미래를 기록한 단 하나의 계시록 말입니다."

잠깐만. 설마 그 계시록이?

"아직 믿지 못하시는 표정이군요. 저희는 유중혁 님께서 '강철검제 이현성'을 휘하로 거두실 것도 알고 있었습니다. 같이 오진 않으셨지만, 아마 '망상악귀 김남운'과 '해상제독 이지혜'도 이미 거두셨겠지요. 하지만 그들만으로는 부족합니다. 적어도 계시록에 따르면……."

나는 초조한 마음을 감추며 물었다.

"그 계시록은 어디 있지?"

"안타깝게도 지금은 훼손되어 원본을 찾을 수가 없습니다. 그러나 걱정 마십시오. 저희는 각자 그 계시의 파편을 기억하고 있고, 그 파편을 통해 유중혁 님께서 올바른 길을 걸어가실 수 있도록 준비하고 있습니다."

오호라.

"만약 줄곧 해오신 방식으로 이번 회차를 살아가신다면, 유중혁 님께서는…… 또다시 죽음을 맞으실 겁니다. 하지만 저희와 함께라면 다릅니다."

주절주절 나불대는 이성국. 나는 천천히 눈을 감았다 뜨며 말했다.

"그렇군."

이성국이 황급히 말을 멈췄다. 아마 놈은 긴장하고 있을 것이다.

유중혁에게는 [거짓 간파]가 있으니까.

물론 내게는 그 스킬이 없다.

하지만 있더라도 놈의 이야기는 [거짓 간파]에 걸리지 않을 것이다. [거짓 간파]는 저런 은유적인 이야기의 허실虛實은 가릴 수 없다.

그래서 더욱, 지금 내 심경은.

"……놀랍군."

그러했다. 진심이었다.

이건 뭐, 놀라운 걸 넘어서서 경악할 정도로 대단한 '설정'이다. 그 짧은 새 잘도 이딴 설정을 짜내다니. 인간의 창의력이란 실로 대단하지 않은가.

"이성국이라고 했던가?"

"예, 유중혁 님."

네가 멸살법 작가 해도 되겠다, 인마.

개복치처럼 죽어나가는 주인공을 돕기 위해, 계시를 받고 소설 바깥에서 찾아온 독자들이라니.

진짜 멸살법보다 이쪽이 더 흥미진진하게 여겨질 지경이다.

근데 그건 그거고.

"빙빙 돌아가지 말고."

이건 이거다.

"바로 본론으로 들어갔으면 좋겠군."

설정 놀음은 실컷 들어줬으니 이제 이쪽에서 말할 차례다.

"네놈들이 미래의 계시를 받았다 치자. 그래서 정확히 뭘 어쩌자는 거지?"

이성국이 재빠르게 대답했다.

"저희는 유중혁 님과 동맹을 맺고 싶습니다. 그, 그러니까 명목상으로는 동맹이지만, 실제로는 휘하로 들어가는 것과 다름없는……."

웃기는 놈이군. 결국 그게 목적이었냐?

주인공 밑에 들어와서 업혀가겠다는 말이잖아?

"그렇군. 동맹이라. 원하는 게 그거란 말이지."

"그렇습니다."

"흥미로운 제안이군."

"그렇다는 말씀은……."

나는 손가락으로 데스크를 톡톡 두드렸다.

"그런데 순서가 틀렸어."

"예?"

"정체도 모르는 놈들과 어떻게 동맹을 맺으란 거냐? 나와 동맹을 맺고 싶다면, 일단 네놈 정체부터 까발리는 게 먼저 아닌가?"

"저, 정체라 하심은…… 이미 저는 충분히……."

나는 의자에서 벌떡 일어나 호화 침대로 다가간 뒤 걸터앉았다. 그리고 다리를 꼰 채 입을 열었다.

"꿇어라."

"예?"

"꿇으라고."

잠깐 당황하던 이성국이 애써 표정을 숨기며 의자에서 내려왔다. 놈의 무릎이 천천히 바닥에 닿자 내가 입을 열었다.

"네놈 특성에 대해 읊어봐."

무려 '왕 후보'에게 강력한 [최면]을 걸어놓은 것을 보면 이 놈의 특성이 뭔지 짐작은 간다. 하지만 확실하게 해둘 필요가 있었다.

이성국이 복잡한 눈빛으로 나를 올려다보았다. 아마 열심히 머리를 굴리고 있겠지. 놈은 이렇게 생각할 것이다.

「유중혁은 [현자의 눈]으로 내 정보를 볼 수 있다.」
「이미 아는 정보를 구태여 물어보는 이유는 무엇인가?」

한참이나 고민하던 이성국이 짓씹듯 입을 열었다.

"제 특성은…… '최면술사'입니다."

역시 최면술사였군.

"그렇군."

고개를 끄덕이는 내 모습에 이성국의 표정이 조금 밝아졌다.

시험을 통과했다고 생각하는 모양이다.

"그게 다냐?"

"……예?"

이성국의 시선이 불안하게 떨렸다.

"……하, 하나 더 있습니다."

나는 고개를 끄덕였다.

"말해봐."

"아, 아홉 번째……."

"아홉 번째?"

이성국은 그 말을 하는 것이 몹시 치욕스럽다는 듯 천천히 고개를 떨구며 말을 이었다.

"아홉 번째…… 하차자下車者입니다."

그렇군. 이 자식은 아홉 번째…….

아니, 잠깐만. 그럼 대체 몇 명이나 있는 거야?

11
Episode

선지자들의
밤

1

"아홉 번째 하차자…… 처음 듣는 특성이로군."

"아, 아마 그러실 겁니다. 저희 〈선지자들〉이 나타난 건 이번 회차가 처음이니까요."

지식이 변명은. 나는 조금 놀려주고 싶은 마음이 들었다.

"한데 이상하군. 네놈들이 정말 '계시'를 얻었다면 왜 '계시자'가 아니라 '하차자'지? 하차자가 대체 무슨 뜻이냐?"

"그, 그건…… 아마 계시록이…… 아니, 계시록을…….'"

이성국이 말을 더듬었다. [거짓 간파]에 안 걸리려고 용을 쓰는 모양새가 기특했다. 과연 얼마나 솔직할 수 있을지 궁금하군. 이성국이 눈을 질끈 감은 채 말을 이었다.

"계시록을 읽다가 만…… 순서가 아닐까 싶습니다!"

"읽다가 말았다고? 왜 읽다가 말았지?"

"계시록 내용이 워낙 어렵고, 방대하고, 또한 심오하다 보니……."

"그래서 넌 그중 아홉 번째로 읽기를 그만두었다, 이거냐?"

"네에……."

"겨우 그런 정도면 나한테 별 도움이 안 될 것 같은데?"

"아, 아닙니다! 확실히 도움을 드릴 수 있습니다!"

당황한 이성국은 계속해서 횡설수설하더니, 스마트폰을 껐다 켰다 하며 불안한 움직임을 보였다.

"스마트폰은 왜 자꾸 만지작거리는 거냐?"

"죄, 죄송합니다. 제가 스마트폰 중독이라……."

보나 마나 다른 하차자 녀석들에게 조언을 구할 셈이었겠지. 하지만 그리 두지 않는다.

"아까 보니까 인터넷이 되는 것 같던데?"

"그, 그렇습니다. 저 은둔형 폐인의 능력을 이용해서……."

이성국의 말에 나는 한동훈 쪽을 일별했다. 최면에 당한 소년은 무심한 눈으로 자신의 손톱을 물어뜯기 바빴다. 강력한 정보 조작 능력을 가진 '은둔한 그림자의 왕'.

이 소년을 계속 〈선지자들〉 밑에 둘 수는 없었다.

만약 모든 선지자가 이런 식으로 이야기에 개입하고 있다면 원작을 망칠 테고, 내가 세워둔 계획은 물거품이 되고 만다. 모든 게 잘못되기 전에 이놈들을 멈춰야만 한다.

"다른 〈선지자들〉도 하차자라는 특성을 가진 거냐?"

"……그렇습니다."

"총 몇 명이지?"

"그건……."

이성국은 잠시 망설이는 듯하다가 입을 열었다.

"지금까지 알려진 것은 대략 사십팔 명 정도입니다."

사십팔 명? 생각보다는 적다.

멸살법 1화의 조회 수가 1,200대고, 10화의 조회 수가 120대인 걸 감안하면 적어도 백여 명은 있을 거라고 생각했는데. 이성국은 그런 내 궁금증을 해결해주기라도 하듯 말을 이었다.

"아마 본래는 더 많았는데 대부분 첫 번째 시나리오를 넘기지 못하고 죽은 게 아닌가…… 예상하고 있습니다."

"미래를 아는데 죽었다고?"

"그게…… 계시를 받긴 했지만, 저희 모두 그게 '진짜' 계시라는 것을 최근에야 깨달았기 때문입니다."

이제야 조금 납득이 된다.

시나리오가 시작된 순간, 십 년 전에 읽던 수선이 현실이 되었다고 생각한 이는 없었으리라. 이미 기억도 까마득할 테고.

그렇게 생각하니 이성국이 살아남은 게 이상하게 느껴졌다.

게다가 '아홉 번째 하차자'라고 했으니 이놈은 말 그대로 극초반에 하차한 독자일 가능성이 높았다. 대체 어떻게 살아남았지?

"저도 운 좋게 살아남은 케이스입니다. 마침 근처에 있던 또 다른 선지자가 아니었다면 그대로 죽었을 테니까요."

같은 장소에 또 다른 선지자가 있었다?

"그—"

이성국이 말을 이으려는 순간 바닥에서 작은 진동이 일었다. [음파 차단]을 했음에도 전해질 정도의 진동. 나와 이성국은 동시에 천막 밖으로 뛰쳐나갔다.

갑자기 서브 시나리오라도 발생했나 싶었는데 그게 아니었다. 진앙의 중심지에 두 사람이 서 있었다. 서로 마주 보며 으르렁거리는 남녀. 하나는 내가 모르는 얼굴의 남자였고, 그리고 다른 하나는…….

"조연급도 아닌 게…… 감히 나한테 개겨?"

"아까부터 뭐라 씨불이는 거야 이 새끼는."

……아니나 다를까, 정희원이다.

"뭐? 새끼?"

사내가 등에서 거환도巨環刀를 뽑아 들었다. 사내의 종합 능력치는 눈대중으로 봐도 준수한 수준이었다. 하지만 그 정도로는 턱도 없다.

정희원의 몸놀림은 이미 동급 능력치의 화신들을 한참 상회하는 수준이니까.

사내의 공격을 가볍게 피해낸 정희원의 칼날이 움직였다.

[등장인물 '정희원'이 '미카즈키 무네치카'의 특수 옵션, '사신의 발자취'를 발동했습……]

"정희원!"

사내의 목이 잘리기 직전, 정희원의 칼날이 멈췄다. 눈을 부릅뜬 사내의 얼굴이 하얗게 질려 있었다. 그야말로 엄청난 속도의 격차. 내가 말리지 않았더라면 사내는 그대로 죽었을 것이다. 깜짝 놀란 이성국이 달려나갔다.

"정민섭! 지금 뭐 하는 거야!"

당황한 이성국의 표정을 보고 나도 깨달았다.

[전용 스킬, '등장인물 일람'을 발동합니다!]

그리고 예상한 메시지가 떠올랐다.

[해당 인물의 정보는 '등장인물 일람'으로 열람할 수 없습니다.]
['등장인물 일람'에 등록되지 않은 인물입니다.]

그렇군. 저놈두 선지자다.

✷ ✷ ✷

잠시 후, 또 다른 선지자는 이성국과 함께 내 앞에 무릎을 꿇고 앉아 있었다.

"죄송합니다, 제 친구 녀석이 아무것도 모르고 그만…… 야, 너도 빨리 사과드려!"

그제야 거환도의 사내가 나를 향해 고개를 숙였다.

"……죄송합니다."

꽤 자존심이 있는 녀석인지 말과는 다르게 얼굴에서 노기를 완전히 거두지 않았다. 나는 정희원을 보며 말했다.

"정희원, 함부로 경거망동하지 말라 했을 텐데."

"저 새끼가 먼저……!"

"정희원!"

처음으로 정희원이 깜짝 놀란 표정을 지었다.

"……죄송합니다, 유중혁 님."

고개를 꾸벅 숙인 정희원이 돌아서자 이현성이 어쩔 줄 모르는 얼굴로 뒤를 쫓아갔다. 정희원이 이유 없이 누군가에게 칼을 겨눌 인물이 아니라는 것은 나도 잘 안다.

하지만 지금 같은 상황에 함부로 움직이면 위험했다.

거환도의 사내가 나를 보며 물었다.

"유중혁 님이라 하셨습니까?"

"그래, 네놈도 선지자냐?"

"……그렇습니다."

사내는 조금 복잡한 표정이었다. 그는 나를 한 번 보고, 멀어지는 정희원과 이현성 쪽을 한 번 돌아본 후, 이성국을 향해 입을 열었다.

"저, 유중혁 님. 죄송하지만 잠시 자리를 좀 비우겠습니다. 성국아, 잠깐 나랑 얘기 좀 하자."

놈이 천막 바깥으로 나가자 이성국이 쩔쩔매며 나에게 허리를 굽혔다.

"오래 기다리지 않겠다."

"옙!"

유중혁이라면 이렇게 말하지 않았겠지. 하지만 허락한 이유가 있었다. 이성국이 밖으로 나가고 기척이 멀어지자마자 곧바로 비형을 불렀다.

'야, 비형.'

—왜? 한창 재밌는데 또…….

'청력 강화. 2,000코인.'

—…….

이제 비형도 꽤 적응이 된 모양인지 삼 초도 채 되지 않아 광고를 띄운 후 물건까지 내놓았다.

[2,000코인이 소모됐습니다.]

[전용 스킬, '청력 강화'를 습득했습니다.]

비형이 투덜거리며 말했다.

—야, 네 번째 시나리오부터는 조심해. 이런 광역 시나리오부터는 슬슬 중급 도깨비의 관할…….

나는 비형의 말을 무시하고 바로 스킬을 사용했다.

[전용 스킬, '청력 강화 Lv.1'를 사용합니다.]

나는 [음파 차단]이 걸려 있는 천막 바깥으로 몸을 움직였다. 그러자 목소리가 들려오기 시작했다. 숨기려 한 것치고는 그다지 멀지 않은 위치였다.

"야, 뭔가 좀 이상하지 않냐?"

"뭐가?"

"네가 보기엔 저게 잘생긴 얼굴이냐?"

"갑자기 뭔 소리야."

"작가가 유중혁 잘생겼다고 그랬잖아. 근데 쟨 이목구비도 좀 흐릿하고―"

저 자식이?

다행히 이성국이 비호했다.

"작가마다 취향이 다를 수도 있지. 저분은 유중혁 님이 확실해. 성격 더러운 것도 똑같잖아."

"넌 인마, 겨우 '아홉 번째' 주제에 뭘 안다고…….."

"너도 읽은 지 오래돼서 정확히는 기억 못 한다며!"

"난 그래도 [기억력 특전]을 받아서 몇몇 장면은 꽤 또렷하거든? 넌 특전이 있어도 프롤로그밖에 기억 못 하잖아? 나 없으면 살아 있지도 못했을 놈이…….."

한참 옥신각신하던 둘의 목소리가 가까워졌다.

"아무래도 이상해. 이현성은 그렇다 치고, 저 이상한 여자는 또 뭔데? 내 기억이 맞는다면 3회차에 저런 여자는 없었어."

"그럼 확인을 해보든가. 진짜 유중혁인지 아닌지."

"근데 진짜면 또 어떡하냐……?"

"계획대로 가는 거지. 만약 여기서 유중혁을 손에 넣으면,

50화 이후까지 읽은 놈들한테 제대로 한 방 먹일 수 있어."

이거 아주 쏠쏠한 정보가 술술 들어오는군.

댓글로는 주인공이 호구니 덜떨어졌니 하면서 온갖 욕을 퍼부어대던 놈들이 막상 자기가 그 상황이 되니까 저렇듯 허술하다. 이성국과 거환도의 사내가 가까이 다가오는 것이 보였다.

"오래 기다리시게 해서 죄송합니다. 안으로 들어가시죠."

우리는 다시 천막 안으로 들어왔다.

"유중혁 님. 아까의 무례를 사과드립니다. 다시 인사드리겠습니다. 저는 정민섭이라고 합니다."

거환도 사내가 억지 미소를 지으며 고개를 숙였다. 이렇게 다시 보니 정희원에게 바로 제압당한 것치고는 상당히 좋은 아이템을 가진 녀석이다. 특히 녀석이 목에 건 '도망자의 탈'은 얼굴과 외형을 자유자재로 바꿀 수 있는 유용한 아이템이었다.

나는 곧장 본론으로 들어갔다.

"그래서 네놈은 몇 번째 하차자냐?"

순간 정민섭이 이성국을 노려보았다. 뭐 그런 것까지 말했냐는 듯 힐난하는 눈빛이었다.

"……저는 1089번째 하차자입니다."

1089번째라. 숫자가 확 뛰긴 했지만…… 멸살법 1화와 10화의 조회 수 차이를 생각해보면 이 녀석도 초반 하차자이기는 마찬가지다. 아마 첫 번째 시나리오에서 이성국을 구해주었다는 게 바로 이 녀석이겠지.

"계시록을 읽은 선지자로서, 유중혁 님을 만나 뵙게 되어 일생일대의 영광입니다. 그런데 유중혁 님. ……죄송합니다만 몇 가지 질문을 드려도 되겠습니까?"

"질문? 무슨 질문?"

"그것이, 유중혁 님에 관한……."

"내가 진짜 유중혁인지 의심하는군?"

"……그, 그건 아닙니다만."

내 강렬한 시선에 녀석의 얼굴이 벌겋게 물들었다.

"해봐."

"예?"

"해보라고."

당황하던 정민섭이 고개를 끄덕였다.

"저…… 그럼 송구스럽지만 실례하겠습니다."

이놈들을 제대로 속이려면 나 역시 몇 가지 확실히 짚고 넘어가야 할 부분이 있다.

"3회차의 유중혁 님은 '망상악귀 김남운'을 동료로 데리고 계신 것으로 알고 있습니다. 그런데 오늘 보니 김남운 대신 낯선 여자가 함께 있더군요."

"……."

"장도를 찬 것으로 보아 이지혜인가 싶었지만, 암만 봐도 십 대로 보이는 얼굴은 아니었습니다. 아까 다른 이름으로 그 여자를 부르시는 것도 들었고요."

기억력도 관찰력도 대단히 좋은 놈이다. 정민섭의 말처럼 이미 이 세계는 내가 알던, 그리고 놈들이 알던 3회차와는 달라졌다. 그렇다면 지금부터 나는 이 달라진 세계를 최대한 '내 입맛에 맞게' 바꿔야 했다.

"왜 망상악귀를 데리고 다니지 않느냐고 묻는 거라면, 대답은 간단하다. 지금 이 회차에 망상악귀는 존재하지 않는다."

"예? 어, 없다고요? 혹시…… 죽었습니까?"

"그래."

놈들의 얼굴이 당혹감으로 물들었다. 그럴 리가 없다는 듯 정민섭이 물었다.

"아니, 어떻게…… 대체 누가 김남운을 죽인 겁니까?"

"망상악귀 김남운은……."

서서히 입을 벌리는 선지자 녀석들을 보며, 나는 슬슬 마지막 쐐기를 꽂기로 했다.

"너희와 같은 선지자의 손에 죽었다."

"저, 저희와 같은 선지자라고요?"

"그래. 처음에는 그놈이 선지자라는 것을 몰랐는데 이제 보니 그랬던 것 같군. 그놈도 너희처럼 미래를 알고 있었다."

"……예?"

"게다가 너희보다 훨씬 많이 아는 것 같더군. 놈은 망상악귀를 죽인 것으로도 모자라 시나리오 초반부에 있는 히든 시나리오를 독식했다. 덕분에 내 계획이 상당히 꼬였어."

"그, 그런 놈이 있을 리가……?"

물론 있다. 바로 네 눈앞에.

"심지어는 내 이름을 사칭하고 다니는 것 같더군. 지난번에 마주쳤을 때 죽기 직전까지 패줬는데, 아직도 충무로역 인근에서 활동하고 있을 가능성이 크다."

[성좌, '은밀한 모략가'가 당신의 뻔뻔함에 감탄합니다.]

"……충무로역? 설마?"

정민섭은 화들짝 놀라더니, 이성국처럼 스마트폰을 열어 자판을 두드리기 시작했다. 아마 다른 선지자들에게 정보를 알리는 거겠지.

그 외에도 정민섭은 내게 몇 가지 질문을 던졌고 나는 간단히 놈의 질문에 대답했다.

"그랬구나! 아…… 그래서 3회차에 이런 변화가…… 진짜 유중혁 님이 맞으셨군요."

정민섭은 진심으로 감동한 얼굴이었다.

"망상악귀 대신 저 여자를 얻으신 것도 이해가 갑니다. 김남운을 대신하기에도 충분해 보입니다. 저를 한 방에 제압할 정도라면……."

가장 주효했던 것은 놈들의 오해였다. 잠시 생각하던 정민섭이 말을 이었다.

"그런데 유중혁 님 말씀을 듣다 보니 망상악귀를 죽였다는 그놈이 누구인지 알 것 같습니다."

"알 것 같다고?"

"예. 이 말씀을 드리기 전에…… 미리 한 가지 알려드리자면, 저희 〈선지자들〉은 모두 같은 편이 아닙니다."

아까 대화를 듣고 예상은 했다. 미래를 아는 놈이 사십팔 명이나 있으면, 개중에는 엉뚱한 생각을 하는 놈이 있기 마련이니까.

"자신을 '12사도'라 칭하는 놈들이 있습니다. 자신들만이 진짜 계시를 읽었고, 이 세계를 바꿀 수 있다고 믿는 놈들입니다."

열두 명…… 멸살법 50화의 조회 수와 정확히 일치하는 숫자였다.

"그놈들은 너희와 뭐가 다르지?"

"그들은…… 저희보다 더 많은 계시를 읽은 자들입니다."

역시 그렇군.

"지금까지 알려진 사도는 열한 명입니다. 그러니 추측건대, 유중혁 님이 만나셨다는 문제의 선지자는 알려지지 않은 마지막 사도일 가능성이 높습니다."

역시 창의력이 뛰어난 놈들이라 하나를 던지면 알아서 설정에 끼워 넣어준다. 편리한 오해다.

아니, 잠깐만…… 오해가 아닌가?

생각해보면 50화를 읽은 열두 명 중 하나는 나일 텐데.

"사도란 놈들에 대한 감정이 좋지 않은 모양이지?"

"솔직히 말씀드리면 그렇습니다. 그 녀석들은 저희와 달리 계시록을 이용해 이 세계를 찬탈할 계획을 세우고 있습니다."

……내 얘기도 아닌데 왜 양심이 찔리지?

"유중혁 님을 도와 세계의 멸망을 막기보다는, 개인적인 이익과 영달만 추구하는 놈들입니다. 굳이 말하자면 십악 같은 놈들이지요."

"십악이라……."

"그래서 유중혁 님께 이렇게 부탁드리는 겁니다. 부디 저희를 거두어주십시오. 그리고 그놈들을 막아주셨으면 합니다."

그런가. 이 녀석들의 진짜 목적은 이것이었군. 솔직히 말하면 조금 의외였다. 설마 선지자끼리 내분 때문에 유중혁을 필요로 할 줄이야. 나는 잠시 고민하다가 입을 열었다.

"좋다. 너희를 받아들이지. 동맹을 체결하겠다."

"저, 정말이십니까?"

"단, 조건이 있다."

조건이라는 말에 이성국과 정민섭의 얼굴이 긴장으로 물들었다.

"먼저 창신역을 내놔라."

"예? 창신역이라면……."

"동묘앞 바로 위에 있는 역이다. 이미 너희가 먹었을 텐데?"

"아, 그러고 보니 충무로역의 표적 역이……."

정민섭은 뭔가를 눈치챈 듯했다.

사실 이것이 이번 동맹의 가장 주요한 부분이었다. 깃발 쟁탈전에서 내가 차지해야 할 표적 역은 창신역. 그곳을 점거하지 못한다면 '왕의 길'을 끝까지 걸어도 네 번째 시나리오는 완료할 수 없다. 그리고 네 번째 시나리오를 완료하지 못하면 나와 내 그룹은 모두 자동으로 사망하게 된다.

그런데 이성국의 표정이 조금 이상했다.

"저, 유중혁 님. 정말 죄송합니다만…… 창신역은 조금 어려울 것 같습니다."

"왜지?"

"창신역의 주인은 저희 동묘앞 그룹이 아닙니다."

"너희가 아니라고?"

이상한 소리였다. 창신은 정말로 동묘앞역의 코앞에 있는 역이기 때문이다. 이성국이 한숨을 쉬며 말했다.

"그곳은 '폭군왕'이 점령하고 있습니다."

폭군왕. 순간 가슴이 철렁했다.

"……그놈이 벌써 왕이 됐다고?"

서울 7왕 중 하나인 폭군왕.

현시점에서 유중혁에 비견될 수 있는 몇 안 되는 인물이었다. 하지만 놈이 왕으로 개화하는 것은 적어도 며칠 후의 일일 텐데? 게다가 도봉구에서 시작했을 놈이 벌써 여기까지 내려왔다?

아무리 생각해도 말이 안 된다. 내 시선을 받은 이성국이 눈을 조금 내리깔았다.

"사실은 선지자 몇 명이 조금 실수를 하는 바람에 폭군왕의 세력이 급격하게 커졌습니다. 그 와중에 일부 선지자가 역으로 당해 죽어버렸고…… 그전까지만 해도 선지자 총원은 오십삼 명이었습니다."

갑자기 이놈들에 대한 신뢰도가 급격히 떨어진다. 소설 초반부도 제대로 모르는 놈들인데, 왜 잘하고 있을 거라 생각했을까.

"그, 그래도 너무 걱정은 마십시오. 마침 저희도 폭군왕을 제거하기 위해 강력한 병기를 준비하고 있습니다. 정확히는 폭군왕뿐만 아니라 12사도를 상대하기 위한 병기를요."

정민섭도 맞장구를 쳤다.

"아마 지금의 유중혁 님은 잘 모르실 겁니다. 이건 저희도 정말 어렵게 알아낸 계시라……."

아니, 이제 확실히 알겠다. 이놈들은 그냥 두면 안 된다. 이 자식들이 이야기를 다 망치기 전에 여기서 끝내야 한다.

"아, 그러고 보니 마침 잘됐군요. 조만간 그 병기를 확인할 기회가 있습니다."

"병기를 확인할 기회?"

"내일, 12사도를 제외한 집회 〈선지자들의 밤〉이 열릴 겁니다. 괜찮으시다면……."

정민섭의 간절한 눈빛이 나를 향했다.

"유중혁 님께서 같이 가주셨으면 합니다."

✿ ✿ ✿

회담이 끝난 후, 나와 정희원과 이현성은 이성국이 마련해

준 숙소에 모였다. 나는 등에 멘 충무로역 깃발을 바라보았다. 오후 내내 주변 점거 구역을 돌아다니며 동대문역과 청구역을 양도받은 덕에 어느새 내 깃발 또한 남색으로 변해 있었다.

['남색 깃발'의 새로운 특전이 활성화 대기 중입니다.]
[3,500코인을 사용하여 '남색 깃발'의 특전을 활성화합니다.]
[지금부터 당신은 그룹원과 '그룹 채팅'을 사용할 수 있습니다.]

이제부터는 대화를 꺼릴 필요가 없다. 그룹 채팅은 인근 지역의 같은 그룹원이 아니고서야 들을 수 없으니까. 특전 활성화에 코인이 많이 드는 게 흠이기는 하지만…….

나는 두 사람에게 오늘 있었던 일에 관해 간략하게 설명해주었다. 정희원은 어렴풋이 예상한 것 같았지만, 이현성은 깜짝 놀라는 눈치였다.

—맙소사, 믿을 수가 없군요. 미래의 일부를 아는 놈들이 있다니…… 그래서 독자 씨가 유중혁 씨를 연기하신 겁니까?

—그렇습니다.

—후…… 그러면 당분간은 여기서 머무르게 되겠군요. 녀석들에 대한 정보를 더 알아내야 하니…….

—아뇨.

—예?

—오늘, 놈들을 처리할 겁니다.

나는 이어서 정희원을 바라보며 말했다.

─그리고 아까는 죄송했습니다, 정희원 씨.

─괜찮아요. 쪼끔 상처는 받았지만.

─…….

─농담이에요. 독자 씨는 지금 그 양아치를 연기해야 하는 거잖아요? 정 미안하면 아까 그 자식 내가 처리하게 해줘요.

정희원이 웃으며 말을 이었다.

─그럼 오늘 밤은 모처럼 셋이서 뜨겁게 불태우는 건가요?

─뜨겁……?

정희원의 농담에 이현성이 기겁했다. 나는 고개를 저었다.

─먼저 해야 할 일이 있습니다.

─해야 할 일이요?

─지금 치면 놈들 전체가 움직입니다. 그건 곤란하죠.

나는 말을 마치며 품속에서 작은 망토를 꺼내 뒤집어썼다. 갑자기 내 모습이 사라지자 이현성이 당황하여 중얼거렸다.

─엇? 독자 씨?

─신호를 드리겠습니다. 그때 움직이십시오.

아까 몰래 비형을 불러서 3,000코인을 지불하고 구입한, 골드 멤버 특전 아이템 '은둔자의 망토'. 비록 5회짜리 소모성이지만, 능력을 한번 발동하면 적어도 이십 분간 '절대적 은둔' 상태를 유지할 수 있는 좋은 아이템이었다. 나는 스르르 어둠속으로 녹아들었다.

6레벨 이상의 [절대감각]을 가진 상대에게는 별 쓸모가 없지만 이곳에 그만한 스킬을 가진 이는 존재하지 않았다.

나는 꾸벅꾸벅 조는 보초들을 지나쳐 한동훈이 있는 대표의 천막까지 이동했다. [음파 차단]이 걸려 있으니 일단 내부로 진입만 하면 오히려 도청 걱정은 없었다.

조심스레 천막을 열어젖히자 홀로 자판을 두들기는 소년의 모습이 보였다. 낮에 봤을 때보다 더 짙어진 눈 그늘.

여전히 혼자 댓글을 쓰고 있는 앙상한 등.

선지자들은 분명 이 소년을 감정이 마모된 기계로 만들 속셈이겠지. 허구와 진실을 뒤섞은 정보를 뿌려 미래를 조작하는 선동 기계. 지금 당장은 큰 효과가 없지만 시간이 지날수록 이 소년의 가치는 커질 것이다.

나는 조용히 녀석의 등 뒤로 접근해 입을 막았다.

숨이 막힌 한동훈이 품속에서 버둥거렸지만 10레벨밖에 안 되는 근력으로 내게서 벗어나기는 무리였다.

나는 주머니에 손을 집어넣어 '은둔자의 망토'와 함께 비형에게 구입한 '정신 각성제'를 꺼냈다. 이것도 무려 3,000코인짜리 아이템이었다. 아깝지 않다면 거짓말이겠지만 3,000코인으로 '은둔한 그림자의 왕'을 얻을 수 있다면 오히려 이득을 보는 거래였다.

잠시 후, 강제로 각성제를 들이켠 한동훈의 눈빛이 변했다. [최면] 효과가 풀리며 이성이 돌아오기 시작한 것이다.

"으, 으으, 다다당신……."

최면에 걸렸다고 모든 일을 잊은 것은 아니다. 지금쯤 이 작은 소년의 머릿속에서는 온갖 트라우마가 폭주하고 있을 것이다. 그래도 [최면]이 풀렸으니 녀석의 배후성도 어느 정도 개입을 시작하겠지.

[등장인물 '한동훈'의 성좌가 자신의 수식언을 드러냅니다.]
[성좌, '장막 뒤의 그림자'가 당신에게 고마움을 표합니다.]
[500코인을 후원받았습니다.]

한동훈은 깃발을 손에 쥔 채 주춤주춤 뒤로 물러났다. 나는 그 깃발을 유심히 보다가 일부러 한 걸음 물러섰다.

"걱정 마라. 난 깃발을 빼앗으러 온 게 아니야."

"으, 으아, 아……."

"너는 똑똑하니까 금방 이해하겠지. 해치러 왔다면, 네게 걸린 [최면]을 풀어줬을 리가 없잖아?"

"그, 그그, 그, 그럼."

"형이랑 친구 하자."

친구라는 말에 한동훈의 눈빛이 크게 흔들렸다.

나는 잠시 기다려주었다. 녀석의 머릿속에 몰아치는 의심의 파랑이 진정될 때까지. 하지만 한동훈은 쉽게 말을 잇지 못했다. 그리고 보니 이 녀석 대인기피증이었지.

"직접 말로 하기 힘들지? 너만 괜찮다면 이걸로 대화하고 싶은데."

한동훈은 잠시 내 손에 들린 스마트폰을 바라보더니 이내 뭔가 중얼거리기 시작했다.

[등장인물 '한동훈'이 당신의 스마트폰에 '광역 인터넷 Lv.5'을 사용했습니다.]

[등장인물 '한동훈'의 의식이 끊기지 않는 한, 당신은 '서울 돔'의 어디에서든 인터넷 사용이 가능합니다.]

잠시 후 스마트폰 메신저에 한동훈의 이름이 떠올랐다.

─당신은 누구죠?

─너를 찾고 있었어.

─이성국도 그렇게 말했어요.

─그랬겠지.

─나는….

가엾게 떨리는 소년의 손가락은, 더는 문장을 만들어내지 못했다. 나는 본능적으로 깨달았다. 여기서 이 소년을 설득하는 것은 무리다. 열흘 남짓한 기간 동안 이미 소년의 상처는 곪고 또 곪아서 쉽게 회복될 수 없는 지경까지 악버렸기 때문이다.

─너를 이해해. 무섭고, 혼란스럽겠지.

[등장인물 '한동훈'이 크게 동요합니다.]

─웃기지 말아요.

─나는 놈들과 달라.

─믿을 수 없어요.

─선지자들을 증오하지?

그 말에 한동훈의 눈동자가 흔들렸다. [최면]에 걸린 채 인형이 되었던 소년의 동공 깊은 곳에서 뿌리 깊은 분노가 일렁였다.

─너만 허락한다면 내가 놈들을 없애줄 수 있다.

─…왜요? 선지자들은 당신을….

─그 녀석들은 존재해서는 안 돼. 내가 원하는 '에필로그'에 방해가 되거든.

한동훈은 이해할 수 없다는 눈으로 나를 바라보더니 입술을 꾹 깨문 채 자판을 두드렸다.

─어차피 당신도 내 능력을 이용할 거잖아요.

나는 고개를 들고 한동훈을 향해 천천히 입을 열었다.

─아니, 내가 바라는 건 그 반대야.

나는 한동훈의 눈을 바라보며 일부러 소리 내어 이야기했다.

"너는 지금부터 아무것도 하지 마라."

❉ ❉ ❉

"이제 이 엿 같은 시간도 끝이야. 내일이면 다 끝난다고."

"후…… 이럴 때 소주 한 병 빨아야 되는데."

"그러니까. 아까 낮에 그 새끼 눈빛 봤냐? 현자의 눈 쓰고 나 노려보는데 완전 심장 터질 뻔했다."

"하핫, 프롤로그에서 하차한 놈이 그게 현자의 눈인지 뭔지

어떻게 아냐?"

화기애애한 목소리. 너무 흥미진진해서 계속 들어주고 싶을 정도다.

"야, 근데 다른 선지자들이 자꾸 의심하는데…… 이 자식들 어떻게 설득하지? 아까부터 자기들이 충무로역 가보겠다고 지랄인데……."

"내가 말할 테니까 폰 줘봐. 하여간…… 응?"

폰을 빼앗아 자판을 두들기던 정민섭의 표정이 굳어졌다.

"뭐야, 갑자기 인터넷이 안 되는데?"

"그 새끼 또 졸고 있는 거 아냐? 가서 한번 확인해봐."

천막 밖으로 나가려던 정민섭의 몸이 허공의 뭔가와 부딪혔다. 사색이 된 녀석이 거환도를 향해 손을 뻗으려는 순간.

"여, 여기 뭐가……."

"으아아악!"

정민섭이 비명과 함께 바다에 나동그라졌다. 나는 기법게 '은둔자의 망토'를 벗으며, '신념의 칼날'을 뽑아 들었다.

"유, 유중혁 님? 어째서?"

당황한 이성국이 더듬거리는 사이 천막 밖에서 정희원이 잠깐 고개를 내밀었다.

"대충 몇 명은 처리했어요. 하지만 숫자가 너무 많아서 오래 버티진 못할 거예요!"

정희원이 사라지고 바깥에서 병장기가 부딪치는 소리가 들려왔다. 이제 보초들이 몰려들 것이다.

"이, 이런 짓을 하면 어떻게 될지 모르십니까? 아무리 유중혁 님이라도 저희 모두를 상대하실 수는 없습니다!"

"모두? 모두 상대할 필요는 없지. 대표만 처리하면 되니까."

그 말에 이성국의 입술이 일순 실룩거렸다.

"죄송한 말씀이지만, 결코 유중혁 님의 뜻대로는—"

까드드드득!

가볍게 휘두른 에테르 블레이드가 쓰러진 정민섭이 입고 있던 갑옷을 그대로 반쪽 냈다. 정민섭이 비명을 질렀다.

"으아악!"

갑피가 찢어지며, 녀석 품속에 있던 천 조각이 떨어졌다. 녀석이 얼빠진 사이 나는 떨어진 천 조각을 가볍게 주워 들었다.

[당신은 '동묘앞 그룹'의 깃발을 획득했습니다.]

[당신의 '남색 깃발'이 '남색 깃발'의 누적 공적치를 흡수합니다.]

[당신의 '남색 깃발'이 '갈색 깃발'로 진화합니다.]

[강력한 깃발의 가호가 당신을 보호합니다.]

"역시 동묘앞역의 진짜 대표는 너였군."

"어, 어떻게……."

"너희가 아무리 멍청이라도 그렇게 대놓고 깃발을 전시할 리가 없잖아."

애초에 한동훈에게 대표 자리를 주었다고 주장한 것부터 이상했다. 어차피 미래를 아는 것은 자기들인데 소설 속 등장인물에게 대표를 내줄 리가 없다.

　그런데 이성국은 대표가 아니다.

　그러니 답은 하나뿐이었다.

　['동묘앞 그룹'의 남은 그룹원이 당신의 처우를 기다립니다.]

　이제 보초는 의미가 없어졌다. 절망한 정민섭이 말을 더듬었다.

　"유중혁 님! 다, 다른 선지자들이 이 사실을 알게 되면……."

　"인터넷이 안 될 텐데 어떻게 알리려고?"

　그제야 모든 계획이 틀어졌음을 깨달은 이성국이 빌빌 기며 나를 향해 다가왔다.

　"어째서…… 어째서 저희에게 이러시는 겁니까!"

　"글쎄. 이제 와 그런 질문이 의미가 있을지 모르겠군. 내가 '진짜 유중혁'이더라도 너희 같은 놈들이랑은 동맹을 안 맺었을걸?"

　"그, 그게 무슨…… 설마……?"

　안색이 창백해진 두 사람을 보며 나는 씩 웃어주었다.

　"그러게, 끝까지 읽었어야지."

2

오랜만에 깊이 잤다. 모처럼의 숙면이었다.

[숙면의 효과로 정신력이 완전히 회복됐습니다.]
[보유 중인 '전용 스킬'이 일부 업데이트됐습니다.]

시계를 보니 벌써 오후 4시였다. 어젯밤 내내 동묘앞역이 점거 중이던 주변 지역을 돌며 깃발 꽂기를 마쳤더니 피로가 단단히 쌓였던 모양이다.

[현재 점거지: 충무로(본진), 명동, 동대문역사문화공원, 동대문, 동묘앞, 신당, 청구, 약수, 신설동]

동묘앞 그룹을 차지한 덕분에 이제 내가 가진 역은 아홉 개. 이제 하나만 더 모으면 '왕의 길' 시나리오는 끝이다. 조금만 더 지나면 초반 시나리오의 핵심 목표 중 하나인 '불살의 왕'을 이룰 수 있다.

밖으로 나오자 정희원과 이현성이 나를 기다리고 있었다.

"출발 준비 끝났어요. 언제 갈까요?"

"조금만 기다려주세요."

나는 잠시 일행들을 물린 후, 옆의 사내들을 향해 입을 열었다.

"잘들 잤나?"

어젯밤 나는 동묘앞 그룹에 소속된 모든 그룹원의 처우를 결정했다. 눈앞의 두 사내도 그 처우의 결과였다.

내 앞에 부복한 정민섭이 입을 열었다.

"부디 살려만 주십시오."

"크흑…… 부탁드립니다."

본래라면 이성국도 정민섭도 그냥 쳐 죽여야 했겠지만 그러지 않았다. 이 둘은 선지자들을 완전히 쓸어버리기 전까지는 나름 쓸모가 있기 때문이었다.

나는 놈들을 충무로 그룹에 넣었고, 깃발 색도 갈색까지 진화시켰다.

'갈색 깃발'부터는 그룹원에게 행동 제약을 걸 수 있다.

[대표의 권리를 행사합니다.]

[그룹원 '이성국'과 그룹원 '정민섭'에게 행동 제약을 강요합니다.]

시스템 메시지가 떠오르자 이성국과 정민섭의 표정이 달라졌다.

"하나, 이제부터 너희는 다른 이에게 내 정체에 대해 발설할 수 없다."

"네, 넵."

"둘, 너희는 내 명령에 무조건적으로 복종해야 하며, 내 허락 없이 개별적인 행동은 금지한다."

"물론입니다!"

[그룹원 '이성국'과 그룹원 '정민섭'이 자신의 제약을 기꺼이 받아들입니다.]

[이 제약은 '목숨의 제약'입니다.]

[만약 '제약'을 어길 시, 그룹원 '이성국'과 그룹원 '정민섭'은 사망할 것입니다.]

나는 고개를 끄덕이며 말했다.

"뭐…… 좋아. 언제 내 마음이 바뀔지는 모르겠지만 다들 열심히 해봐. 하는 거 봐서 결정할 테니까."

마른침을 삼키면서도, 두 녀석은 왠지 들뜬 얼굴들이었다. 대체 어떻게 된 놈들인지 모르겠군. 어차피 유중혁한테 못 붙을 바에는 나한테 붙는 게 낫다고 생각하는 건지도 모르겠다.

"그런데 대표님. 그럼 앞으로 대표님을 뭐라고 불러야……."

"지금처럼 불러. 다른 선지자들 앞에선 '유중혁'이라고 부르고. 아, 그리고 정민섭."

"옙."

"네가 가진 '도망자의 탈' 내놔."

정민섭은 울상을 지었지만 결국 탈을 내주었다.

어차피 〈선지자들의 밤〉에 가려면 당분간은 유중혁 행세를 해야만 한다. 그리고 이 '탈'은 혹시 모를 상황에 대한 예방책이 되어줄 것이다.

탈을 쓰자 얼굴 근육이 기괴하게 변하더니 조금씩 모양을 바꿔갔다. 조금 느낌이 이상했지만 곧 익숙해졌다.

"와아, 그게 진짜 '유중혁'의 모습입니까?"

"잘생겼다…… 역시 계시는 틀리지 않았어."

이 자식들이…… 한마디 쏘아붙이려다가 입을 다물었다. 이런 부분까지 쪼잔하게 굴 필요는 없지.

그러고 보니 만약을 대비해 이 녀석들의 자세한 정보도 알아두는 게 좋을 것 같은데.

"정민섭, 근데 넌 특성이 뭐……."

입을 여는 순간, 시스템 메시지가 떠올랐다.

[해당 인물에 대한 업데이트 내역이 있습니다.]

……뭐? 나는 시험 삼아 '등장인물 일람'을 가동해보았다.

〈인물 정보〉

이름: 정민섭

나이: 25세

배후성: 저주받은 검투사

전용 특성: 광투사(희귀), 1089번째 하차자(일반)

전용 스킬: [검술 연마 Lv.2] [강력한 일격 Lv.2] [광폭화 Lv.3]
[기억력 강화 Lv.5]······.

성흔: [원한 갚기 Lv.1]

종합 능력치: [체력 Lv.18] [근력 Lv.16] [민첩 Lv.12] [마력
Lv.10]

종합 평가: 상당히 훌륭한 종합 능력치와 특성을 보유한 화신입
니다. 배후성의 지원이 조금 아쉽지만, 전사로서 능력은 상당한
수준입니다. 조금만 더 인내심이 깊었다면 12사도 중 하나가 될
수도 있었을 텐데, 몹시 아쉬운 노릇이군요.

'등장인물 일람'이 업데이트된다는 게 이런 뜻인가?

어제까진 특성창이 안 보이던 녀석들이 갑자기 '등장인물'
중 하나가 되어버렸다.

이 둘은 선지자, 따지자면 소설 바깥의 인물였다. 왜 갑자기
등장인물로 바뀌었지?

"아, 제 특성은……."

"필요 없어."

"넵."

나는 이성국의 특성도 마저 확인했다. 다행히 놈의 특성은 이실직고한 그대로였다. '최면술사'에 '아홉 번째 하차자'. 후자는 쓰레기라 쳐도, 전자는 꽤 쓸 만한 특성이다.

"너희, 스마트폰 좀 줘봐."

"옙! 여기 있습니다."

나는 스마트폰을 받아 단톡방에 접속했다. ……그런데 이걸로는 인터넷이 안 되지 참. 어제 끊어버려서…….

[등장인물 '한동훈'이 '광역 인터넷 Lv.5'을 사용했습니다.]
[해당 기기의 인터넷이 가능해졌습니다.]

생각하기가 무섭게 인터넷이 연결되었다. 나는 한동훈이 있을 천막 쪽을 흘끗 바라보았다. 위이잉, 하는 진동 소리가 들려서 내 스마트폰을 열었더니 메시지가 도착해 있었다.

—믿어볼게요, 한 번만.

어쩌면 한동훈에게도 어젯밤 뭔가 변화가 있었던 건지도 모른다. 나는 답장을 보냈다.

—고맙다.

조만간 녀석과도 대화를 나눌 기회가 있을 것이다. 나는 일단 이성국의 스마트폰으로 〈선지자들〉의 단톡방을 열어봤다.

[대화방 참가자 명단: 9번하차자, 15번자살각, 124번하차자, 763번, 887번하차, 645번하차자…… 외 총 36명.]

제각기 숫자가 붙은 아이디를 보니 어떤 놈들인지 대강 감이 온다.

그런데 뭔가 이상하다.

"……총 삼십육 명?"

내 질문에 정민섭이 변명하듯 입을 열었다.

"거기 있는 〈선지자들〉은 전부 초기 하차자입니다. 개중에 사도는 없습니다."

그렇군.

"저, 그런데 대표님. 어제 말씀하시지 않았습니까? '끝까지 읽었어야지'라고…… 혹시 대표님도 계시록을 아십니까?"

기대감 어린 정민섭의 눈을 보며 나는 피식 웃었다.

알다마다. 알기만 하겠냐?

"유중혁이 아니라 내 줄을 잡은 걸 후회하지 않게 될 거다."

⌘ ⌘ ⌘

우리는 주변의 분쟁 지역을 적당히 피해 안국역으로 향했다. 그곳에서 〈선지자들의 밤〉이 개최될 예정이었기 때문이다. 나는 이성국의 스마트폰으로 놈들의 단톡방을 염탐하고 있었다.

519번: 진짜임?? 오늘 저녁에 유중혁 오는 거 맞음?

67번째: 틀림없어. 어제 9번이랑 1089번이 장담했어.

887번하차: 9번은 그냥 병신인데, 1089번이 말했으면 조금 믿을 수 있을지도

124번하차자: 이번에 조지면 우리 다 뒈지는 거야 알지?

887번하차: 124번 너는 서울 아니잖아 ㅋㅋ 뒈지긴 뭘 뒈져 새끼야 아 성질 뻗치게 진짜

124번하차자: 물론 나는 빼고~ 지방민의 승리 ㅋㅋㅋ

887번하차: 나도 우리 중혁이처럼 회귀하고 싶다! 그때 그 소설만 다 읽었어도… 아니 50화까지만 읽었어도… 사도 새끼들 완전 부럽다!!

15번자살각: 근데 솔직히 50화 넘게 읽은 놈들이 비정상 아니냐?? 아니 그걸 어떻게 50화까지 읽어ㅋㅋㅋㅋ

124번하차자: 정신병자들이지 ㅋㅋㅋㅋ

역시 인간은 익명성 뒤에 숨어야 진짜가 드러나는 법이지. 닉네임 앞 숫자는 하차 번호인 듯했다.

888번: ……근데 그 소설 텍본 하나도 안 풀린 거 확실해?

124번하차자: 며칠 전부터 계속 검색했는데 진짜 인터넷에 아무것도 안 남아 있음…… 아아 텍본조차 없는 비운의 소설…… (눈물)

763번: 지금 텍본 갖고 있으면 진짜 사기지ㅋㅋ 나라면 있어도 공유 안 함

택본 같은 소리 하네. 소설은 제발 돈 주고 사서 봐라, 자식들아.

대화창을 보고 있자니 모처럼 멸살법을 읽던 옛날 생각이 새록새록 떠올랐다. 그때 나와 같이 읽던 그놈들이라 이거지.

인생지사 새옹지마라고, 정말 사람 앞일은 모른다.

"도착했습니다."

"뭐야, 벌써?"라고 말하려 했는데, 바로 눈앞에 안국역 플랫폼이 보이기 시작했다. 미리 도착해 있는 선지자들도 보였다.

그런데 뭔가 이상했다.

"여긴 아무도 점거를 안 한 모양이네?"

"예. 선지자들 사이의 약속입니다. 누군가가 점거한 역에서 만나게 되면 아무래도 위험할 수가 있으니까요. 일종의 DMZ 같은 거죠."

그때 선지자 하나가 이쪽을 향해 손을 흔들며 다가왔다.

"어이, 1089번째!"

"오, 763번 형씨."

정민섭이 반갑게 손을 흔들며 말했다.

"그간 잘 지냈어? 얼굴 좋아 보이는데?"

"좋긴. 폭군왕 때문에 뒈질 맛인데."

"그러게 도봉구 쪽으론 진출하지 말랬잖아. 왜 사람 말을 안 듣고……."

시끄럽게 떠들던 763번이 내 쪽을 흘끗 보더니 갑자기 안색을 굳혔다.

"호, 혹시 저분이 그……?"

정민섭이 고개를 끄덕였다. 763번의 눈빛이 경악으로 물들었다.

"만나 뵙게 되어 정말로 영광입니다. 유중혁 님!"

갑작스러운 소란에 흩어져 있던 선지자들이 모여들기 시작했다.

"설마 저분이?"

일제히 달려온 선지자들이 하나둘 내 앞에 고개를 들이밀었다. 극소수이기는 하지만 여성 선지자도 있었다.

"상상하던 것보다 훨씬 잘생겼잖아? 전 998번째예요!"

"유중혁 님! 저는 1055번째입니다!"

이 무슨…… 진짜 왕이라도 된 느낌이다. 어떻게든 내 환심을 사보려고 빛나는 눈동자들. 내가 진짜 유중혁이 아니라는 사실을 알게 되면 다들 무슨 표정을 지을지 궁금하다.

대부분 눈대중으로만 봐도 별거 아니었다. 아는 미래는 어설프고, 실력도 어설픈 놈들. 그런데 눈에 띄는 녀석도 있었다.

"2회차에서 마왕 아스모데우스와 대적하신 모습, 아주 인상적이었습니다."

오호라.

"계시록에서는 '회상'으로 언급되어서 아쉬웠지만…… 언젠가 유중혁 님을 만나면 꼭 그때 얘기를 듣고 싶다는 생각이 들더군요."

멸살법의 시작은 유중혁의 3회차 회귀부터니까 2회차 이야기는 전부 회상 신으로 처리될 뿐이다.

그나저나 아스모데우스까지 알 정도면 꽤 아는데? 근데 그렇게 인상 깊었다는 놈이 왜 끝까지 안 읽었을까?

"너는 몇 번째지?"

"저는 1168번째입니다."

거의 50화 근처까지 읽은 놈이군. 어쩌면 여기서는 가장 많이 읽은 녀석일 터다. 1168번째가 내게 물었다.

"실례지만, 유중혁 님은 지금이 3회차가 맞으십니까?"

"맞다."

"아아, 역시……."

몇몇 선지자의 표정이 어두워졌다.

그래, 알 만도 하다. 멸살법은 무한루프물인 만큼, 유중혁의 회차가 초반이라는 걸 알게 된 놈들은 상당히 실망스럽겠지.

자식들, 초반 회차는 초반 회차만의 귀여운 맛이 있는데. 하여간 끝까지 읽지도 않은 놈들이 설쳐댄다니까.

뒤쪽에서 소란이 인 것은 그때였다.

"이현성 님!"

"강철검제 이현성 님 맞아요?"

사람들에게 둘러싸인 이현성이 얼굴을 붉히고 있었다.

"왜, 왜들 이러십니까? 저는 강철 그런 게 아닙니다!"

"헐, 진짜 계시 그대로네. 이 팔뚝 좀 봐!"

"오오오! 탱탱해!"

이현성도 제법 잘생긴 얼굴이라 그런지, 여성 선지자에게 꽤 인기가 많았다. 그때 지나가던 선지자 하나가 정희원에게 관심을 보였다.

"저기, 혹시…… '해상제독 이지혜' 님이십니까?"

"아닌데요."

"그럼 성함이……."

"정희원인데요. 왜요?"

"아, 그렇습니까. 실례."

실망한 선지자는 그대로 정희원을 지나쳐 이현성을 구경하러 떠났다. 그 모습을 멀거니 바라보던 정희원이 내게 [그룹 채팅]을 걸었다.

—왜 나한테는 별 관심이 없죠?

—희원 씨는 미래에서 별로 안 유명하거든요.

—칫.

—그러니까 지금부터 잘 좀 해봐요.

나는 처량한 눈빛의 정희원을 외면했다 〈선지자들의 밤〉이라더니 이건 무슨 도떼기시장 수준이다. 이런 식으로 떠들다 시간을 낭비할 수는 없지.

"'병기'는 어디 있지?"

"예?"

"너희가 숨겨놓은 병기 말이다. 일단 그것부터 확인하자."

"아, 그건 말입니다."

기쁨에 들떠 있던 763번째 선지자가 플랫폼 가운데로 이동하더니 뭔가 가려놓은 천을 불쑥 들췄다. 커다란 돌이 있었다.

순간, 얼마 전 극장 옥상에서 유성우를 본 기억이 떠올랐다.

아니, 잠깐만.

"저 돌, 혹시 '운석'이냐?"

"하하, 그렇습니다. 현시점의 유중혁 님은 잘 모르시겠지만, 저희가 어렵게 입수한 계시에 따르면 저 안에는 강력한 무기가 들어 있습니다."

"무기?"

"예! 그렇습니다. 아마 최상급 성유물 뺨치는 무기일 걸로 예상됩니다."

"운석은 부화 시간이 필요해서 지금 쓸 수 없을 텐데?"

"하하, 저희가 돌아가며 마력을 공급해두었습니다. 늦어도 오늘 밤 안에는 부화할 겁니다. 며칠 전부터 계속 준비해왔기 때문에……."

자랑스레 떠드는 놈을 보며 기분이 점점 서늘해진다.

붉은 운석. 말이 안 된다.

저건 최소 4회차 이상 본 놈만 알 수 있는데?

"그 정보 준 새끼 누구야?"

"예?"

"저 운석 가져온 놈 누구냐고."

"아, 그, 그건…… 1124번째인가 하는 녀석이……."

1124번째? 그런 초반 하차자가 이런 정보를 안다고?

"그놈 어디 있어?"

때마침 주변을 둘러보던 정민섭이 중얼거렸다.

"어…… 아직 안 온 것 같습니다."

정보를 준 놈이 안 왔다. 나는 잠시 황망히 서 있다가 입을 열었다.

"여기서 나가야 해."

이건 함정이다.

"예?"

"지금 당장!"

멸살법이 현실이 되고 유중혁과 최초로 만난 이후 처음으로 등에 식은땀이 고이고 있었다. 저걸 병기로 쓴다고? 어떤 놈이 그런 발상을…….

순진한 눈으로 나를 보는 선지자들을 노려보며 이를 갈았다.

단상 위에서 진동이 시작된 것은 그 순간이었다.

쿠구구구…….

나는 부르르 떨리는 운석을 보며 주춤주춤 뒤로 물러났다. 선지자를 쓸어버리러 왔다가 자칫 내가 쓸려나가게 생겼다.

"뭐, 뭐지 갑자기?"

정민섭이 멍청한 소리를 했다.

빌어먹을. 네 번째 시나리오가 채 끝나지도 않았는데 벌써 다섯 번째 시나리오의 '재앙'이 나타나려 하고 있었다.

나는 다가오는 정희원과 이현성을 향해 외쳤다.

"모두 도망쳐요!"

끝까지 안 읽은 놈들 말은 믿는 게 아니었는데. 망할 초반 하차자 녀석들 때문에 잘못하면 오늘 다 죽게 생겼다. 붉은 운

석에서 적색 아우라가 일렁이더니 이내 플랫폼 전역으로 빛
이 쏘아졌다.

"오오! 드디어!"

몇몇 선지자가 좋다고 환성을 질렀다. 정희원과 이현성이
급히 다가왔다.

"도망치라뇨? 무슨……."

이미 늦었다. 적색 아우라가 플랫폼 전역으로 퍼지며 희미
한 결계가 역을 둘러쌌다.

이제 선지자 중 누구도 안국역에서 나갈 수 없을 것이다.

[과도한 필터링에 항의하던 성좌들이 피켓을 내립니다.]
[상당수의 성좌가 '징조'에 눈을 반짝입니다.]
[성좌, '긴고아의 죄수'가 호기심 어린 눈으로 상황을 지켜봅니다.]
[성좌, '은밀한 모략가'가 당신의 기발한 전략을 기대합니다.]

심지어 성좌들마저 신나서 간접 메시지를 쏘고 있다. 멸살
법 세계에서 가장 위험한 상황은, 지금처럼 성좌들이 단체로
파티를 벌일 때다.

나는 긴장한 정민섭을 향해 물었다.

"혹시 오늘 여기 모이자고 한 것도 그 1124번인가 하는 놈
이냐?"

"예? 거기까지는 저도 잘 모르겠습니다. 다 같이 합의한 줄
로만……."

고구마를 열 개쯤 먹은 기분이다. 설마 일이 이렇게 꼬일 줄이야.

—다들 제 뒤로 오세요.

나는 운석의 동향에 주의하며 일행을 보호했다.

—도망 안 가요?

—못 갑니다. 뒤쪽을 보시면 알겠지만 결계가 생겼어요.

—예? 무슨 결계죠?

나는 대답하지 않고 플랫폼 중앙의 운석을 노려보았다.

운석은 다섯 번째 시나리오의 메인 이벤트다. 색깔과 밝기, 크기와 종류에 따라 보상 또는 위험이 잠들어 있다. 그런데 지금 보이는 저것은 내가 알기로 절대 부화시키면 안 되는 운석이다.

3회차에서 성유물이 나온 운석이 '밝은 적색'이라서 다들 착각하는 모양인데…….

"성유물이 나오면 주인은 어떻게 가리지?"

"그야…….""

아직까지도 정신을 못 차린 몇몇 선지자가 운석에 손을 댄 순간.

[다섯 번째 메인 시나리오의 징조가 나타납니다.]

메시지가 떠올랐다.

"엉? 뭐야, 이거?"

"갑자기 메인 시나리오가 왜……."

쩌저저적. 운석 표면에 한 줄기 금이 가더니, 붉은 빛이 쏟아져 나왔다. 제일 먼저 빛을 맞은 것은 의아하다는 듯 운석을 들여다보던 선지자였다.

쉬익—

머리를 잃은 선지자의 몸뚱이가, 실이 끊어진 마리오네트 인형처럼 천천히 바닥에 쓰러졌다.

"이거 뭐야!"

놀란 이들이 비명을 지르며 물러섰지만 이미 사태는 걷잡을 수 없었다. 나는 일행을 데리고 결계 가장자리까지 물러선 채 상황을 지켜보았다. 멸살법에서 저런 색깔 운석을 본 기억은 나는데, 거기서 뭐가 나왔는지는 기억이 가물가물하다.

제발, '대재앙'만 아니기를.

운석이 갈라지며 붉은 용암이 울컥울컥 쏟아져나왔다. 플랫폼이 타들어가면서 고약한 냄새를 풍겼다. 주변 온도가 급속도로 올라 숨쉬기가 버거워졌다. 주변 환경이 바뀌고 있었다. ……용암 지대인가?

그렇다는 것은…….

[5급 화룡종火龍種, '레서 드래곤Lesser Dragon 이그니르'가 등장했습니다!]

"뭐야! 성유물은……?"

당황한 선지자 몇 명이 뒤늦게 신법身法 스킬을 사용했다. 그러나 운석 속에서 뻗어 나온 긴 꼬리가 달아나는 몇몇 선지자를 잡아챘다.

"끄아아아악!"

꼬리에 휘감긴 선지자의 몸이 순식간에 불타올라 스러졌다. 몇몇이 스킬을 사용해 꼬리를 공격했으나 도리어 그들의 무기가 녹아내리기 시작했다.

"이, 이 괴물은……."

고작해야 가로세로 2미터 정도 운석이었는데, 그 틈에서 기어 나오는 괴수는 꼬리만 5미터를 훌쩍 넘는 괴물이었다. 정희원이 물었다.

—저게 대체 뭐예요?

—재앙입니다.

—재앙이요?

찌지직, 히는 소리와 함께 운석 나머지 부분이 갈라지더니 화룡종의 전체가 차원을 뚫고 등장했다.

그오오오오—!

드래곤으로 따지면 막 태어난 해츨링Hatchling 정도. 심지어 그 해츨링의 열화판에 불과한 놈이지만, 괜히 드래곤이 모든 괴수종의 정점에 군림하는 것이 아니다. 6급 괴수종만 해도 여기 있는 선지자쯤은 다 쓸어버릴 텐데, 무려 5급 화룡종이라니…….

"유중혁 님!"

몇몇 선지자가 나를 부르자 이쪽으로 시선이 집중되었다. 나는 인상을 찌푸렸다.

"모두 가장자리로 물러나라."

말 잘 듣는 강아지처럼 전원이 플랫폼 귀퉁이로 움직였다. 발재간 있는 녀석들은 벌써 플랫폼 위층으로 달아나는 중이었다. 하지만.

"제기랄, 결계가 있어!"

열화판 레서 드래곤은 '소재앙'이다. 지금 상황에서야 소재 앙이든 대재앙이든 마찬가지지만 그래도 절망의 크기가 달랐다. 적어도 이것은 내가 아는 패턴이니까. 유중혁은 무수한 '회귀행' 중에 분명 이런 녀석을 상대한 적도 있었다.

나는 일행을 바라보았다.

─곧 히든 시나리오가 시작될 겁니다.

─히든 시나리오요?

─네 번째 시나리오에서 나오면 안 되는 놈입니다. 난이도 가 비정상적으로 설정되었으니 곧 개입하는 존재가 있을 겁 니다.

기본적으로 재앙에 대응하려면 다섯 번째 시나리오에서 주 어지는 각종 혜택이 필요하다.

가령 청색 운석이나 녹색 운석에서 나오는 것들…….

그런데 지금 우리에게는 아무것도 없다. 즉 우리 쪽에 균형 을 맞출 뭔가가 주어질 것이라는 얘기다.

[일부 성좌가 비정상적인 시나리오 난이도에 항의합니다.]

역시. 다음 순간, 허공에서 스파크가 튀더니 작은 아이 크기의 존재가 나타났다.

비형과 같은 하급 도깨비는 아니었다. 단정한 정장을 갖춰 입고, 머리에는 작은 뿔 두 개가 난 녀석. 이름은 모르겠지만 어떤 존재인지는 알겠다.

저놈은 '중급 도깨비'다.

[흠. 이거 곤란한데. 여러분, 어쩌다가 이 '루트'로 들어오신 거죠? 최근 들어 지나치게 설치는 것 같긴 했는데…… 거참.]

중후한 목소리가 울려 퍼지는 순간, 레서 드래곤의 움직임이 일순 멈추었다. 과연 중급쯤이면 저 정도 '시나리오 개입'도 가능하다.

[네 번째 시나리오도 못 깬 판국에 재앙을 깨우면 어쩌자는 섭니까?]

중급 도깨비가 나타났다는 것은 '초반 시나리오'가 거의 막바지에 도달했다는 뜻이었다. 저놈이 이곳을 주목하는 한 나는 비형과의 계약 혜택을 거의 볼 수 없을 것이다.

[몇몇 성좌님이 유독 아끼는 화신이 있어서 이대로 둘 수는 없고…… 그렇다고 난이도를 하향해드릴 수도 없고…….]

녀석의 시선이 스치듯 내게 머물렀다.

"그래도 이건 아니잖아! 아직 우리는 네 번째 메인도 못 깼다고!"

사색이 된 선지자 하나가 고함을 질렀다. 극초반 하차자인지, 주변에 있던 선지자들이 재빨리 놈의 입을 틀어막았다.

지금 도깨비한테 소리를 질러서 좋을 것은 전혀 없다.

[방금 결정했습니다. 역시 난이도 변경 따위는 없습니다.]

선지자들이 소리친 녀석을 노려보았다. 히끅, 하고 숨이 넘어가는 소리. 녀석들도 멸살법을 읽었으니 알 것이다. 도깨비는 말을 번복하는 법이 없다는 것을. 하지만 이것도 알아야 한다.

[그래도 이대로 여러분이 다 죽어버리면 재미가 없으니 제 재량으로 시나리오 내용을 살짝 바꿔보죠.]

도깨비 녀석들은 생각보다 말이 많다.

[히든 시나리오에 임의로 변경된 서브 시나리오 내용이 추가됐습니다!]

레서 드래곤이 다시 움직이기 시작했다. 붉은 가죽으로 덮인 녀석의 앞발이 플랫폼 바닥을 강하게 내리쳤다.

쫘과과광!

나는 튀어 오르는 파편을 피하며, 도착한 시나리오를 열었다.

<히든 시나리오 - 뭉쳐도 죽고 흩어져도 죽는다>

분류: 히든

난이도: A

클리어 조건: 제한 시간 내에 소재앙 '레서 드래곤 이그니르'를
사냥하거나 공격에서 살아남으시오.

제한 시간: 20분

보상: 3,000코인

실패 시: 사망

* 해당 미션에는 히든 피스가 숨어 있습니다.

이십 분 동안의 생존 미션. 제목부터 내용까지, 도대체 말이
안 되는 내용이다. 이현성이 물었다.

—저놈을 잡아야 합니까?

—아뇨, 꿈도 꾸지 마세요.

재앙이 괜히 재앙이 아니다. 5급 화룡종은 진짜 유중혁이
있어도 못 잡는다. 지금 플랫폼 상황만 봐도 알 수 있다. 거대
한 놈의 아가리에서 시뻘건 불길이 쏟아지기 시작했다.

"끄아아아악!"

단지 불길에 스쳤을 뿐인데 선지자들이 잿물이 되어버렸다.
불길에 녹은 벽면이 흉측하게 일그러졌다. 놈의 아가리가 서
서히 이쪽을 바라보았다.

"모두 반시계 방향으로 달려요!"

후끈거리는 열기를 참으며, 놈의 입이 회전하는 방향을 앞서 달렸다. 다행히 정희원과 이현성은 잘 쫓아왔다. 정민섭과 이성국이 조금 뒤처지기는 했지만 아직은 괜찮아 보였다.

이번에는 패턴을 알기에 피했다.

문제는 항상 이런 식으로만 공격하지는 않는다는 것.

[5급 화룡종, '레서 드래곤 이그니르'가 '파멸의 불꽃'을 준비합니다.]

……시작되었군. 일반 공격은 어떻게든 피했지만 위기는 지금부터다.

"발판을 찾으세요."

"예?"

"숫자 5…… 아니면 2나 3! 뭐가 됐든 총합 5를 맞춰봐요, 빨리!"

[히든 피스가 발동합니다.]

[숫자 발판이 활성화됩니다.]

[숫자에 맞는 인원이 발판 위에 서면 10초간 '앱솔루트 실드'를 발동할 수 있습니다.]

[숫자에 미달하거나 초과한 인원이 발판 위에 있을 시, '앱솔루트 실드'는 발동하지 않습니다.]

들려온 시스템 메시지에 우왕좌왕하는 선지자들이 보였다.

동시에 역 곳곳에서 등장한 2평 남짓한 '발판'들.

"발판? 아, 그렇군!"

"히든 피스가 있다!"

허둥지둥 움직이는 선지자들을 보며 나는 입술을 깨물었다. 성좌들이 낄낄거리는 모습이 눈앞에 선연했다. 상당수의 성좌가 시나리오 난이도에 반발한 이유? 간단하다. '이야기 없는 죽음'은 재미가 없으니까.

놈들은 거인의 발에 무력하게 짓밟히는 개미를 원하지는 않는다. 놈들이 보고 싶은 것은 살아남기 위해 발악하는 개미다. 살기 위해서라면 동족도 가족도 물어뜯는 개미.

[상당수의 성좌가 흥미진진한 눈으로 상황을 지켜봅니다.]

빌어먹을 성좌 새끼들.

"저리 *써!*"

"커허헉!"

번호로 친근하게 상대를 부르던 선지자들은, '1'이란 숫자가 적힌 발판 위에서 서로 병장기를 휘둘렀다. 꽉 찬 발판 위로 다가오던 선지자 몇몇이 피를 뿌리며 바닥에 늘어졌다.

발 빠른 선지자들은 벌써 무리를 이루고 발판 위에 선 채 경계태세를 강화하고 있었다. 나는 그런 놈들을 눈여겨보았다.

분명 이 사태는 누군가가 계획한 함정이다.

아마 '사도'라는 녀석들이겠지.

하차자들이 여기 모일 것을 알았고, 이 기회에 초반 하차자를 쓸어버리기로 한 것이다. 현명하다. 아무리 가진 정보가 허접해도 미래를 아는 놈은 적을수록 좋다.

평범하게 생각하면 지금쯤 '사도'는 멀리 떨어진 곳에서 죽어갈 하차자들을 생각하며 웃고 있을 것이다.

어디까지나 '평범한' 놈들이라면 그럴 거라는 뜻이다. 그 지루한 소설을 50화 이상 읽었다는 것부터가 이미 정상이 아니다. 스스로 사도라 명명하고, 정보를 통제할 정도로 욕심 많은 자들.

붉은 운석을 함정카드로 쓸 만큼 정보력을 갖춘 놈들이라면, 그 운석이 불러온 재앙을 극복할 방법도 알고 있지 않을까? 그러니까 말하자면…….

—대표님! 발판이 없습니다.

—이쪽도 없어요!

정민섭과 정희원이 다급하게 외쳤다. 하필 우리 일행이 있던 위치에만 발판이 없었다.

—엇, 여기 하나 있습니다! 그런데…….

간신히 찾아낸 발판에는 불길한 숫자가 적혀 있었다.

[4]

즉 저 발판에 들어가서 살 수 있는 것은 네 명뿐. 하지만 우리 일행은 다섯 명이었다.

[5급 화룡종, '레서 드래곤 이그니르'가 '파멸의 불꽃'을 사용합니다.]

플랫폼 중심에서 터진 거대한 불꽃이 역 전체에 번져가기 시작했다. 레서 드래곤의 전체 공격 기술. 이렇게나 떨어져 있는데도, 피부가 화상을 입을 정도로 뜨거웠다. 지금 실드를 가동하지 않으면 일행은 전멸한다.

"대, 대표님?"

내 시선을 받은 이성국과 정민섭이 몸을 떨었다. 나는 '부러지지 않는 신념'의 손잡이를 쥐었다. 그때.

"유중혁 님!"

돌아본 곳에 선지자 하나가 서 있었다. 숫자 2가 적힌 발판. 다급한 상황에도 얼굴에 묘한 여유가 엿보이는 사내였다.

"이쪽으로 오십시오!"

저놈은……? 몇 가지 기억이 빠르게 스쳤다. 나는 놈을 향해 몸을 날리며, 뒤쪽 일행을 향해 외쳤다.

"실드 발동해요!"

['앱솔루트 실드'를 발동합니다!]

뒤이어 모든 것을 불태우는 화염이 플랫폼을 가득 메웠다. 조금이라도 닿았다면, 나라고 해도 그대로 녹아버렸을 온도였다.

"후우…… 다행입니다."

아슬아슬한 타이밍에 실드를 발동한 녀석이 안도의 한숨을 내쉬었다.

나는 놈을 향해 물었다.

"넌 누구냐?"

사내가 가볍게 웃었다.

"섭섭합니다. 벌써 잊으셨습니까? 저, 1168번입니다. 아까 아스모데우스에 관한⋯⋯."

물론 기억한다. 나한테 마왕 아스모데우스에 관한 이야기를 했던 녀석.

"그걸 물은 게 아니야."

눈이 마주친 1168번의 동공이 흔들렸다. 아까는 경황이 없어서 미처 생각지 못했다. 마왕 아스모데우스와 유중혁의 대결 장면. 정확히 말하면 2회차의 유중혁이 일방적으로 마왕한테 얻어터지는 '회상 신'.

나도 무척 좋아하는 장면이라서 기억하고 있었다.

그런데 곰곰이 생각해보니, 그 회상은 50화 '이전'에 등장하지 않는다. 멸살법의 완독자로서 확실하게 말할 수 있다.

나는 칼을 뽑으며 입을 열었다.

"다시 묻겠다. 네놈은 누구냐?"

[특성 효과로 일부 장면에 대한 기억력이 상승합니다!]

마왕 아스모데우스의 이야기는, 정확히 멸살법 57화에 등장한다.

여유롭던 녀석의 표정에 균열이 생기기 시작했다.

자칭 1168번이 실드에 의해 갈라지는 불꽃의 길을 바라보며 말했다.

"정체라뇨? 갑자기 무슨 말씀을 하시는 건지……."

"잊었나? 나한테 [현자의 눈]이 있다는 걸."

말은 그렇게 했지만, 사실 이 녀석의 정보는 보이지 않았다.

[전용 스킬, '등장인물 일람'을 발동합니다!]

[해당 인물의 정보는 '등장인물 일람'으로 열람할 수 없습니다.]

['등장인물 일람'에 등록되지 않은 인물입니다.]

업데이트된 인물과 업데이트되지 않은 인물의 차이는 뭘까?

아직 정확한 이유는 모른다. 하지만 이유야 뭐든, 놈을 속이는 것은 어렵지 않았다. 어쨌든 놈은 나를 유중혁이라 믿고 있으니까.

"……유중혁 님 눈치는 못 당하겠군요."

"너는 '사도'다. 그렇지?"

"그렇습니다. 벌써 거기까지 알고 계셨군요."

정체를 쉽게 밝혔다는 것은, 아직 남은 꿍꿍이가 있다는 뜻.

"역시 이건 함정이었군. 나비 효과 때문이냐?"

"하하, 맞습니다."

내 말이 재미있다고 생각했는지, 1168번이 웃으며 다른 하차자들을 바라보았다.

"날아다니는 나비가 많으면 불필요한 폭풍이 발생하는 법
이니까요."

발판을 찾지 못한 하차자들이 '파멸의 불꽃' 속에서 부나방
처럼 녹아내리고 있었다. 끔찍한 비명과 함께 그들이 알던 정
보도 먼지로 사라졌다. 제대로 된 정보도 없이 성유물을 탐한
대가였다.

"나비가 아직 애벌레일 때 죽이겠다는 거군."

"번데기가 되기 직전의 애벌레가 제일 죽이기 쉽거든요."

열기가 조금씩 잦아들더니 주변 불꽃도 차츰 가라앉았다.
이윽고 앱솔루트 실드가 꺼졌다.

[1분 뒤, 발판 위치가 재생성됩니다.]

이 히든 시나리오는 발판을 총 열 번 찾아내고 공격을 버텨
야 비로소 끝이 난다. 이제 겨우 한 번 지나갔으니, 앞으로 무
려 아홉 번이 남은 셈이다.

나는 시험 삼아 실드가 펼쳐지지 않은 자리를 발로 눌러보
았다. 고열이 올라오기는 했지만, 이 정도면 버틸 만한 수준이
었다.

—대표님!

멀리서 달려오려 하는 일행들을 손짓으로 막았다. 지금은
저들을 챙길 시간이 없었다.

―대강 패턴은 익혔을 테니 각자 알아서 피하세요. 지금부터는 일일이 챙겨드리지 못합니다.

뭔가 이상하다는 것을 눈치챈 일행들이 걸음을 멈췄다. 사도 녀석들의 힘이 명확하지 않은 상황에서, 함부로 일행을 끌어들이면 위험했다. 1168번이 나를 보며 말했다.

"계시에 나오는 모습이랑은 다르시군요. 정말 3회차가 맞습니까?"

"시끄럽고, 네놈은 '몇 번째'냐?"

"흐음? 직접 확인하셨다면 아실 텐데요."

"나는 겉과 속이 똑같은 놈을 좋아하거든. 양면이 다른 놈이랑은 거래를 틀 수 없으니까."

사도의 눈에 이채가 깃들었다.

"재미있군요."

"네놈이 쉽게 정체를 밝힌 이유가 있을 테지."

허공을 가르며 날아든 레서 드래곤의 꼬리가 우리가 있던 자리를 강타했다. 민첩이 30레벨을 넘는 나야 피하기 쉬운 공격이지만, 1168번의 기민한 움직임이 놀라웠다.

나는 극장 던전에서 얻은 [냉철한 관찰력]을 발동했다. 애초에 [등장인물 일람]이 안 먹히는 놈을 위해 아껴둔 스킬이었다.

각력과 속력, 그리고 호흡의 간격…… 체근민 레벨 합은, 대략 49에서 50 정도인가. 지금껏 살펴본 선지자 중에서는 상당한 수준이었다.

내가 뒤로 따라붙자 녀석이 입을 열었다.

"정식으로 인사드리죠. 저는 1195번. 〈사도〉 중에서는 '다섯 번째 사도'로 통하고 있습니다."

멸살법 1화 조회 수는 1,200이었다. 1195번이면 하차자 중에서 정보력으로 다섯 손가락에 꼽히는 녀석일 터다.

"목적이 뭐지? 네놈도 내 도움이 필요한 거냐?"

"후후, '유중혁 님'을 구하기 위해서……라면 어떻습니까?"

"송충이가 나비가 된다는 거짓말이 더 그럴듯하겠군."

"하긴, [거짓 간파]를 가지고 계셨죠, 참."

놈이 마른 입술을 핥았다. 그냥 지금 해치울까? ……아니다. 조금 더. 조금 더 들어야 한다.

"하지만 유중혁 님을 구하기 위해서란 말은 거짓이 아닙니다. 여기서 당신이 죽으면 곤란하니까요. 그러면 계시가 크게 망가집니다."

"내가 올 것을 알았군."

"몇 시간 전에야 알았습니다. 그래서 계획을 황급하게 수정했죠."

불똥이 튀며 근처에 있던 선지자 몇이 더 죽어나갔다. 여전히 죽지 않고 버티는 녀석도 있었다. 마치 레서 드래곤의 패턴을 아는 듯한 녀석들. 나는 녀석들을 눈여겨보았다.

"본래 저희는 참전 계획이 없었습니다. 유중혁 님이 안 계셨다면 말이지요."

"그래서?"

"답은 이미 예상하고 계시지 않습니까?"

[발판 위치가 재생성됐습니다!]
[5급 화룡종, '레서 드래곤 이그니르'가 '파멸의 불꽃'을 준비합니다.]

일행들은 이번에도 무사히 발판 위에 올라섰다. 나와 사도
도 '2'가 적힌 발판을 찾았다. 정확히는, 이미 누군가가 차지하
고 있던 발판을 사도가 힘으로 빼앗은 것이다. 잔인하게 튀어
오른 핏방울이 사도의 볼에 묻었다.
"저희는 레서 드래곤을 사냥할 겁니다."

[5급 화룡종, '레서 드래곤 이그니르'가 '파멸의 불꽃'을 사용합니다.]

발동한 앱솔루트 실드가 다시 한번 불꽃을 막아냈다.
쿠구구구구!
고작 두 번의 공격이 지나갔을 뿐인데, 선지자는 사분의 일
도 채 남지 않았다. 일행들은 꾸역꾸역 버티고 있지만, 얼마나
더 견딜지 알 수 없는 노릇이었다.

[히든 피스에 페널티가 발생합니다.]
[다음 턴부터는 생성되는 발판 개수가 줄어듭니다.]

나는 눈을 가늘게 뜨며 말했다.

"고작 너희 힘으로?"

"가능합니다. 준비는 충분히 해왔으니까요."

자신감 넘치는 놈의 목소리에 꺼림칙한 느낌이 스쳤다. 그러고 보니 아까부터 놈은 이 열기 속에서 땀 한 방울 흘리지 않고 있었다.

놈의 피부 위를 감도는 푸르스름한 냉기.

저건…… 그렇군. 준비성이 탁월한 놈들이다.

"'청빙환靑氷丸'인가."

"맞습니다."

강서 지역에 나타나는 7급 원소종을 사냥하면 일정 확률로 얻을 수 있는 비약. 놈들은 벌써 그 비약을 손에 넣은 것이다. 먹으면 적어도 삼십 분간은 강력한 냉기 속성을 방출할 수 있다. 즉 레서 드래곤에게 타격을 줄 만한 기반은 갖추었다는 얘기다. 문제는 공격력.

"너 혼자서는 무릴 텐데."

"혼자라고 한 적은 없습니다만?"

나는 살아남은 선지자들을 살폈다. 아까 특별히 눈여겨봐두었던 몇 명의 선지자. 자세히 보니, 녀석들 몸에도 푸르스름한 냉기가 감돌았다.

"후후, 혼자 올 리가 없지 않습니까?"

눈대중으로 세어봐도 다섯 명은 되는 숫자. 설마 이 작전을 위해 전력의 절반을 투입했을 줄이야. 다섯 '사도'가 모두 청빙환을 먹었다면 자신감을 가질 만도 했다. 하지만.

"몇 명 더 있다고 크게 달라지는 건 없다."

"그래서 도움을 구하는 겁니다. 저희를 도와주신다면, 유중혁 님께도 청빙환을 드리겠습니다."

"거절한다면?"

"적어도 유중혁 님 일행은 여기서 모두 죽겠죠."

"너희는 무사할 것 같으냐?"

"레서 드래곤은 못 죽여도 각자 자기 몸 하나 정도는 챙길 수 있습니다."

아주 자신감이 넘치시는군. 내가 '진짜 유중혁'이었다면 벌써 목이 달아났을 놈들이. 나는 '부러지지 않는 신념'을 뽑아 놈의 목에 들이대며 말했다.

"내가 일행 따윌 걱정할 것 같나? 사람은 어차피 다 죽는다. 괜찮은 놈들은 다시 모으면 돼."

그러자 놈이 절레절레 고개를 흔들었다.

"후후, 괴연 게시 그대로군요. 하지만 신중하게 생각하시는 게 좋을 겁니다."

"무슨 뜻이냐?"

"지금쯤이면 유중혁 님의 '본진'은 저희 손에 넘어왔을 테니까요."

"……뭐?"

"해상제독 이지혜에, 이상한 능력을 쓰는 꼬마. 그리고 십악 중 하나. 본래 계시와는 다르지만 꽤 괜찮은 파티를 구성하셨더군요. 과연 그들이 다 죽어도 유중혁 님이 다시 시작하시는데 문제가 없을까요?"

벌써 거기까지 조사를 마쳤나. 이 자식들이…….

"거기에 설상가상으로 충무로역까지 빼앗겨버린다면? 지금은 그저 제안에 그치지만, 이게 언제까지나 '제안'으로 끝날 거라 생각하지는 마십시오. 저희 그룹은 이미 열 개의 역을 장악해 '왕의 길' 시나리오를 완료했습니다. '왕'을 가진 그룹과 아닌 그룹의 격차는 구태여 말하지 않아도 알고 계시겠지요."

"……."

"아마 상황 정리는 끝났을 겁니다. 왕께서는 충무로역 깃발 꽂이 앞에서 유중혁 님의 선택을 기다리고 계실 겁니다."

그랬군. 놈들의 작전을 알겠다. 이 녀석들은 내가 〈선지자들의 밤〉에 온다는 정보를 입수한 순간, 충무로역을 칠 계획을 세운 것이다.

"만약 '유중혁 님'이 저희와 함께하겠다고 서약해주신다면, 일행의 안전은 물론 향후 전폭적인 지원도 약속드립니다. '왕의 명예'를 걸고 약속드리지요."

이렇게 치밀한 협박은 오랜만이라 심장이 두근거릴 지경이었다. 게다가 유중혁을 상대로 이런 담대함이라니. 멸살법에서도 이만한 지략가는 드문 편인데.

"네놈들의 '왕'은 누구냐? 그놈은 '몇 번째 하차자'지?"

"흠…… 왕께서는 자신을 '하차자'라 부르는 것을 싫어하십니다."

"그럼 뭐라고 부르나?"

"아무리 유중혁 님이라 해도, 그분에 대해 함부로 말하는 것은 삼가주시기 바랍니다. 그분은 선지자 가운데 '모든 계시'를 읽은 유일한 분. 유중혁 님의 과거와 미래를 모두 아시는 분입니다."

……뭐? 잠깐 놀라기는 했지만 크게 당황하지는 않았다. 이거 흥미가 샘솟는데. 나 말고도 소설을 다 읽은 독자가 또 있다고?

웃음이 나왔다. 헛웃음이 아니라 비웃음이.

왜냐하면 그런 일은 '절대로' 있을 수 없으니까.

쿠오오오오!

마침내 화룡종의 세 번째 전체 공격이 시작되려 했다. 나는 사도 녀석을 일별한 후 발판에서 조용히 내려왔다. 태연히 앞으로 걸어가는 나를 보며 당황한 사도가 물었다.

"유중혁 님? 무슨 짓입니까?"

놀란 깃은 멀리 떨어진 일행들두 마찬가지였다. 나는 짧게 손을 흔들어주었다.

—걱정하지 마세요. 무슨 일이 있어도 거기서 움직여서는 안 됩니다. 알겠죠?

나는 레서 드래곤이 있는 방향으로 걸어가기 시작했다. 천천히, 확실한 발걸음으로. 파멸의 불꽃을 충전하던 화룡종이 나를 보며 흉포한 살기를 드러냈다.

"무슨 짓입니까! 돌아오십시오!"

뒤쪽의 사도가 다급하게 외쳤다. 나는 놈을 돌아보며 웃어주었다.

"너희 '왕'이 이런 미래에 대해선 안 알려준 모양이지?"

놈의 설명을 들으며 나는 계속 생각했다. 이놈들은 절대로 살려둬서는 안 된다. 하지만 놈들은 '공략법'을 알고 있고, 나 혼자 힘으로 놈들을 몰살시킬 수는 없다. 그렇다면…… 나는 씩 웃으며 말을 이었다.

"너희, 잊었나 봐? 내 '성흔'이 무엇인지."

만약 내가 놈들이라면 지금 가장 '두려운 것'은 뭘까.

"난 죽음이 두렵지 않아. 몇 번이고 다시 시작하면 되니까."

답은 간단하다. 놈들은 내가 유중혁이라 믿고 있다.

그렇다면 놈들이 가장 '두려운 것'은 곧 내가 가장 두려워하는 일이다.

"그런데 궁금하네. 너희는 어떨까? 이번 '회차'의 이례적인 존재인 너희는, 내가 여기서 죽으면 다음 회차에 존재할 수 있을까? 아니면 이 세계와 함께 이대로 소멸할까?"

유중혁이 절대로 하지 않기를 바라는 일.

"정말 계시를 읽었다면 네놈들도 답을 알겠지?"

사도의 얼굴이 창백해졌다. 머리를 쓰는 놈들은 오히려 다루기 쉬울 때가 있다.

"유중혁 잡아!"

발판 위를 지키던 다섯 사도가 일제히 나를 향해 달려오기 시작했다.

그럴 줄 알았다.

아무리 태연한 척해봤자, 너희는 이 '시나리오'에 말려든 일
개 '하차자'일 뿐이다. 주인공이 죽은 세계에서 자신이 어떻게
될지는 아무것도 모른다.

"빨리 잡으라고!"

마치 나처럼.

[5급 화룡종, '레서 드래곤 이그니르'가 '파멸의 불꽃'을 사용합니다.]

플랫폼의 중앙에서 불꽃이 터지는 순간, 나는 모든 근력을
폭발시켜 드래곤의 다리 쪽으로 달려갔다. 그리고 그곳에 위
치한, 안국역 깃발 꽂이에 힘차게 깃발을 꽂아 넣었다.

['안국역'을 점거했습니다.]

[현재 점거지: 충무로(본진), 명동, 동대문역사문화공원, 동대문, 동
묘앞, 신당, 청구, 약수, 신설동, 안국]

['갈색 깃발'의 공적치가 상승합니다.]

[총 10개의 역을 점거했습니다!]

[히든 시나리오 - '왕의 길'을 달성했습니다.]

[당신이 걸어온 길에 따라 새로운 '왕'의 선택지가 주어집니다.]

1. 오만한 위선의 왕

2. 고독한 취향의 왕

3. 불살의 왕

(…)

나는 떠오르는 선택지를 더 읽어보지도 않고 대답했다.

"불살의 왕."

[새로운 특성, '불살의 왕'을 획득합니다!]

이 정도면 됐다. 정말 쓰고 싶지 않은 방법이지만, 여기서 놈들을 쓸어버리려면 어쩔 수 없었다. 터지는 불꽃을 발견하고 허겁지겁 발판 쪽으로 되돌아가는 사도들이 보였다.

하지만 이미 피하기에는 늦었다.

"그러게 조심했어야지. 인생은 한 번뿐인데."

검붉은 홍염의 파도가 놈들을 덮쳤다. 청빙환을 먹었다 해도 결코 버틸 수 없는 공격이었다.

[외장 강화 슈트의 내구가 급격하게 감소합니다.]

[외장 강화 슈트의 내구가 다했습니다.]

곧 내 시야도 어둑해졌다. 불길이 살점을 태우는 느낌과 함께, 나는 의식을 잃었다.

[당신은 사망했습니다.]

그리고 잠시 후 시스템 메시지가 들려왔다.

['불살의 왕'의 특전이 발동합니다.]

12
Episode

1인칭
주인공 시점

1

제일 고통스러운 죽음이 '분신'으로 인한 사망이라는데, 방금 그 일을 겪었다. 뇌 속 뉴런이 일제히 발광하는 것 같다.

[전용 스킬, '제4의 벽'이 정신적 고통을 감쇄합니다.]

서서히 고통이 줄어들었다. 이번에도 [제4의 벽]인가. 이 스킬의 도움으로 난관을 벗어날 때면 언제나 이상한 기분이 든다. 멸살법은 분명히 현실이 되었고 나는 그 안에서 살아가고 있다.

그렇다면 매번 느껴지는 이 '벽'은 대체 뭘까.

아니, 쓸데없는 생각은 됐다. '불살의 왕' 특성은 무사히 얻었고 나는 다시 움직여야 한다.

동족불살同族不殺의 조건을 길의 끝까지 지켰을 때에만 얻을 수 있는 특성, 불살의 왕. 이름과는 다르게, 사실 이 특성의 특전은 '불살'이 아니라 '불사不死'에 더 가깝다. 어디까지나 조건부이지만…….

어쨌든 나는 곧 육신으로 돌아가게 될 것이다.

그럴 것이라 생각했다.

[전용 스킬 충돌 오류로 '불살의 왕' 특전 활성이 지연됩니다.]

……응? 스킬 충돌 오류라고?

[사망으로 인해 의식이 육체의 구속에서 완전히 해방됩니다.]
[전용 스킬, '전지적 독자 시점' 3단계가 강제로 활성화됩니다.]

어어, 하는 느낌과 함께 어지러움이 몰려왔다. 아니 잠깐만. 이럴 때가 아닌데?

「"젠장, 그놈만 아니었더라도."」

일순 현기증이 몰려들며 사위가 밝아졌다. 그리고 나는 어떤 '장면'을 보고 있었다.

「십악 공필두는 플랫폼 안쪽을 서성이는 사람들을 관찰하며 입술을 비죽였다. 지금이라도 도망가면 어떨까. 그런 생각을 해보지만, 실천할 용기가 없다는 것은 누구보다 본인이 잘 알고 있었다.

"으음…… 독자 형."

무릎을 살포시 누르는 중량감에 공필두는 아래를 내려다보았다. 막 열 살 남짓 되었을까. 그의 허벅지를 베고 잠든 소년이 있었다.

"내가 왜 이런 꼴이……."

잠든 이길영의 보얀 피부를 내려다보던 공필두가 살짝 인상을 썼다. 오랜만에 예전 기억이 새록새록 떠올랐다.

어린아이.

분명 그에게도 이길영 또래의 딸이 있었다. 고개를 절레절레 젓고는 한숨을 내쉰다.

ㅡ 필두 씨, 이제 우리 그만…….
ㅡ 아빠, 언제까지 땅 타령만 할 거야?

가장이던 시절이 있었다. 가족을 먹여 살리기 위해 돈을 벌고, 번 돈으로 땅을 사고, 그러다 투기에 손을 뻗고, 운이 좋아 건물주가 되고, 세입자를 들이고…….

마침내 충무로 '큰손'이 되었지만, 그것이 작은 가정 하나 지킬 수 없는 손이었음을 알게 되기까지 그리 오랜 시간이 걸리지 않았다.

"의외로 괜찮죠? 사람들이랑 사이좋게 지내는 거."

고개를 드니 선이 고운 얼굴의 미인이 보인다. 유상아. 이틀 전 충무로역의 부대표가 된 사람.

"빨리 이 떨거지 데려가."

"조금 전까지 웃고 계셨으면서……."

못마땅한 공필두가 입술을 실룩였다. 웃차, 하는 소리와 함께 유상아가 공필두 옆에 주저앉았다.

"충무로의 '큰손'이라고 하셨죠?"

"남들이 붙인 별명이야."

"'땅'을 얼마나 많이 갖고 계셨던 거예요?"

"그냥 남들 가진 정도."

"그렇다기엔 유독 공필두 씨만 '땅부자' 특성을 얻으셨잖아요. 건물주 연합에 땅 가진 사람은 많은데……."

공필두가 피식 웃었다.

"땅 많다고 무조건 좋은 게 아니야. 좋은 땅이어야지. 순진하기는."

"어떤 땅이 좋은 땅인데요?"

"비싼 땅이 좋은 땅이지."

"어떤 땅이 비싸요?"

"많은 사람이 원하는 땅."

"공필두 씨가 가진 땅이 그런 땅이었어요?"

공필두는 잠시 머뭇거리다 대답했다.

"……그랬지."

내가 원한 땅은 아니었지만. 뒷말을 삼키며, 공필두는 무너진 충무로역 천장을 올려다보았다. 유상아도 함께 그 풍경을 올려다보았다. 머뭇거리던 공필두가 다시 입을 열려는 순간.

투둑. 툭.

먼 곳에서 아주 가는 실이 끊어지는 소리가 들렸다. 유상아는 안색이 굳었고, 공필두의 무릎을 베고 자던 이길영이 번쩍 눈을 떴다. 파르르. 이길영 손등에 붙어 있던 바퀴벌레가 더듬이를 떨었다.

4호선, 회현 쪽 터널. 뭔가가 이쪽을 향해 다가오고 있었다.

유상아가 자리에서 벌떡 일어섰고, 공필두가 스킬을 전개했다.

[등장인물 '공필두'가 스킬 '무장지대 Lv.8'를 발동합니다!]

공필두가 입술을 깨물었다. 땅부자만이 가지는 직감이랄까. 그런 게 있다. 이것은.

"어이! 모두 모여!"

누군가가 그의 땅을 빼앗으려 할 때의 느낌이다.

두두두두두!

포탑이 일제히 불을 뿜자 어둠 속에서 피를 뿜으며 무언가가 쓰러졌다. 땅강아쥐였다.

"적습이에요! 모두 공필두 씨를 중심으로 자리 잡으세요! 아침에 연습한 대형으로 가겠습니다!"

유상아의 외침에 플랫폼에 흩어져 있던 사람들이 달려왔다.

"A조는 전방 포탑 근처로, B조는 포화의 사각으로, C조는 공필두 씨 곁을 지키세요!"

일사불란하게 움직인 사람들이 연습한 대로 대열을 이루었다. 달려들던 땅강아쥐는 사람들의 빠른 대처에 속절없이 쓰러졌다. '긴급 방어전' 때보다 훨씬 더 수월한 움직임이었다.

그렇게 수십의 땅강아지가 바닥에 쓰러지자 충무로 그룹원의 머릿속에는 똑같은 생각이 떠올랐다.

쉽다. 역시 모두 협력하면 할 만한 거구나.

그리고 터널 너머에서 목소리가 들려왔다.

"역시 '하멜른의 피리' 정도로는 안 되나?"

"유중혁이 먹은 곳인데 겨우 9급 지하종으로 비빌 수나 있겠냐?"

어둠 속에서 남녀가 한 무리 나타났다.

남자 네 명과 여자 한 명. 공필두의 표정이 굳어졌다.

이유는 모른다. 다만 한 가지는 확신할 수 있다.

지금까지 상대해온 놈들과는 다르다.

"빌어먹을…… 빨리 사무라이 꼬마 불러!"

"벌써 왔거든?"

서늘한 기척이 느껴진다 싶더니 새파란 장도를 꺼내 든 이지혜가 내려와 있었다.

"그리고 사무라이라고 하지 마. 천벌받기 싫으면."

툴툴대는 대답에도 불구하고, 공필두는 마음이 조금 진정되는 것을 느꼈다. 이지혜는 그만큼 커다란 전력이 되는 존재다.

그럼에도 공필두는 뭔가 불안했다.

"너흰 뭐냐? 어디서 왔어!"

"정말이었군. 해상제독과 무장성주가 한 팀이 되다니."

대답 대신 돌아온 건 혼잣말에 가까운 중얼거림. 공필두가 물었다.

"무슨 헛소리냐? 빨리 전열을 물려라. 그러지 않으면 모조리 쏴 죽여버릴 테니까!"

　그러나 다섯 남녀는 공필두 쪽은 보지도 않은 채 자기들끼리 말을 이어나갔다.

　"지금 '용잡이'에 차출된 게 누구지?"

　"다섯 번째, 여섯 번째, 여덟 번째, 아홉 번째. 거기에 <사도>는 아니지만 꽤 쓸 만한 놈 하나."

　"서울 바깥에 있는 놈들 빼면 남은 건 우리 다섯이군."

　"다섯이면 충분하죠. 빨리 쓸어버립시다."

　가장 먼저 앞으로 나선 것은 배가 불룩 나온 삼십대 사내였다. 어깨에 '7'이라는 숫자가 적혀 있다. 눈썹이 짙고 얼굴이 기름으로 번들번들한 그가 말쑥한 이지혜를 위아래로 올려다보며 입맛을 다셨다.

　"내가 '해상제독'을 맡지. 바다만 없으면 쟨 별거 아니거든."

　"뭐 이 새끼야?"

　이지혜가 뾰족한 소리를 지르며 먼저 달려들었다. 이제 어쩔 수 없다는 것을 깨달은 공필두가 포탑에 마력을 불어 넣었다.

　"젠장, 그냥 다 뒈져라!"

　두두두두두!

　케이프에 '4'라고 적힌 사내가 비릿하게 웃었다.

　"역시 십악은 십악이군. 조금만 늦게 왔으면 우리가 쓸렸겠어."

　"세 번째와 네 번째. 너희가 공필두를 맡아라. 절대 방심하지 말고 가장자리 포탑부터 하나씩 공략해."

　이마에 '3'을 써넣은 사내가 고개를 끄덕였다.

　"뭐…… 알겠습니다. 십악쯤 되면 우리 둘은 가줘야죠."

"그리고 두 번째, 너는 나머지를 해치워."

뺨에 '2'라고 적힌 여자가 인상을 찌푸렸다. 손에 작은 피리를 쥐고 있었다.

"난 왜 잔챙이죠?"

"네가 맡는 게 가장 적절해."

"당신은 뭘 할 건데요?"

그러자 어두운 케이프에 '1'이 쓰인 사내가 입을 열었다.

"나는 깃발 꽂이를 점거하겠다."」

잠깐 몰입이 흐려지며 의식이 되돌아왔다.

이제야 모든 게 이해된다. 전용 스킬, [전지적 독자 시점]의 능력. 지난번 어룡 배 속에서도 비슷한 경험을 한 적 있었다.

그때는 유중혁의 모습을 봤지.

그나저나 놀라웠다. 사도 놈들이 준비를 많이 했을 거라고는 예상했지만 이 정도일 줄이야. 가지고 온 아이템만 봐도 얼마나 철저한지 짐작할 수 있었다. 공필두의 공격을 방어할 수 있는 '마력탄 분해 실드', 땅강아쥐를 부리는 '하멜른의 피리'까지. 놈들은 정말로 충무로역을 공략하여 유중혁을 손에 넣고, 이 세계를 집어삼킬 셈이다.

하지만 그리 쉽지는 않을 것이다.

「"뭐, 뭐야! 해상제독이 초반부터 이렇게 셌나? 이봐, 뭔가 잘못된 거 아냐?"

가장 먼저 앓는 소리를 낸 것은 일곱 번째 사도였다. 이지혜의 날카로운 검술이 일곱 번째 사도를 조금씩 압박해 들어가고 있었다. 그럴 수밖에 없었다. 현시점의 이지혜는 본래의 3회차에 나오는 이지혜보다 월등히 강했으니까.

"젠장, 공필두 포탑이 이렇게 단단했어?"

곤란에 처한 것은 세 번째와 네 번째도 마찬가지였다.

'하멜른의 피리'를 불던 두 번째 사도도, 유상아의 [실 묶기]와 이길영의 '뮬니르의 천둥' 때문에 고전하고 있었다.

결국 첫 번째 사도가 앞으로 나섰다.

녀석은 눈살을 찌푸리더니 품속에서 뭔가 꺼내 불을 붙였다.

그리고 그것을 충무로역 일행을 향해 던졌다.」

콰아아아아앙—!

귀가 먹먹해지는 굉음과 함께 충무로역 플랫폼 일대가 폭발로 뒤덮였다.

그 순간만큼은 나도 깜짝 놀라고 말았다.

……저 빌어먹을 자식이?

'대량 살상 마력탄'.

상위 괴수종에게는 큰 타격을 주기 힘들지만 인간을 상대로 할 때는 더없이 강력한 살상 아이템. 강서와 강남 지역에서 등장하는 일부 재료와 '도깨비 보따리'로 구입한 희귀 재료로만 만들 수 있는 병기였다.

저놈이 바로 사도들의 '왕'.

놈의 등 뒤에 꽂힌 '보라색 깃발'이 그 사실을 증명하고 있었다. 희뿌연 먼지 속에 드러난 충무로역 플랫폼. 가슴이 답답해졌다.

먼지가 가라앉자 쓰러진 충무로 그룹원이 보였다.

날카로운 파편에 맞아 피를 토하는 사람들.

유상아와 이길영이 바닥에 쓰러져 있었다. [방호벽]을 가진 공필두조차 기습을 온전히 피하지는 못했는지 온몸이 상처투성이였다.

「"휴, 이제야 맘에 드는 모양새가 됐네. 그렇지?"

일곱 번째 사도가 쓰러진 이지혜의 머리를 잡아 억지로 일으켜 세웠다. 전방에서 폭발을 맞은 그녀는 일행 중 가장 큰 타격을 입었다.

"조연이면 조연답게 굴어, 응?"

"개자식…… 커헉!"

배에 주먹을 맞은 이지혜가 피가 나도록 입술을 깨물었다.

"넌 내가 천천히 죽여주지."

"일곱 번째. 시간 없다고 했을 텐데."

"그렇게 쉽게 죽이기는 아깝잖아. 내가 뒤쪽까진 못 읽어서 모르지만, 어차피 이런 캐릭터는 페이크 히로인으로 쓰이다 버려질 운명 아니야?"」

이지혜의 작은 몸이 망가진 인형처럼 허공에서 흔들렸다. 파르르 떨리는 입술. 그녀는 나를 보고 있었다.

「도……와……줘.」

충동적인 분노가 머릿속을 휘감았다. 나답지 않은 일이었다. 분명 이지혜는 '등장인물'이다.

[전용 스킬, '제4의 벽'이 희미하게 진동합니다.]

하지만…… '등장인물'이라고 해서.

[과도한 몰입으로 '제4의 벽'의 일부 기능이 제한됩니다.]

일순 시야기 흔들리며 구토감이 치밀었다.

[과도한 몰입으로 '전지적 독자 시점'의 숙련도가 대폭 상승합니다.]
[시점을 1인칭으로 변경합니다.]

사위가 그대로 한 바퀴 돌더니 의식이 고무줄처럼 늘어졌다. 그리고 다음 순간 눈을 떴을 때.
나는 정말로 충무로역에 있었다.
……어떻게?

이지혜의 흔들리는 눈동자가 나를 보고 있었다. 그녀만이 아니었다. 그 순간 플랫폼의 모든 사람이 나를 보고 있었다.

시야 안의 모든 것이 느릿하게 움직였다.

나는 이지혜를 향해 걸어갔다. 정확히는, 내 의지와는 상관없이 몸이 움직이고 있었다.

한 걸음, 다시 한 걸음. 천천히, 그러나 착실하게. 그녀와 내 거리가 가까워지고 있었다. 일곱 번째 사도가 눈살을 찌푸리며 물었다.

"넌 뭐……?"

몸에 맞지 않는 옷을 입은 것처럼 불편한 느낌. 평소와 미묘하게 다른 시선의 높이와 이질적인 오감五感.

'나'는 내가 누구인지 깨달았다.

헛웃음이 나왔다. 싫다. 진짜 싫은데.

이지혜의 입술이 조그맣게 움직였다.

"아……."

수백만 번도 더 반복해온 일을 하듯 칼자루를 쥐는 나의 손. 손가락의 감각이 낯설었다. 너무나 자연스럽고 심지어는 아름답기까지 한 발도拔刀. 나는 생전 처음 느끼는 환상적인 감각에 전율했다.

소리 없는 칼날이 움직였고, 누구도 그것을 볼 수 없었다. 그저,

뭔가가 스쳐 갔고, 뭔가가 잘려나갔으며, 뭔가가 바닥에 떨어졌다.

누군가는 경악했고 누군가는 멍하니 입을 벌렸다.

이지혜를 붙잡고 있던 일곱 번째 사도가 천천히 자리에 주저앉았다. 휑해진 놈의 목 위로 울컥울컥 피가 뿜어져 나왔다.

나의 손이 움직여 떨어지는 이지혜의 작은 몸을 받았다.

"아, 아……."

꺽꺽거리는 이지혜를 가볍게 플랫폼 위에 내려놓고 몸을 일으킨다. 눈을 부릅뜬 사도들이 이쪽을 보고 있었다. 가장 먼저 입을 연 것은 세 번째 사도였다.

"너는…… 대체 누구지?"

우습다. 그보다 더 멍청한 질문이 있을까. 천천히 입이 움직였다. 마치 내가 원래부터 이 사내였던 것처럼.

"나는 유중혁이다."

세상에서 가장 냉혹하고 가장 고독한 목소리.

마침내 잠자는 숲속의 왕자님이 깊은 잠에서 깨어났다.

"그리고 너희는 모두 여기서 죽을 것이다."

이제 충무로역은 안전할 것이다.

유중혁 몸에서 빠져나온 의식이 천천히 원래의 몸으로 돌아가는 것이 느껴졌다.

[전용 스킬, '전지적 독자 시점' 3단계가 해제됩니다.]

[스킬 충돌 오류가 정상화됐습니다.]

(…)

[지연되었던 '불살의 왕'의 특전이 재발동합니다.]

[당신의 육신이 죽음 속에서 부활합니다.]

[육체 재생이 시작됩니다.]

실수로 떨어뜨린 물감이 번져나가듯 시야가 천천히 갠다. 주변의 명암과 채도가 불분명했다. 뼈와 모세혈관, 소화기와 호흡기, 안구가 통째로 재생되는 과정. 아직 제자리를 찾지 못한 감각들이 혼란스럽게 엉켰다.

어쨌든 충무로역은 유중혁이 나섰으니 안심이다.

아무리 사도들이 강하다고 해도 본래의 3회차보다 더 강해진 유중혁을 이길 수는 없겠지.

그나저나…… 정말 독특한 경험이었다. 1인칭으로 유중혁이 되는 경험이라니. 가능하면 다시는 하고 싶지 않다.

[전용 스킬, '제4의 벽'이 죽음으로 인한 정신 충격을 상쇄합니다.]

['전지적 독자 시점' 3단계의 사용 보상이 준비 중입니다.]

사용 보상? 멀리서 소리치는 정희원이 보였다. 그런 그녀를 붙잡고 있는 이현성의 경악한 얼굴. 그리고 이쪽을 바라보며 충격에 빠진 정민섭과 이성국.

다행히 일행들은 모두 무사하다. 너무 늦지 않은 것이다.

"독자 씨!"

내 이름을 숨겨야 한다는 것도 잊었는지 정희원이 외쳤다.

사실 이젠 숨길 필요도 없겠지만.

흐으으으읍.

새롭게 만들어진 폐부에 공기가 차올랐다. 근처에는 아직도
무자비한 살해를 이어가는 레서 드래곤이 있었다.

"역시 유중혁 님!"

"기사회생을 사용하신 건가?"

그 많던 선지자 중 살아남은 것은 이제 극소수뿐. 물론 나는
[기사회생] 따위는 가지고 있지 않았다. 심각한 상처를 회복
하는 것과 죽음에서 되살아나는 것은 완전히 다른 얘기니까.

['불살의 왕'의 특전이 완료됐습니다.]

[카르마 포인트 100을 소진했습니다.]

[노폐물이 완전히 빠져나가며 육체의 성능이 상승합니다.]

[체력과 마력이 각각 1레벨씩 상승합니다.]

거기에 부활 보너스까지. 이래서 '불살의 왕'이 사기다. 멸
살법 전체에서도 이 특성을 얻은 사람은 미국의 셀레나 킴뿐
이었다.

[현재 카르마 포인트: 0/100]

[다음 부활을 위해 포인트를 채우십시오.]

[동족의 생명을 구해낼 때마다 1 카르마 포인트를 얻습니다.]

'불살의 왕'의 특전은 '부활'이다. 물론 무조건 부활은 아니고, '카르마 포인트'라는 것이 필요하다. 처음에 100포인트를 제공하고 시작하기에 다행이었다.

[5급 화룡종, '레서 드래곤 이그니르'가 '파멸의 불꽃'을 사용합니다.]

살아나자마자 죽어줄 수는 없지. 포인트가 0이 되었으니 부활 특전은 당분간 쓸 수 없다. 마침 주변에 보이는 것은 숫자 '2'가 적힌 발판. 다른 사람들은 벌써 각자 발판에 자리를 잡은 뒤였다.

"현성 씨, 저쪽으로 가요! 우리가 옆 발판으로 갈 테니까!"

정희원의 빠른 판단에 이현성이 내 쪽으로 허겁지겁 달려왔다. 고열 속에 땀을 주룩주룩 흘리는 이현성이 입을 열었다.

"독자 씨, 괜찮으십니까?"

"보시는 대롭니다."

"……잠시 제 눈이 잘못된 줄 알았습니다."

어떻게 그런 일이 가능하냐, 라고 물어도 자세히 설명해줄 시간은 없었다.

['앱솔루트 실드'를 발동합니다.]

눈앞에서 화르르륵, 하고 갈라지는 파멸의 불꽃. 예수님이라도 영접한 듯한 눈으로 나를 보는 이현성을 향해 물었다.

"현성 씨, 뭔가 걸칠 거 없습니까? 판초 우의나……."

"제가 군인이긴 해도 그런 것까지는…… 아."

뒤늦게 상황을 인지한 이현성이 내 몸을 훑어보았다.

부활을 한 건 좋은데 하나를 생각 못 했다.

그나마 보호구 역할을 하던 슈트는 녹아버렸고, 잡다하게 주워놓은 아이템도 대부분 소실되었다. 즉 나는 지금 알몸 상태다.

"……아니, 그건 됐습니다."

슬그머니 자신의 허리춤으로 올라가던 이현성의 손이 빠르게 원상 복귀했다. 아니, 사람이 아무리 희생 정신이 강해도 정도가 있지. 어차피 당장 필요한 것은 옷이 아니라 떨어뜨린 아이템이었다.

'파멸의 불꽃'도 성유물이나 시나리오의 핵심 아이템은 녹이지 못한다.

'부러지지 않는 신념'은 레서 드래곤 발치를 굴러다니고 있었고, 시나리오 아이템인 '갈색 깃발'도 그 주변에서 나뒹굴고 있었다.

하필 저기에 떨어져 있다니…… 다른 사람도 쉽게 못 줍는 위치이길 망정이지.

실드 해제와 동시에 일행들이 달려오기 시작했다.

가장 앞서 달려온 사람은 정희원이었다.

"독자 씨!"

나를 향해 달려오던 정희원의 표정이 서서히 굳었다.

[성좌, '심연의 흑염룡'이 당신의 흑염룡을 물끄러미 바라봅니다.]

은근슬쩍 등을 돌려 그녀의 시선에서 벗어나는 순간, 살포시 어깨와 등을 덮는 촉감이 느껴졌다.

"안 봤으니까 걱정 마요. 지금 그딴 거 신경 쓸 때예요?"

'그딴 거'라는 말에 조건반사처럼 몸이 움찔했다. 진짜 판초우의 같은 것이 덮여 있었다. 자세히 보니 거적이었다.

사명대사의 거적. 그러고 보니 정희원이 이걸 갖고 있었지.

"고맙습니다, 정희원 씨."

지금은 이거라도 감지덕지다.

[성좌, '대머리 의병장'이 조금 서운해합니다.]

"움직이죠."

레서 드래곤 이그니르의 염화 페이즈가 시작되었다. 우리는 이번에도 반시계 방향으로 돌며 공격을 피했다. 정희원과 이현성이 나를 앞질러 달려갔다. 달리는 내내 아랫도리 쪽에서 덜렁거리는 내 '흑염룡'을 신경 써준 모양이었다.

거적이 생각보다 누추해서 앞을 다 가리지 못했다.

눈치 없이 곁을 달리던 정민섭이 물었다.

"이제 어쩌면 좋습니까 대표님? 사도들이 전부 다 죽어버렸는데…….."

정민섭 말대로 남은 사도는 보이지 않았다.

녀석들이 죽은 자리에 청빙환이 남아 사리처럼 굴러다니고 있었다. 소화 시간이 긴 아이템인 데다 열기에 강한 물질이라 불꽃에도 녹지 않은 모양이다.

휘이이익!

허공을 가르며 날아드는 레서 드래곤의 앞발.

"끄아아악!"

일행을 쫓아오던 선지자 두 명이 으깨졌다. 나는 곧장 플랫폼 중앙을 가로질러 깃발과 '부러지지 않는 신념'을 집었다.

['갈색 깃발'을 되찾았습니다.]

[깃발의 가호를 다시 사용할 수 있습니다.]

주변을 둘러보니 남은 것은 우리 일행뿐이었다. 이리저리 방법을 생각하는 사이 벌써 발판 활성화 타임이 다가왔다.

[숫자 발판이 활성화됩니다!]

"모여요!"

운 좋게 숫자 5가 적힌 발판이 나타났다. 문제는 이번에 활성화된 발판이 하나뿐이라는 것. 허공에서 중급 도깨비의 목소리가 들려왔다.

[후후, 아직도 잘 버티고 계시는군요. 하지만 계속 그렇게 운이 따라줄까요?]

다음번에는 이 발판 위에 뜬 숫자가 3이나 4일 수도 있다. 만약 그렇게 된다면, 일행 중 누군가는 반드시 죽는다. 하물며 6이 뜨는 경우에는……

[5급 화룡종, '레서 드래곤 이그니르'가 '파멸의 불꽃'을 사용합니다.]
['앱솔루트 실드'를 가동합니다.]

간신히 십 초를 또 벌었다. 이게 마지막이라 생각해야 한다.

"후우…… 저 망할 자식. 독자 씨, 어떡하죠?"

이현성과 정희원도 지친 모습이었다. 숨도 쉬기 힘든 고열 속에서 벌써 십여 분을 도망 다녔으니 당연한 일이었다.

"싸워야 할 것 같습니다."

"아깐 못 잡는다면서요?"

"저것만 있다면 불가능한 건 아닙니다."

나는 바닥을 굴러다니는 청빙환을 가리켰다. 마침 청빙환은 우리 일행과 정확히 같은 다섯 알. 사도들이 준비해 온 저 아이템을 먹는다면, 레서 드래곤에게 대미지를 줄 수도 있다.

문제는 다음 '전체 공격'이 시작될 때까지 놈을 죽일 수 있느냐인데.

['앱솔루트 실드'가 해제됩니다.]

"달려요! 바닥에 떨어진 거 하나씩 주우세요!"
내 말과 동시에 일행들이 튀어 나갔다.

[마력에 4,100코인을 투자했습니다.]
[마력 Lv.16 → 마력 Lv.25]
[당신의 영혼이 세계와 감응합니다!]

남은 시간에 폭발적인 타격을 주기 위해서는 근력보다 마력을 올려야 한다. 나는 주워 든 청빙환 하나를 꿀꺽 삼켰다.

[냉기 속성이 일시적으로 개방됐습니다.]
[40퍼센트의 냉기 속성 대미지가 추가됩니다.]

이제 대미지를 넣어야 되는데. 어떻게 한다?
무작정 달려드는 데는 한계가 있다.
이현성은 [태산 부수기]가 있지만 민첩이 부족하고, 정희원은 민첩은 뛰어나지만 한 방이 부족하다.
레서 드래곤의 취약 부위를 공격하면 좋을 텐데.
혹시 [전지적 독자 시점]으로 그런 건 못 보나?
아, 그러고 보니…….

[전용 스킬, '전지적 독자 시점'을 이미 발동 중입니다.]
[전용 스킬, '전지적 독자 시점' 3단계의 보상 획득이 가능합니다.]

아까 '사용 보상'이 있다고 했지.

[당신은 '1인칭 주인공 시점'을 경험했습니다.]
[당신이 몰입했던 주인공의 스킬 중 하나를 물려받을 수 있습니다.]

……뭐? 순간 너무 당황한 나머지 날아드는 레서 드래곤의 앞발을 미처 보지 못했다. 날쌘 정희원이 나를 밀쳤고, 내가 있던 자리는 폭삭 내려앉았다.

"뭘 얼빠져 있어요!"

정희원의 핀잔이 날아들었지만 대답할 여유가 없었다. 몰입했던 주인공의 스킬 중 하나를 물려받을 수 있다. '유중혁' 녀석의 스킬 하나를 배울 수 있다는 뜻이었다.

[획득할 수 있는 스킬 선택지를 제시합니다.]

오호라, 선택지까지? 청빙환을 먹은 지금, 유중혁의 스킬 중 하나를 가져올 수만 있다면? 하다못해 호신강기나 파천검도 같은 것만 있어도……!

[획득할 스킬을 선택하십시오.]

1. 냉기 저항
2. 화염 저항
3. 거짓 간파

⋯⋯제기랄, 그럼 그렇지. 일이 그렇게 쉽게 풀릴 리 없다.

주어진 선택지 중 그나마 마음에 드는 것은 [거짓 간파]지만, 지금은 쓸모없는 스킬이었다. 지금 상황에서 제일 유용한 것은 '화염 저항'인데⋯⋯.

그오오오오ㅡ!

포효하는 레서 드래곤이 화염을 흩뿌리고 있었다. 저 행동이 끝나면 바로 '파멸의 불꽃' 페이즈가 시작될 것이다.

생각하자. 나는 '독자'다. 내가 읽어온 것에 답이 있다.

[특성 효과로 이미 읽은 내용에 대한 기억력이 상승합니다!]

머릿속에서 페이지가 빠르게 넘어간다. 레서 드래곤 공략법. 12회차, 14회차, 17회차의 일부 정보. 그리고, 지금 내게 주어진 것.

"독자 씨, 빨리⋯⋯!"

서서히 눈을 감았다 뜬다. 그리고.

"냉기 저항을 획득한다."

결정을 내렸다.

[스킬 '냉기 저항'을 사용할 수 있게 됐습니다.]

나는 일행들을 돌아보며 외쳤다.

"정희원 씨, 이현성 씨! 아직 청빙환 안 먹었죠? 저한테 전부 주세요."

"네?"

"이성국, 정민섭! 너희도!"

청빙환을 막 입에 넣으려던 정민섭이 입을 비죽 내밀었다.

"빨리!"

"아, 옙!"

청빙환 네 알이 금방 모였다. 나는 쏟아지는 화염을 피하며 동시에 입에 털어 넣었다.

확신한다. 이것이 최선이다.

[청빙환을 복용했습니다.]

[속성 중첩 효과로 청빙환의 속성 대미지가 증가합니다!]

[200퍼센트의 냉기 속성 대미지가 추가됩니다.]

[심장이 얼어붙을 듯한 한기가 당신의 전신을 뒤덮습니다.]

보통이라면 절대 해서는 안 될 짓이었다. 청빙환은 영약 같은 이름과 다르게 사실은 독의 일종이다. 한 알만 먹어도 한거

울에 알몸으로 서 있는 것처럼 오한이 깃드는 물건인데, 다섯 알을 먹으면 당연히 그 자리에서 동사한다.

어디까지나, 보통이라면 그렇다는 뜻이었다.

[전용 스킬, '냉기 저항 Lv.5'이 당신을 보호합니다.]

유중혁의 숙련치를 일부 계승한 모양인지 시작부터 스킬이 5레벨이다.

"모두 내 뒤쪽으로 와요!"

나는 일행들을 향해 외치며 칼자루를 쥐었다. 종전에 유중혁이 되었던 기억 때문일까. 미묘하게 칼을 쥐는 감각이 달라졌다.

['신념의 칼날'이 활성화됩니다.]

기이이잉!

['부러지지 않는 신념'의 특수 옵션이 발동합니다.]
[에테르 속성이 '어둠'으로 변환됩니다.]
[청빙환의 효과로 에테르 속성에 '냉기'가 추가됩니다.]

에테르 블레이드가 검푸른 빛을 띠었다. 냉기와 어둠의 중첩. 검푸른 에테르 칼날이 레서 드래곤의 불길을 가르기 시작했다. 나는 모든 근력을 폭발시켜 레서 드래곤을 향해 달려갔다. 이제 총력전이다.

[성흔, '칼의 노래'를 발동했습니다.]
[충무공이 남긴 소절이 당신의 검에 무작위로 깃듭니다.]

나오는 구절에 따라 버프 능력이 달라지는 [칼의 노래].
제발, 이상한 구절만 나오지 마라.

「야밤에 신인神人께서 꿈에 나타나 말씀하시길 "이렇게 하면 크게 이길 것이요, 저렇게 하면 패할 것이니라"라고 하셨다.」

이건 또 무슨 구절인가 싶었는데, 갑자기 레서 드래곤 몸 곳곳이 다른 색깔로 보이기 시작했다. 몸피의 대부분은 초록색인데 유독 붉은색으로 보이는 부분이 있었다.

[성좌, '해상전신'이 당신의 전투를 응원합니다.]

그제야 충무공의 뜻을 알아챘다.
그렇구나. 저곳이 바로 놈의 약점이다.
나는 타오르는 길을 달려, 레서 드래곤의 날갯죽지를 향해 검을 휘둘렀다.
첫 번째는 엷은 적색.

몸부림치는 놈의 날갯죽지 밑으로 들어가 뒷발의 아킬레스건을 끊는다.

두 번째는 짙은 적색.

꼬리를 피하며 뛰어오르자 기다렸다는 듯 녀석의 앞발이 나를 노리고 날아왔다.

['갈색 깃발'의 효과로 방어막이 활성화됩니다.]

불꽃은 막을 수 없지만 평범한 공격이라면 몇 대 정도는 버틸 수 있다. 나는 포효하는 놈의 품속으로 파고들어 그대로 칼을 꽂았다.

푸욱!

놈의 가슴은 거의 핏빛에 가까운 암적색이었다. 레서 드래곤이 발악을 시작했다. '갈색 깃발'이 만든 방어막이 순식간에 파괴되었고, 놈의 입에 불꽃이 집결되기 시작했다.

[5급 화룡종, '레서 드래곤 이그니르'가 '파멸의 불꽃'을 준비합니다.]

전체 공격 페이즈가 시작되었다.

이제 실드는 없다. 마력이 전부 빠져나가며 길쭉해진 에테르 블레이드가 녀석의 가슴팍을 난자했다.

휘두르고, 또 휘두르고.

폭발적인 냉기 대미지가 놈의 가슴에 작렬했다. 하지만 놈은 여전히 쓰러지지 않았다.

조금만 더.

캬아아아아!

조금만……

[5급 화룡종, '레서 드래곤 이그니르'가 '파멸의 불꽃'을 사용합니다.]

눈앞에서 끓어오르는 불꽃. 맞으면 죽는다. 멀리서 일행의 외침이 들렸다. 그 외침을 들으면서도 물러서지 않고 검을 휘둘렀다.

할 수 있다. 내 계산이 틀릴 리 없다.

말하자면 이건 '독자'의 오기傲氣다.

만약 내가 유중혁이었더라면.

무아지경으로 휘두르는 검격에 날카로운 감각이 깃들었다.

보이지 않고 소리도 없었던 유중혁의 일검.

그 마법 같았던 한 수가 머릿속을 강하게 잠식했다.

온 힘을 다해 움켜쥔 칼자루. 모든 감각을 동원해 그 순간의 느낌을 떠올린다. 적어도 단 한 번. 그 '일검'의 티끌만이라도 흉내 낼 수 있다면.

가오오오오오ㅡ!

검이 움직였고 뭔가가 터지는 소리가 들렸다.

살점이 폭발하는 소리. 눈앞을 적시는 레서 드래곤의 핏물과 놈의 일격을 맞아 허공을 날아가는 내 몸.

고열의 먼지 바닥을 몇 바퀴나 구른 뒤, 참았던 울혈을 토해냈다. 고개를 흔들어 시야를 되찾고, 비틀거리며 간신히 자리에서 일어났을 때.

나를 내려다보는 레서 드래곤과 눈이 마주쳤다.

흠칫, 몸을 떠는 순간.

파스스슷.

타오르던 '파멸의 불꽃'이 조용히 꺼져가는 게 보였다. 거대한 녀석의 눈꺼풀이 한 번 꿈틀대더니, 육중한 거구가 천천히 뒤로 넘어갔다. 놈의 심장에 꽂힌 신념의 칼날이 조용히 울고 있었다.

[소재앙 '레서 드래곤 이그니르'를 최초로 퇴치했습니다.]

[최초로 다섯 번째 시나리오의 클리어에 공헌했습니다.]

[불가능한 업적을 달성했습니다.]

전신에서 천천히 힘이 빠져나갔다. 얼마나 진이 빠졌는지 주먹을 움켜쥘 힘조차 없었다. 헐떡거리는 숨소리와 함께 자리에 주저앉았다.

무모한 도전이었다.

이번에는 정말로 죽을 뻔했다.

[불가능한 업적 달성으로 인해 보상 정산에 시간이 소요됩니다.]
[일부 하급 도깨비가 관리국에 '개연성 적합 판정'을 요청했습니다.]

허공에 나타난 중급 도깨비가 고요히 나를 노려보고 있었다.
어쨌든 이제 달콤한 보상의 시간이다.

2

[성좌, '긴고아의 죄수'가 당신의 투지에 갈채를 보냅니다!]
[성좌, '악마 같은 불의 심판자'가 당신의 용기를 격찬합니다!]
[성좌, '은밀한 모략가'가 당신의 전술에 호기심을 보입니다.]
[상당수의 성좌가 당신의 활약에 큰 감명을 받았습니다.]
[20,000코인을 후원받았습니다.]

(…)

거름망 없이 통째로 쏟아지는 간접 메시지에 나는 인상을 찌푸렸다.

칭찬 싫어하는 사람은 없다지만 한 번에 수십 개씩 쏟아지면 테러나 다름없다.

비형 이 자식은 메시지 관리도 안 하고 어디 간 거야?

아…… 지금쯤 관리국에 불려 갔으려나.

히든 시나리오 보상이 따로 안 들어오는 데다, 중급 도깨비가 말없이 사라진 걸 보면 대강 상황이 예상은 된다. 그나저나 후원 합산금이 2만 코인이라. 역시 '소수 규모 채널'과 '상당수 규모 채널'은 밥벌이가 다르다. 나는 재빨리 레서 드래곤의 몸을 뒤져 핵을 끄집어냈다.

[5급 화룡종의 핵]

은은한 붉은 빛으로 감싸인 핵. 소재앙급이라 그런지 품질도 범상치 않았다.

열화판이지만 용의 일종인 만큼 떼어서 팔 부분도 많다. 뼈라든가 가죽이라든가. 좋은 대장장이에게 맡겨 가공할 수도 있고, 거래소에 올릴 수도 있을 것이다.

나는 혹시 몰라 죽은 화룡종의 시체를 마저 뒤지기 시작했다. 그래도 소재앙을 잡았는데 겨우 이것만 줄 리가…….

그런데 난데없이 짜악— 하는 소리와 함께 등짝에 통증이 일었다.

"독자 씨 무슨 게임 캐릭터예요?"

언제 다가왔는지 등 뒤에 정희원이 서 있었다. 나도 모르게 쿨럭, 하고 기침이 나온다.

"……저 지금 체력이 바닥이라 그렇게 때리시면 죽습니다."

"어차피 죽어도 살아나잖아요."

"항상 그런 건 아닙니다."

이쯤에서 한 번 더 대거리를 해줘야 정희원인데 어쩐지 조용했다. 그러고 보니 아까 내가 죽었을 때 상당한 충격을 받은 표정이었지. 울었던 것 같기도 하고…… 아니지, 정희원이 울긴 무슨.

그녀는 다른 일행을 의식하는지 목소리를 낮춰 물었다.

"……이번에도 다 알고 행동한 거예요?"

"전부는 아니고요……."

"정말 죽었으면 어쩔 뻔했어요!"

"그치만 살아났잖습니까."

다시 한번 등짝에 매서운 손바닥이 날아들었다. 뒤늦게 이현성이 허겁지겁 달려왔다.

"독자 씨! 괜찮으십니까?"

"네, 괜찮습니다."

멀리서 쭈뼛대며 다가온 정민섭과 이성국까지 모두 모였다. 이 둘도 살아 있었나? 정말 운이 좋은 놈들이다.

그런데…….

갑자기 침묵이 내려앉기에 뭔가 싶었는데, 다들 나를 보며 눈동자를 빛내고 있었다. 나는 한숨을 쉬며 말했다.

"하나씩 물어보세요. 궁금한 게 뭡니까?"

그리고 갑작스러운 청문회가 시작되었다.

"부활은 제가 새로 얻은 특전입니다. 배후성이 예수님이라든가 그런 게 아니고요."

나는 곤란한 항목은 적당히 피해가며, 일행들이 알아야 할 정보만 알려주었다. 정희원이 어이없다는 듯 중얼거렸다.

"사람을 살릴 때마다 부활이라니…… 그거 완전 사기 아니에요?"

"대략 백 명당 부활 1회꼴이지만, 사기는 사기죠."

솔직히 인정했다. 하지만 '불살의 왕'에도 치명적인 약점은 있었다. 이 특성을 가지고 있는 한, 나는 사람 목숨을 '직접' 끊을 수 없다.

상처를 입히거나, 제압하거나, 전투불능으로 만드는 것은 문제가 없지만 죽여서는 안 된다. '불살의 왕'은 동족을 직접 살해하는 순간 바로 왕위를 박탈당하기 때문이다.

물론 이런 사항까지 구구절절 이야기하지는 않았다. 알려져서 좋을 것도 없고.

"앞으로 사람 열심히 살려야겠네요."

"살리려고 노력해야죠. 곤란한 경우도 있겠지만……."

"걱정 마요. 그런 놈들은 내가 죽여줄게요."

자신만만한 정희원의 목소리.

사실 정희원이 있어서 '불살의 왕'을 마음 놓고 선택할 수 있었다. 애초에 '멸악의 심판자'를 키운 이유가 이것 때문이기도 했고.

솔로로 뛸 때는 답답한 순간도 있겠지만, '불살의 왕'을 중 후반까지 유지할 것도 아니기에 장기적으로 보면 큰 문제는 아니었다.

뒤로 갈수록 이보다 사기적인 특성은 많이 나온다. 초반에 좋은 특성 하나 얻었다고, 버스를 갈아탈 타이밍을 놓쳐서는 곤란한 것이다.

"근데 진짜 무슨 판타지 소설 같습니다. 별의별 능력이 다 등장하는군요."

이현성의 말에 이성국과 정민섭이 내 눈치를 보았다. 나는 일부러 놈들에게 눈을 부라렸다. 허튼소리 하지 말라는 경고 였다. 그걸 어떻게 받아들였는지 이성국이 기어코 허튼소리를 했다.

"죽을 때 기분이 어떠셨습니까?"

"……끔찍했죠. 당연히."

갑자기 그런 건 왜 묻나 싶었는데 이성국이 심각한 목소리 로 말을 이었다.

"솔직히 다시 살아나시는 걸 보면서 조금 무서웠습니다."

"무서웠다고요?"

"예. 엄밀히 따지면 육체 전체가 통째로 소멸했다가 복구되 는 건데, 상식적으로 그런 일이 있을 수가 없으니까요. 이 세 계의 원리가 뭔지는 모르겠지만 혹시 우리 존재가 통째로 복 제될 수 있는 것이라면…… 대표님은 '부활'이 아니라 '복제'

되신 걸 수도 있지 않습니까."

태연한 목소리로 소름 끼치는 이야기를 했다. 그건 생각도 못 해본 부분인데…… 그러고 보니 이 녀석 특성이 '최면술사'였지. 이런 쪽에도 관심이 있었나? 정희원이 핀잔을 주었다.

"영화를 너무 많이 본 거 아니에요?"

"이건 중요한 문젭니다. 대표님의 죽음과 부활 사이에 연속성이 없다면, 죽음 이전의 대표님과 부활 이후의 대표님이 동일한 사람이라는 보장은 없으니까요."

이젠 어려운 말까지. 불현듯 어떤 기억이 스쳐 지나갔다.

혹시 멸살법 프롤로그에 현학적인 악플을 달고 하차한 그 녀석인가?

"굉장히 기발한 발상으로 저를 살해하시는데…… 걱정하실 필요는 없습니다. 죽은 뒤에도 계속 의식이 있었거든요. 그러니 엄밀히 따지면 진짜 죽음은 아닌 거죠."

"설마 영혼 상태를 경험하신 겁니까?"

"그걸 영혼이라고 할 수 있을진 모르겠지만……."

이야기를 하다 보니 조금 찜찜한 느낌이 든다. 멸살법은 결국 작가가 만든 세계다. 그리고 그 세계는 현실이 되었다.

영혼이 입증되지 않던 세계는 이제 영혼이 당연한 세계로 변했다.

그런 세계에서 '나'라는 존재는 대체 무엇일까. 나라든가 영혼이라든가. 그런 건 원래부터 존재했을까? 아니면, 이런 '나' 조차 작가가 만든 이야기의 일부일까?

나는 고개를 흔들었다. 지금은 이런 생각을 할 때가 아니다.

"아무튼 이제 쓸데없는 질문은 끝났죠?"

"아, 한 가지만 더 여쭤봐도 되겠습니까?"

"뭐죠?"

"왜 갑자기 저랑 민섭이한테 존댓말을 쓰시는지…….."

"유중혁 컨셉은 이제 끝났잖아요."

뒤늦게 뭔가 눈치챘는지 이성국이 헉하는 표정을 지었다.

"엇, 그러고 보니 대표님 모습이…….."

흐려진 말꼬리를 듣지 않아도 알겠다. 물론 컨셉이 끝났다고 대우가 엄청나게 달라지는 것은 아니다. 나는 이성국을 향해 손을 내밀었다.

"스마트폰 좀 줘봐요."

"예?"

"폰 달라고요."

이성국은 쭈뼛쭈뼛 스마트폰을 내밀었다. 좋은 기종이다. 내가 쓰던 것보다 좋다.

"가져도 되죠?"

"……유중혁 컨셉은 끝나신 거 아니었습니까?"

"이게 원래 내 컨셉이에요."

이성국이 울상을 지었다.

"다들 잠시 쉬고 계세요. 전 잠깐 찾아볼 게 있어서. 십 분만 있다가 이동하죠. 아이템 수거하고 계셔도 되고요."

저마다 곳곳에 떨어진 아이템을 수거하는 동안 나는 이성국의 스마트폰으로 인터넷 접속을 시도했다. 태연한 척하고 있지만 사실 조금 초조했다.

[히든 시나리오 보상 정산이 지연됩니다.]
[현재 관리국에서 '개연성 적합 판정'이 진행 중입니다.]

바로 저 메시지. 개연성 적합 판정. 히든 시나리오 보상 코인이 아직 안 들어오는 것도 그것 때문이겠지.

멸살법 파일에서 관련된 부분을 좀 확인하고 싶은데 설상가상으로 내가 쓰던 스마트폰이 불에 타버렸다. 정말이지 나답지 않은 실수였다.

만약 작가가 보낸 메일이 지워져 있기라도 한다면?

그런데 그때, 스마트폰 화면에 메시지가 떠올랐다.

[새로운 기기에 동기화가 가능합니다.]
[동기화를 진행하시겠습니까?]

뭐야 이거? 확인 버튼을 누른 순간, 갑자기 파일 다운로드가 진행되더니 배경화면에 파일 하나가 생성되었다.

─멸망한 세계에서 살아남는 세 가지 방법.txt

그렇군. 이런 식인가. 하긴 도깨비나 성좌도 못 읽는 파일이 그렇게 쉽게 사라질 리가 없지.

아이템을 수거하며 시시덕대는 이성국과 정민섭이 보였다. 갑자기 궁금해졌다. 하차자 녀석들은 이걸 읽을 수 있을까?

일단은 최대한 조심하는 편이 좋겠지.

나는 파일을 열어 멸살법을 읽기 시작했다.

[특성 효과로 '읽기 속도'가 증가합니다.]

찾아낸 부분은 유중혁의 6회차에서 일어난 '개연성 적합 판정회'에 관한 서술이었다.

「서울 관리국 지부장, 도깨비 '바람'은 앞에 놓인 시나리오 자료를 살피다가 인상을 찌푸렸다. 서류 더미 맨 위에는 '회귀자 유중혁'이라는 이름이 쓰인 파일이 올려져 있었다.

'회귀자라…… 젠장. 하여간 요즘은 도깨비고 성좌고 죄다 눈치가 빨라서…….'

바람이 입맛을 다시며 판정회에 모인 도깨비들을 훑어보았다. 상급 도깨비나 대도깨비는 보이지 않았다.

당연한 일이었다. 애초에 지역 돔 수준에서 발생한 '개연성 적합 판정'이니까. 지역구 일은 지역구에서 해결하는 것이 원칙이다. 바람은 긴장한 표정의 도깨비들을 향해 물었다.

"이거 어떤 놈이 청원 넣었어?"

"일본의 아오오니입니다."

"그놈은 자기 구역이나 신경 쓰지 왜 남의 나라 개연성을 물고 늘어져? 그 새끼들은 상도商道도 없대?"

"아무래도 요즘 하급 도깨비들 사이에 신경전이 치열하다 보니……."

바람이 인상을 찌푸렸다. 확실히 보고서에 따르면, '유중혁'이라는 놈에게는 개연성 적합 판정 시비를 걸 만한 구석이 있었다. 시작부터 상급 숙련계 스킬을 보유한 것도 모자라 자동 필터링이 되는 중요 정보도 잔뜩 갖고 있다. 게다가 [현자의 눈]인가 뭔가 하는 스킬 때문에 시스템상 접근할 수 없는 항목이 있어서 자료 조사로 상급 관리국의 도움까지 받아야 했다.

바람이 한숨을 쉬며 보고서를 덮었다.

"됐어. 이놈은 윗대가리들이 허락한 놈이야. 그냥 내버려둬."

"괜찮겠습니까? 그랬다간 후폭풍이……."

"그 정도 후폭풍은 감당할 수준의 배후성이 있다는 거겠지."

"하지만 성좌 하나가 그걸 감내할 수 있겠습니까? 개연성을 나눠 감당할 성좌 연합이 있지 않다면……."

바람이 피식 웃었다.

"짬밥도 안 되는 게 어디서 훈계질이야? 네가 가서 이놈 배후성이 누군지 알아올래?"

"그, 그건 아닙니다."

"슬슬 다섯 번째 시나리오 진행될 테니까, 거기에나 신경 써. 이 정도 개연성은 시나리오 진행되면서 차츰 상쇄되니까. 그리고."

갑자기 싸늘해진 분위기에 중급 도깨비들이 입을 다물었다.

"요즘 너희 일 안 하냐?"

"웃……!"

"미국이랑 인도 지역은 왜 매출이 이 모양이야? 담당 관리 지역 아니라고 패키지 광고도 안 때리냐? 미국엔 예언자가 있고, 인도에는 성좌 연합이 있잖아? 호구가 잔뜩 있는데 왜 매출이 그따위냐고? 똑바로 안 하냐?"

"그, 그게…….."

"개연성은 개나 주라고 해! 코인 상품이나 팔라고!"」

피식 웃음이 나온다. 어째 도깨비 놈들 하는 짓을 보고 있으면 내가 일하던 미노 소프트가 떠오른다. 거기 기획팀도 장난 아니었지.

어쨌거나 지금의 나도 멸살법의 유중혁과 비슷한 상황인 셈이다. 언젠가 이런 상황이 찾아올 거라고 생각은 했지만…… 이래서 눈에 띄면 안 좋은 법인데. 적합 판정 걸려서 손해 보는 거 아냐?

그때 허공에서 목소리가 들려왔다.

―너 때문에 관리국에 몇 번이나 불려 가는지…….

비형이었다. 나는 재빨리 통신을 걸었다.

'어떻게 됐어?'

―어떻게 되긴? 완전 뒤집어졌지 뭐. 너 대체 무슨 스킬을 가지고 있는 거야? 왜 상급 관리국에 의뢰해도 정보 열람이 안 되는 건데?

나도 궁금하다. 특성창 좀 보고 싶은 건 나도 마찬가지거든.

'그래서 어떻게 됐냐고. 나한테 페널티 먹이래?'

—그딴 건 또 어디서 들어서…… 야, 내가 얼마나 열심히 변호했는지 알아? 관리자님들, 제 말 좀 들어주세요. 저 김독자란 놈 절대 이상한 놈 아니에요! 그냥 엄청 열심히 사는 놈일 뿐이라고요!

그것참 설득력 있게도 이야기하셨군.

—다행히 내 간곡한 호소가 먹혔는지 여러 가지 참작이 됐어. 지금까지 쌓아온 시나리오 전체를 분석했는데 네가 가진 스킬 숫자가 몇 개 안 되는 데다 숙련치도 낮다는 결론이 나왔거든. 자료 화면으로 봐도 시나리오 생태를 파괴할 만한 수준은 아니었고.

역시 예상대로다. 내가 괜히 숙련계 패시브 스킬을 안 익히고 있던 게 아니다. 좋은 스킬을 많이 배울수록 관리국의 주목을 끌기 쉽기 때문이다.

—게다가 너 말고 다른 지역에도 시끄러운 녀석들이 몇몇 있어서…… 지금 관리국 정신없어.

'그러니까 잘 해결됐다는 거지?'

—사실 태클 거는 놈들도 있었는데 상부에서 지시가 내려왔어. '대도깨비'가 그냥 넘기라고 했대.

뜻밖의 말에 놀랐다.

대도깨비까지 나설 일이었다고?

—후…… 자세한 건 중급 도깨비한테 들어. 나 사실 여기

있으면 안 돼. 갑자기 보는 눈이 많아졌거든. 그리고 조심하는 게 좋을 거야. 이 지역 관할 중인 중급 도깨비 녀석, 너한테 단단히 앙심을 품었어.

앙심?

—모르냐? '개연성 적합 판정'은 너희로 치면 세무 조사 같은 거라고. 하여간…… 당분간 고생 좀 할 거다.

비형이 사라지고 난 뒤, 허공에 커다란 스파크가 튀더니 정장 차림의 그 중급 도깨비가 등장했다. 잠시 우리 일행을 둘러보고는 무뚝뚝한 목소리로 입을 열었다.

[죄송합니다, 여러분. 조금 마찰이 있어서 보상 정산이 늦었습니다. 늦었지만 보상을 지급하겠습니다.]

[히든 시나리오 클리어 보상으로 3,000코인을 획득했습니다.]
[5급 화룡종 최초 살해 보상으로 15,000코인을 획득했습니다.]
[최초로 소재앙을 해치워 '이뮨타르 종족의 호부護符'를 받았습니다.]
[앞으로 당신은 모든 이뮨타르 종족의 호의를 얻을 것입니다.]

다행히 보상은 정상적으로 지급되었다.

이뮨타르 종족의 호부.

지금 이걸 얻다니. 다가올 다섯 번째 시나리오도 시작이 나쁘지 않다. 나만큼은 아니겠지만 다들 클리어 보상을 받았는지 들뜬 얼굴이었다.

그건 그렇고…… 자식이 쪼잔하네. 무려 소재앙급을 잡았는데 겨우 이것밖에 안 주냐?

중급 도깨비가 말을 이었다.

[그런데 여러분께서 너무 열심히 활약해주신 덕에 시나리오에 조금 문제가 생겼습니다.]

뭔가 비꼬는 게, 불길한 말투였다.

[관리국 논의 중에 해당 지역 화신의 평균 기량이 시나리오 난이도에 적합하지 않다는 이야기가 나왔습니다. 그래서 제 판단으로 해당 지역 난이도를 임의 조정하게 되었음을 공지드립니다.]

……뭐? 임의 조정?

[네 번째 시나리오의 제한 시간이 대폭 감소합니다.]

나를 보는 중급 도깨비의 입꼬리가 묘하게 올라가 있었다.

……아니, 저 자식이?

[네 번째 시나리오 종료까지 48시간 남았습니다.]
[앞으로 48시간 안에 표적 역을 점거하지 않은 그룹 및 그룹원은 모두 사망할 것입니다.]

그래, 그렇게 나오신다 이거지?

희희낙락 아이템을 줍던 정민섭이 멍하니 나를 보았다. 아마 모두 메시지를 들은 모양이다.

"지금 창신역을 가진 놈이 누구랬죠?"

"포, 폭군왕입니다."

하필 서울 7왕인 폭군왕이라…….

나는 한숨을 내쉬며 말했다.

"일단 충무로역으로 돌아갑시다."

그나저나 유중혁 이 자식은 잘하고 있으려나 모르겠네.

슬슬 네 번째 시나리오를 마무리하러 가봐야지.

✱ ✱ ✱

안국역부터 충무로역까지는 생각보다 거리가 있어서 가는 내내 두런두런 이야기를 나누었다. 정희원과 이현성이 앞서 걸었고, 나와 이성국과 정민섭이 뒤쪽에서 걸었다.

화룡종 시체는 전부 가져갈 수 없어서 절반 정도를 거래소에 올려놓았다. 나머지 절반도 거래소에 올려놓되 일부러 말도 안 되는 가격을 매겨두었다. 팔려는 것은 아니고, 거래소를 창고 대용으로 쓰기 위한 꼼수였다. 비형이 투덜거렸지만, 뭐 거기까지는 내가 알 바 아니다. 옆에서 걷던 정민섭이 입을 열었다.

"그런데, 대표님."

'대표님' 소리를 계속 듣다 보니 진짜 대기업 회장이라도 된 것 같아 기분이 묘하다.

"성함이 '김독자' 맞으십니까?"

"네."

"그것참, 성함이……."

"특이하죠?"

"예. 솔직히 저희보다 더 선지자 같으시네요."

어쩐지 주눅 든 목소리였다.

"후…… 그때 악플 달고 하차만 안 했어도……."

얼씨구, 뒤늦은 후회까지. 문득 의문이 들었다. 그러고 보니 계속 물어보려 했는데 깜빡 잊고 있었다.

"정민섭 씨, 하차 얘기가 나와서 말입니다만."

"예."

"당신들, 그러니까 〈선지자들〉은 어떻게 그렇게 빨리 모일 수 있었죠?"

줄곧 이상하게 생각한 지점이었다. 아직 초기 시나리오가 시작된 지 한 달도 채 되지 않았다. 그런데 이 녀석들은 벌써 단톡방을 만들어 용의주도하게 활동하고 있었다.

게다가 사도들은 정도가 더 심했다.

1인칭 주인공 시점으로 본 게 확실하다면, 놈들은 강서 지역 역을 상당수 점거한 것도 모자라 히든 시나리오로만 얻을 수 있는 수준의 무장까지 갖추고 있었다. 아무리 생각해도 이해할 수 없는 성장세였다.

"저희를 불러 모은 사람이 있었습니다."

"불러 모아요?"

"예. 첫 번째 시나리오가 끝나고 얼마 안 된 시점에, 갑자기

제가 있던 역으로 그 사람이 찾아왔습니다."

흥미롭다. 어떻게 그게 가능했을까. 그 시점에는 역들 사이에 결계가 있었을 텐데.

"자신을 '사도'라고 소개했고, 위대한 계시록을 읽은 존재라고 말했습니다. 그리고 자신을 따를 '선지자'를 모집하고 있다고요. 이상한 점은, 그런 일이 다른 역에서도 동시다발적으로 일어났다는 겁니다. 도저히 한 사람이 행한 일이라고는 믿을 수 없을 정도로……."

"아무튼 그 사도를 통해 전부 모였다는 거군요. 그자가 당신들을 단톡방으로 끌어들였고."

"예, 저희는 그를 '첫 번째 사도'라 부릅니다."

"그 녀석이 선지자들의 왕이죠? 하차자라고 부르면 싫어한다는?"

"아, 거기까지 알고 계셨군요. 맞습니다."

"왜 그렇게 부르면 싫어할까요?"

"저희도 잘 모르겠습니다. 스스로 계시를 모두 읽었다고 말했으니 그것과 관계있지 않을까 싶기도 하고…… 계시의 '기록'을 가지고 있다는 소문도 있습니다."

뭐라고?

"사실 계시가 워낙 길어서 끝까지 읽은 사람이 있을 리가 없으니 신빙성 있는 추측이라고 생각은 합니다만……."

기록을 가지고 있다? 그럴 리가 없는데…… 나 말고 완독자가 있다고?

놈의 정체가 더욱 의심스러웠다. 이런저런 고민을 하는 사이 어느덧 충무로역이 가까워졌다. 날수로 따지면 떠난 지 얼마 되지도 않았는데, 충무로역의 알싸한 공기를 맡으니 어쩐지 고향에라도 돌아온 기분이었다.

나는 역으로 진입하려는 일행들을 제지했다.

"잠깐만요."

생각해보니 나 아직도 알몸이잖아. 왜 아무도 말을 안 해주는 거야? 나는 이성국을 향해 말했다.

"이성국 씨, 바지 좀 벗어봐요."

졸지에 팬티 바람으로 걷게 된 이성국을 뒤로하고, 나는 앞장서서 충무로역으로 진입했다.

멀리서 화색이 되어 나를 맞이하는 유상아가 보였다. 글썽거리는 눈동자를 보고 있자니, 그간 얼마나 고생했을지 알 것 같아 가슴이 짠하다.

뭔가가 도도도 달려와 폭, 부딪히는 느낌이 났다. 어느새 이길영이 오른쪽 다리에 붙어 있었다.

"잘 있었냐?"

먼지투성이가 된 이길영이 세차게 고개를 끄덕였다.

부상이 중한 이지혜는 아직 깨어나지 못한 듯했고, 공필두는 나를 보자마자 콧방귀를 뀌며 고개를 돌렸다.

[성좌, '디펜스 마스터'가 당신의 늦은 귀환을 질책합니다.]

하마터면 자기 화신이 죽을 뻔했으니 이해 못 할 반응은 아니었다.

"유상아 씨!"

충무로역에서 일어난 일을 모르는 이현성과 정희원이 깜짝 놀라 달려갔다. 플랫폼 곳곳에 늘어진 사람들이 피를 흘리고 있었다. 유상아도 한쪽 어깨에 천을 둘둘 감고 있었다.

철길 곳곳에 시체에서 흘러나온 혈흔이 낭자했다. 치열했던 싸움을 보여주는 흔적이었다. 정민섭이 더듬거렸다.

"저, 저거 사도 아닙니까?"

2번, 3번, 4번, 7번 표식을 단 남녀의 머리가 전시하듯이 철길에 나란히 놓여 있었다. 자신의 죽음조차 인지하지 못한 듯 생전 그대로의 표정으로 박제된 얼굴들. 누구 솜씨인지 알 만했다.

나는 이길영에게 물었다.

"유중혁은 어디 갔어?"

말하기가 무섭게 회현 쪽 터널에서 불길한 존재감이 느껴졌다.

멀리서 봐도 누군지 알겠다. 오만하고 당당한, 걸음 그 자체로 천상천하 유아독존을 실천하는 우리의 주인공.

"유중혁?"

녀석은 나를 보고도 별다른 표정 변화가 없었다.

극장 던전에서의 일이 있으니 보자마자 뭔가 한마디 할 줄 알았는데…… 근데 저건 또 뭐지?

녀석 손아귀에서 덜렁거리는, 잘린 사람의 머리. 누군가가 "히익" 하는 비명을 질렀고, 그와 동시에 유중혁이 머리를 이쪽으로 던졌다.

장난감처럼 데굴데굴 굴러온 머리에는 '1'이라고 숫자를 새긴 케이프가 씌워져 있었다.

첫 번째 사도였다.

유중혁이 대단하기는 대단하다. 도망가는 이놈을 끝까지 쫓아가서 죽여버렸다 이거지. 절반의 안도와 절반의 불안이 동시에 엄습했다. 아직 물어볼 게 있는데 이렇게 죽어버리면…….

그런데 다음 순간, 말도 안 되는 일이 벌어졌다.

"너였구나! 내 계획을 다 망쳐버린 놈."

잘려나간 머리가 갑자기 내게 말을 하기 시작했다.

"우와악! 뭐야!"

바로 곁에 있던 정민섭이 비명을 지르며 넘어졌다.

흉측한 미소를 지으며 나를 올려다보는 눈동자.

있을 수 없는 일이었다. 머리가 잘려도 살 수 있는 스킬은 멸살법 내에서도 극히 드물다. [불사지체] 같은 스킬이 있다면 가능하지만, 그 스킬을 쓴다 해도 저렇듯 목이 잘린 상태에서 멀쩡할 수는 없다.

게다가 목이 잘린 부위에서 피도 흐르지 않는…….

잠깐만. 설마?

이성국과 정민섭을 통해 전해 들은 정보가 머릿속에서 곁가지를 치기 시작했다.

자신이 계시를 모두 읽은 '완독자'라 주장하는 녀석.

시나리오가 시작되자마자 갑자기 서울 전역에 나타나 하차자들을 자기 슬하로 끌어들인 녀석.

결계를 마음대로 통과할 수 있고, 목이 잘려도 죽지 않으며, 피도 흘리지 않는다…….

「아바타Avatar 능력.」

확실했다. 눈앞의 이 녀석은 가짜였다.

잘린 머리가 계속해서 말을 지껄였다.

"와, 진심으로 감탄했어. 유중혁을 사칭한 것도 모자라 사도를 일망타진하고 용까지 빼앗다니…… 네놈 정체가 뭐냐?"

그렇군. 이놈도 내 정체는 모른다 이거지?

"넌 뭔데?"

내가 알기로, 멸살법 전체에서 [아바타] 능력을 사용할 수 있는 인물은 정말 극소수다.

그리고 그런 특성을 얻게 되는 직군은 대개 정해져 있다.

창작업에 속하며, 지나친 스트레스로 해리성 인격 장애나 자아분열이 자주 발생하는 직업.

나는 천천히 고개를 숙여 놈에게 시선을 맞추며 물었다.

"너 혹시 '작가'냐?"

3

작가.

멸살법 전체에서 아바타 능력을 얻을 수 있는 몇 안 되는
직군 중 하나. 만약 놈이 작가라면, 녀석이 행한 비정상적인
기적도 일부 설명된다.

그 말을 들은 첫 번째 사도의 입술이 미묘하게 뒤틀렸다.

"작가라…… 계시록의 창조자를 뜻하는 거냐? 용케 알아냈
구나. 맞아, 내가 바로 그 계시록을 썼지."

그런 뜻으로 물은 것은 아닌데, 이 자식이 갑자기 헛소리를
했다. 나로서는 진위를 알 수 없는 말이었다.

나는 이쪽을 보는 유중혁 쪽을 일별했다.

[전용 스킬, '전지적 독자 시점'을 발동합니다.]

[등장인물 '유중혁'이 현재 '거짓 간파 Lv.6'를 사용 중입니다.]

그럴 줄 알았다니까. 꼼꼼한 자식. 나는 다시 한번 물었다.
"네가 계시록을 썼다고?"
"그래. 그리고 동시에 계시록의 유일한 소유주이기도 하지."
놈의 자신만만한 미소를 보니 헛웃음이 나왔다.
그래? 어디 한번 보자고.

[등장인물 '유중혁'이 '거짓 간파 Lv.6'를 발동합니다.]
[등장인물 '유중혁'은 해당 발언이 사실임을 확인했습니다.]

……진짜로 파일을 가진 놈이라고? 일순 패닉이 와서 사고
회로가 엉켜버렸다. 아무리 생각해도 그럴 리가 없는데? 나는
당황하지 않은 척하며 다시 물었다.
"네가 말하는 계시록이라는 게 정확히 뭐냐?"
"알면서 뭘 물어? 미래의 신화를 담은 위대한 서사시지."

[등장인물 '유중혁'은 해당 발언이 일부 사실임을 확인했습니다.]

이상하군. 이건 '일부 사실'이라?
"이젠 내가 물을 차례로군. 어떻게 나와 사도들의 작전을 알
았지? 너도 선지자냐?"
"네가 계시록을 직접 썼다며? 그런데 몰라?"

"전지전능한 창조주는 재미없잖아?"

놈은 여유 있는 악당처럼 낄낄 웃어넘겼지만 덕분에 나는 침착함을 되찾았다. 아무리 봐도 이놈은 멸살법의 작가가 아니다. 정말 멸살법의 작가라면 유일한 독자인 나를 못 알아볼 리가 없다.

"그건 그렇고 흥미롭군. 서대문형무소에 있는 여자가 '마지막 사도'일 거라 생각했는데 너 같은 놈이 숨어 있었다니……."

"……서대문형무소?"

"아직 모르는 모양이지? 거래를 하자. 네 정체를 밝혀라. 그럼 나도 정보를 몇 가지 주지."

"글쎄. 너한테 내가 원하는 정보가 있을 것 같진 않은데?"

"잠깐 나를 제압했다고 기고만장한 모양인데, 어차피 이건 내 본체가 아니다. 조금 운이 좋았던 정도로—"

"나는 미래의 정보를 알고 있어."

일부러 놈의 말을 끊었다. 유중혁이라면 지금쯤 속으로 간을 보고 있을 테니 슬슬 양념을 뿌려줘야 한다.

"그것도 너보다 훨씬 많이."

[등장인물 '유중혁'이 당신의 말이 사실임을 확인했습니다.]

첫 번째 사도의 표정이 굳어졌다.

"헛소리를 하는군. 나보다 더 많은 이야기를 알 리가……."

녀석의 눈빛에 뭔가가 스쳤다.

"잠깐, 설마?"

녀석이 뭔가 깨달은 순간, 나 역시 뭔가 깨달았다.

설마 '그놈'인가? 지금 내가 아는 진실은 다섯 가지였다.

하나, 놈은 멸살법을 읽은 적이 있다.

둘, 놈의 직업은 '작가'다.

셋, 놈은 '멸살법을 쓴 작가'는 아니다.

넷, 놈은 미래가 적힌 '파일'을 가지고 있다.

다섯, 놈이 가진 파일의 내용은 '일부' 사실이다.

3,149화의 멸살법을 읽는 내내 있었던 사건들이 머릿속을 스쳐 갔다.

내가 알기로 멸살법은 인기가 없었기 때문에 불법 파일이 존재하지 않는다. 그런데 만약 눈앞의 녀석이 내가 예상하는 '그놈'이라면…… 이 녀석이 파일을 가진 것도, 멸살법에 대한 정보를 많이 아는 것도 이해가 된다.

나는 툭 던지듯 입을 열었다.

"남의 것 베끼면서 살면 좋냐?"

"뭐, 뭣?"

동요하는 눈빛. 틀림없다. 이놈은 그놈이다.

"아직도 이러고 살 줄은 몰랐네. 계시록이라…… 그렇게 살면 좋아? 너 때문에 진짜 '계시록의 창조주'가 당한 거 생각하면 내 이가 다 갈리는데."

"무슨……!"

"어쩐지 이상하다 했어. 네가 이용하는 정보들, 어딘가 좀 빈약하더라고."

놈의 안색이 점점 창백해졌다.

"남한테 빨대 꽂아서 그만큼 이득 봤으면 그만할 때도 됐잖아? 세계가 이 모양이 됐는데 아직까지 그 짓거릴 해?"

"유중혁!"

놈의 눈이 급하게 유중혁을 찾았다.

"유중혁! 내게 협력해라!"

얼씨구.

"아까도 말했지만 나는 모든 계시를 알고 있다. 이 세계에서 오직 나만이 너를 이 길의 끝까지 데려다줄 수 있어!"

[전용 스킬, '전지적 독자 시점' 2단계를 발동합니다!]
[현재 피로도가 높아 '전지적 독자 시점' 2단계를 발동할 수 없습니다.]

젠장, 하필 지금?

"잘 생각해라! 46번 시나리오는 혼자서 깰 수 없다. 안나 크로프트나 차라투스트라 놈들과 맞서려면 꼭 나와 손을 잡아야 해!"

어디서 들어본 말이다 싶었는데, 이 자식 내가 한 대사를 똑같이 지껄이고 있다.

유중혁이 고개를 저었다.

"계시라는 것은 한 번도 들어본 적이 없다."

"예언이랑 비슷한 거다! 내 특성을 보면 알겠지? 심지어 나는 '마지막'이란 말이다!"

[등장인물 '유중혁'이 '현자의 눈 Lv.8'을 사용합니다!]

나도 질세라 스킬을 가동했다.

[해당 인물의 정보는 '등장인물 일람'으로 열람할 수 없습니다.]
['등장인물 일람'에 등록되지 않은 인물입니다.]

젠장, 역시 안 되나. [현자의 눈]으로 뭔가 확인한 유중혁이 내 쪽을 바라보았다. 잘린 머리가 계속해서 말했다.

"저놈을 죽여! 너도 알겠지만 위험한 놈이다. 너를 사칭한 것도 모자라 미래의 일부를 심각하게 훼손했어. 그대로 방치하면 심각한 나비효과가 발생해서 네 계획을 모두 망쳐놓을 거라고!"

그쯤 되자 조금 어이가 없었다.

이 자식이 지금 다 같이 죽자는 건가?

"그건 너도 마찬가지잖아?"

"나는 다르다! 유중혁, 나와 손을 잡자! 서약이든 뭐든 얼마든지 해주겠다! 나는 너를 절대 배신하지 않는다!"

강하게 나오는데? 사태를 지켜보던 유중혁이 입을 열었다.

"그렇군. 손을 잡자는 건가."

나를 보는 유중혁의 눈빛에 서서히 살기가 깃들기 시작했다. 속마음이 안 보이니 미쳐버릴 것 같다. 칼을 뽑은 유중혁이 천천히 내 쪽으로 다가왔다. 기세등등해진 첫 번째 사도가 외쳤다.

"그래! 어서 죽여!"

"한 놈은 예언자고, 한 놈은 계시자라……."

"죽이라니까!"

콱! 유중혁이 시끄럽게 떠드는 첫 번째 사도의 머리를 꾹 짓밟았다.

"큿…… 뭐냐?"

"네놈이 정말 미래를 안다면, 하나만 물어보지."

"뭐?"

쥐도 새도 모르게 움직인 칼날이 내 목젖에 닿았다. 유중혁이 되어 겪은 그 '일검'이 이제 나를 향하고 있었다. 따끔한 느낌이 들더니 따뜻한 뭔가가 목을 타고 흘러내렸다.

"당신 지금 뭐 하는 거야!"

놀란 정희원이 소리치며 달려왔다. 나는 손을 들어 제지했다. 살 떨리기는 나도 마찬가지지만 여기서 유중혁을 자극해 좋을 것은 하나도 없었다.

유중혁이 첫 번째 사도에게 물었다.

"묻겠다. 내가 지금 이놈을 죽일까, 안 죽일까?"

"뭐?"

"네놈이 진짜 미래의 계시를 받았다면 내 선택도 알 수 있겠지."

하여간 악취미인 새끼. 또 그딴 식이냐?

첫 번째 사도의 얼굴에 고뇌가 어렸다. 아마 내가 짝수 다리에서 했던 것과 똑같은 고민을 하고 있겠지. 의외로 대답은 빨리 나왔다.

"당연히 죽여버리겠지! 너라면 그럴 수밖에 없다!"

강한 확신이 깃든 얼굴이었다. 자신이 아는 유중혁이라면, 반드시 그리 행동할 거라는 믿음이 담긴 오만한 표정.

"어서 놈을 죽여라! 그리고……!"

휘익, 하고 검광이 움직였다.

그러나 이어서 들려온 것은 살점을 베는 소리가 아니었다.

콰직!

첫 번째 사도의 머리가 무참히 밟혀 터졌다. 아바타니까 실제로 죽지는 않겠지만, 그래도 저 정도면 상당히 정신적 타격을 입었을 것이다.

유중혁의 검은 어느새 검집으로 돌아가 있었다.

"역시 입만 산 놈이었군."

어안이 벙벙했다. 유중혁이 나를 살리는 선택을 했다고? 살짝 떨떠름했다. 나도 확신이 있지는 않았는데…….

유중혁은 잠시 나를 노려보더니 이내 등을 휙 돌려 걸어가기 시작했다.

"야! 어디 가?"

이 자식, 분명 속으로 자기가 엄청 멋있다고 생각하겠지.

……솔직히 조금 멋있기는 하다.

"기다려! 이지혜는 두고 갈 거냐?"

"미래가 바뀌었으니 계획도 바꾼다."

"어차피 하는 거 같이하면 좋잖아? 내가 도와줄 수 있어."

그 말에 유중혁이 나를 돌아보았다.

무시무시한 눈길에 반사적으로 심장이 쪼그라들었다.

"빚은 갚았다. 네 깃발을 빼앗지 않는 게 내 마지막 호의다."

이 자식이? 하지만 이대로 물러설 수는 없었다.

"어차피 너, 내가 '그룹원'에서 제명하지 않으면 역 밖으로 못 나가. [징벌] 당하고 싶냐?"

유중혁의 손이 천천히 칼자루 쪽으로 움직였다. 나는 재빨리 첨언했다.

"난 네 계획이 뭔지 알아. 중구 쪽으로 나가서 깃발 쟁탈전에 참가할 거지? '왕의 길'을 걸어서 검은 깃발을 완성하는 게 네 목표잖아. 내가 도와줄게."

"차라리 지금 네놈 깃발을 빼앗는 게 빠를 것 같은데."

"그럼 한판 해보든가. 네 칼이 빠른지 내 혀가 빠른지."

도박이었다. 유중혁이라면 진짜로 [징벌]의 효과가 나타나기도 전에 내 목을 찌를 수도 있을 테니까.

"중구 쪽으로 갈 필요 없어. 북쪽으로 가자. 폭군왕의 영토랑 깃발, 네 것이 되도록 도와줄게. 깃발도 얻고 숙적도 제거하고. 일석이조 아니냐?"

"나 혼자서도 할 수 있다."

"네 번째 시나리오 종료까지 마흔여덟 시간 남았어. 그때까지 과연 네가 스무 개 역을 차지하고 검은 깃발을 완성할 수 있을까?"

칼자루로 가던 유중혁의 손이 멈칫했다.

걸렸군.

"게다가…… 너한텐 북쪽으로 가야만 할 이유도 있을 텐데? 설마 이번 회차에서는 가족을 버릴 건가?"

"……네놈."

"진정하고, 선의로 말하는 거니까 흥분하지 마. 진짜로 도와주겠다고."

분노로 이글거리던 유중혁의 눈동자가 잠시 나를 노려보았다. 긴장된 공기가 얼마나 흘렀을까. 이윽고 살기가 사라졌다.

"세상에 선의 같은 건 없다. 네놈 조건은 뭐지?"

역시 우리 회귀자는 얘기가 빠르다니까.

나는 씩 웃으며 말했다.

"간단해. 나한테 뭐 하나만 알려줘. 내 조건은 그게 다야."

"말해라."

"방금 네가 밟은 녀석, 특성명이 뭐야? 하나는 '마지막 하차자'였을 테고 다른 하나는 뭐지?"

잠시 후, 유중혁이 입을 열었다.

¤ ¤ ¤

삼십 분 뒤 나는 정민섭과 이성국을 불렀다. 두 사람에게 따
로 시킬 일이 있었기 때문이다. 그런데 내가 입을 열기도 전에
정민섭이 먼저 물었다.

"결국 그 녀석 정체는 뭐였습니까?"

나는 얘기해줄까 말까 잠시 망설이다가 말했다.

"《SSSSS급 무한 회귀자》란 소설, 혹시 알아요?"

"엇, 저 읽어봤습니다!"

이성국이 손을 들었다.

"그거 텍스트피아에서 플래티넘 1위 오른 소설 아닙니까?
엄청 재밌게 봤는데……."

"아, 맞다. 잊고 있었는데 갑자기 생각나네. 그거 완결 어떻
게 났더라?"

모처럼 추억이 떠올랐는지 둘은 시끄럽게 떠들기 시작했다.
하긴 이놈들도 멸살법을 읽을 정도면 제법 웹소설에 관심이
있는 축이었겠지.

"온갖 요소 짬뽕한 거였는데, 그래도 재미는 있었지."

사실 나도 읽었다. 멸살법을 한창 읽던 시절, 우연히 눌러본
'투데이 베스트'에 그 소설이 있었기 때문이다. 그리고 전개와
설정을 보고는 깜짝 놀랐다.

─무한 회귀하는 사이코패스 회귀자.

—초월적 존재인 성좌들의 후원.

—스트리밍 인터넷 방송 시스템.

—부조리한 미션을 받아 헤쳐나가는 생존 게임.

하나하나 따지고 보면 흔한 설정이었다. 문제는 그 '흔한' 설정이 가진 디테일과 조합되고 전개되는 방식이었다. 나는 소설을 읽자마자 댓글을 남겼다.

—이거 '멸망한 세계에서 살아남는 세 가지 방법' 표절 아닌가요?

생각난다. 표절 논란은커녕 어디서 그딴 '노잼' 소설과 비교하냐며 비난만 받았지. 심지어 《SSSSS급 무한 회귀자》 애독자들에게 쪽지 테러까지 당했다.

—이 바닥이 다 거기서 거기 아님? 그만 좀 해라 다 불편해서 대체 어떻게 사냐?

나는 분통이 터져서 멸살법 작가한테 쪽지를 보내기도 했다. 그때 작가가 뭐랬더라. 덕분에 조회 수가 조금 늘어서 기분 좋다고 했던가? 다시 생각하니까 작가가 불쌍해서 눈물이 날 것 같다. 이성국이 물었다.

"근데 그 소설 이야기는 왜 꺼내신 겁니까?"

"첫 번째 사도가 바로 그 소설 작갑니다. 《SSSSS급 무한 회귀자》."

"예? 그럴 리가요."

멸살법 작가가 안다면 땅을 치며 곡할 노릇이었다. 세계가 자기가 만든 소설로 변했는데, 어디서 표절 작가가 나타나 이 세계의 저작권을 주장하고 있다. 게다가 '계시록'이라는 어처구니없는 설정까지 집어넣으면서. 약간의 설명을 거친 뒤에야 이해한 정민섭이 황당하다는 듯 말했다.

"그 소설이 표절작이었다고요?"

"그렇습니다."

"엇, 가만 생각해보니 진짜 좀 비슷한 것 같기도 하고⋯⋯ 워낙 오래된 일이라 잘 떠오르진 않지만. 근데 왜 그 소설이 먼저 안 떠올랐지? 훨씬 유명했는데."

"하차자 특전 때문에 그런 거 아냐? 우린 읽은 원작 부분만 떠오르니까. 그리고 그 S 어쩌고는 비슷한 게 너무 많아서 헷갈리잖아."

"그런가? 아무튼 대표님 말씀은 그놈이 표절 작가라는 거죠? 그럼 그놈이 가졌다는 파일은⋯⋯."

나는 고개를 끄덕이며 말했다.

"아마 자기가 쓴 표절작의 원본 파일을 가지고 있을 겁니다. 전개를 베꼈으니 자기 소설을 보고 이 세계의 미래를 어느 정도 알 수 있는 거죠."

표절작으로 성공한 것도 분통 터질 노릇인데, 심지어 바뀐 세계에서까지 표절 덕분에 승승장구하고 있다. 정의구현이 필요한 시점이었다.

"그, 그럼 놈을 이기긴 불가능하지 않습니까? 만약 원작을 끝까지 다 베꼈으면……."

"끝까지는 아닙니다. 초반 일부만 베꼈어요. 나중에 혹시라도 표절 논란이 생기면 빠져나가기 좋으려고요. 그러니 조금 더 시간이 지나면 슬슬 아는 정보가 떨어질 겁니다."

"대표님이 그걸 어떻게 아십니까?"

"그냥 알아요."

당연한 일이다. 멸살법은 100화 이후로 나밖에 독자가 없었으니까.

"저, 실례지만 대표님은 대체 원작을 어디까지 읽으신……."

"그보다, 해줘야 할 일이 있습니다. 정확히는 우리가 같이해야 할 일이지만요."

해줘야 할 일이라는 말에 두 사람의 어깨가 빳빳이 굳었다.

"전에 그런 말을 했죠? 폭군왕한테 선지자들이 당했다고."

"아…… 아마 지금도 몇 명이 정보를 빨리며 이용당하고 있을 겁니다."

"그래요? 그럼 더 잘됐네."

"예?"

시나리오 종료까지 마흔여덟 시간. 그 안에 폭군왕을 해치우려면 전면전만으로는 힘들다.

"놈들의 정보를 교란할 겁니다."

폭군왕이 선지자를 이용하고 있다면, 그것을 역이용해주면
된다.

"계시의 일부를 뿌리는 거죠."

"예? 어떻게……."

아직 무슨 말인지 못 알아들은 눈치라 나는 친절하게 설명
해주기로 했다.

"지금부터 우리는 《SSSSS급 무한 회귀자》 텍스트 파일을
만들어 뿌릴 겁니다."

거슬리는 놈들이 여럿일 때는 서로 싸우게 만드는 것이 답
이다.

13

Episode

왕들의
전쟁

Omniscient Reader's Viewpoint

1

내 계획은 명료했다.

첫 번째 사도, 그러니까 표절 작가 녀석은 멸살법의 초반부에 한정된 정보를 가진 놈이다. 그리고 정보를 가진 녀석이 늘 그렇듯, 같은 선지자들에게도 정보를 숨길 만큼 독점욕이 강하다.

반면 서울 7왕인 폭군왕은 선지자들의 존재를 알게 되면서 계시를 이용하고 있다.

정보를 독점하려는 녀석과 정보를 캐내려는 녀석.

둘이 마주치면 어떻게 될지는 불 보듯 뻔한 일이었다.

이성국이 물었다.

"……그러니까 계시록을 만드시겠다고요?"

"그렇습니다."

작전 자체는 간단했다. 표절 작가의 소설 내용을 파일로 만든다. 그리고 각 역 사람들에게 퍼뜨린다. 뭐 대충 이런 느낌이면 될 것이다.

—〈선지자들〉이 가지고 있던 계시록이 일부 유출되었다!

마침 밑밥도 잘 깔아놓은 상태였다.

한동훈의 댓글 조작 덕에 이미 인터넷에는 선지자들에 관한 정보가 제법 퍼져 있었다. 그런 상황에서 파일 유출에 관한 이야기까지 알려진다면, 넷상에서는 커다란 파문이 일 것이다.

아직 소탕되지 않은 극소수 초기 하차자는 숨겨진 히든 피스를 얻으려 할 것이고, 자연히 녀석들을 포섭한 폭군왕도 움직이겠지.

"하지만 저희는《SSSSS급 무한 회귀자》내용을 다 까먹었는데요. 어떻게 파일을 만들죠?"

"표절작 내용이 왜 필요합니까?"

"네?"

"우린 원작을 기억하잖아요."

"아……!"

짧은 감탄. 하지만 정민섭의 얼굴은 여전히 어두웠다.

"그래도 문제가 있습니다. 저희가 아는 멸살법에 나오는 히든 피스들을 이미 대부분 써버려서……."

"히든 피스 정보는 제가 드리겠습니다. 제가 말하는 몇 가지만 대충 초반 내용에 버무려서 써보죠. 적당한 수준의 아이템 정보만 푸는 겁니다."

무엇보다 표절 작가나 폭군왕이 눈독 들일 만한 것으로 말이다. 이성국이 어색하게 웃었다.

"뭔가 웃기네요. 제가 파일을 만들다니. 평소에는 읽기만 했는데."

이 자식들…… 불법 다운로더였나? 정민섭도 한마디 거들었다.

"그런데 이런 짓을 하면 우리도 그놈이랑 똑같아지는 거 아닐까요? 결국 원작을 표절해서 이야기를 만드는 건데……."

일리 있는 말이었다. 나는 잠시 생각하다가 말했다.

"그런 말이 있어요. 표절은 원본을 몰랐으면 하는 거고, 패러디는 원본을 알면 더 재밌는 거고, 오마주는 원본을 알아줬으면 하는 거라고."

"아, 재미있는 말이군요."

"그러니까 우리가 하려는 건 오마주입니다."

사실이다. 나는 많은 사람들이 《SSSSS급 무한 회귀자》를 알았으면 좋겠다. 그래야 놈이 빨리 망할 테니까.

우리는 공필두가 사용하던 노트북을 빌려 타이핑을 시작했다. 소설을 써본 경험은 거의 없는지라 머리를 맞대고 논의해야 했다. 정민섭이 머리를 쥐어뜯으며 말했다.

"글쓰기가 이렇게 어렵구나…… 작가들 대단한 거였어."

"대충 쓰죠. 어차피 내용이 다 필요한 것도 아니고, 놈들을 유인해낼 정보만 알리면 되니까. 오히려 불완전한 계시일수록 선지자들을 속이기 쉬울지도 모릅니다. 진실과 거짓을 적당히 잘 섞어야 해요."

나는 정민섭이 타이핑하는 내용을 보며 내용을 조금씩 덧붙였다.

"그리고 소설 속 인물명은 살짝 바꿉시다. 걱정되는 부분이 좀 있어서."

이현성이라든가 이지혜 같은 등장인물이 이 이야기를 알게 되면 충격을 받을 수 있었다. 좋든 싫든 언젠가는 이 세계가 '소설 속'이라는 걸 알게 될 테지만, 그게 지금 당장일 필요는 없으니까.

그런데 정민섭이 뜻밖의 말을 했다.

"그게, 그 부분에 관해서는 특별히 걱정하실 필요 없을 것 같습니다."

"예?"

"사실 저랑 성국이랑, 몇몇 인물한테 시험 삼아 '이곳이 소설 속'이라고 떠들고 다닌 적이 있거든요. 그런데 전혀 못 알아듣습니다. 마치 NPC라도 되는 것처럼…… 아무리 진지하게 말해도 그냥 농담으로만 받아들여요."

이건 또 뜻밖의 정보였다. 그러고 보니 정민섭이나 다른 사도가 등장인물에게 몇 번인가 '조연 주제에'라는 말을 했다. 그때 당사자의 반응을 생각해보면…… 확실히 뭔가 이상한 구석이 있었다.

정민섭이 계속해서 말했다.

"첫 번째 사도가 선지자를 쉽게 구분할 수 있었던 것도 그 때문입니다. '등장인물'들은 '이곳이 소설 속'이라는 말에 굉장히 거부감을 느끼거나 못 들은 척 굴더라고요. 그래도 사도들도 굳이 '계시'라는 용어를 쓰는 게 아닐까 싶어요."

그 말을 듣고 나니 갑자기 꺼림칙한 기분이 들었다. 나는 무심코 입을 열었다.

"등장인물과 우리의 차이가 뭘까요?"

"예? 음…… 우리는 현실의 사람이고 등장인물은 소설 속 사람이라는 것? 그 정도 차이 아닐까요?"

"그럼 언제부터 이 세계는 현실과 소설로 나뉜 걸까요?"

"흐음, 글쎄요…… 첫 번째 시나리오가 시작된 뒤?"

정민섭의 대답에도 내 의문은 좀처럼 풀리지 않았다.

눈앞의 이성국과 정민섭은 분명 나처럼 소설 바깥에 살던 '외부인'이었다. 때문에 처음에는 나도 둘의 정보를 볼 수 없었다. 그런데 얼마 전 업데이트 이후 [등장인물 일람]으로 정보를 들여다볼 수 있게 되었다.

그렇다면 지금 두 사람은 '현실 인물'일까, 아니면 '등장인물'일까?

만약 시간이 지남에 따라 모든 사람이 결국 '등장인물'이 되어버리는 거라면…….

나는 멀찍이 떨어져 있는 유상아와 이길영을 돌아보았다.

[전용 스킬, '등장인물 일람'을 발동합니다!]

['등장인물 일람'에 등록되지 않은 인물입니다.]

[해당 인물은 현재 정보를 수집 중입니다.]

다행히 둘의 정보는 여전히 보이지 않았다. 문득 이쪽을 돌아본 유상아가 미소를 지었다. 이길영도 덩달아 나를 바라보았다.

"왜요, 형?"

"아무것도 아니야."

잘은 모르겠지만 이상하게 마음이 놓이는 느낌이었다.

✹ ✹ ✹

얼마 지나지 않아 우리는 소설의 대략적인 얼개를 완성했다. 텍스트피아에 연재했다면 쫄딱 망했을 수준이지만 지금 그딴 건 상관없었다.

"일단 계시록이 유출됐다는 정보부터 뿌립시다."

이성국이 물었다.

"정보가 퍼질 시간이 충분할까요?"

"동훈이한테 부탁해보겠습니다. '은둔형 폐인' 특성을 이용하면 단시간에 퍼뜨리는 데는 문제 없을 겁니다."

"아, 동훈이라면…… 알겠습니다. 그런데 모든 역이 인터넷이 가능한 건 아닌데 그런 곳은 어쩌죠?"

"그쪽엔 보낼 사람이 있습니다."

나는 뒤를 돌아보았다. 그러자 기다리고 있었다는 듯 강일훈이 고개를 끄덕였다. 이성국이 수긍했다.

"아, 그렇겠군요. 일훈 씨라면 확실히…… 거참, 잊고 있었는데."

"강일훈 씨, 준비됐죠?"

동대문역 부대표였던 강일훈. 일부러 이 녀석을 살려둔 보람이 있었다. 강일훈이 약간 긴장한 표정으로 입을 열었다.

"저한테 맡겨주십시오. 입 터는 거라면 자신 있으니까요. 소문만 내면 되는 겁니까?"

[등장인물 '강일훈'이 당신에게 의지하고 있습니다.]
[해당 인물에 대한 당신의 이해도가 상승합니다.]

강일훈. 드디어 '소문 전문가'의 특성이 발휘될 시기가 왔다.

이제 시나리오 종료까지는 마흔네 시간.

하루 안에 승부가 시작될 것이다.

¤ ¤ ¤

─동훈아, 고맙다.

─신세 갚는 것뿐이니까 신경 쓰지 마세요.

[등장인물 '한동훈'이 당신을 미미하게 신뢰하고 있습니다.]

지난번 일 이후로 '은둔한 그림자의 왕' 한동훈은 내게 약간씩 마음을 열고 있었다. 아무래도 선지자들의 마수에서 구해 준 것이 생각보다 크게 작용한 모양이었다.

—형한테는 이상하게 친근감이 느껴져요.

—친근감?

—오래전부터 알아온 사람 같달지…… 혹시 형도 '은둔형 폐인' 아니에요?

—그럴지도 모르지. 사람은 다 어느 정도는 '은둔형 폐인'이 잖아.

—그럴까요? 뭔가 형이랑 말하면 알 수 없는 벽 같은 게 느껴져요. 잘 설명할 수는 없지만, 전 그게 마음에 들어요.

—보통은 그런 벽이 느껴지면 안 좋은 거 아냐?

—저는 벽을 가진 사람만 믿거든요. 누군가를 이해하기 위해서는 그 벽을 먼저 마주해야 한다고 생각해요.

겨우 열일곱 살밖에 안 된 녀석이 무슨 현자처럼 말한다. 그나저나 벽이라. 확실히 그 말이 맞을지도 모른다. 어떤 벽은 넘을 수 없기에 더 간절한 법이니까.

—아무튼 소문은 다 퍼뜨렸어요. 그런데 그 '계시'라는 건 어떻게 뿌리시게요? 또 인터넷으로?

—아니, 인터넷으로 뿌리면 엉뚱한 녀석도 읽을 거 아냐. 이건 팔 거야.

—판다고요? 어떻게요?

나는 한동훈에게 설명을 시작했다.

✠ ✠ ✠

시나리오 종료까지 마흔 시간.

나는 마침내 충무로역 일행을 불러 모았다.

"이번 여정은 쉽지 않을 겁니다. 앞으로 마흔 시간 안에 창신역을 빼앗지 못하면 우리 그룹은 전멸하거든요. 그런데 현재 그 역을 가진 세력이 만만치가 않습니다."

"뭐, 언젠 쉬웠나요? 이번 상대는 누군데요?"

정희원의 질문에 내가 대답했다.

"폭군왕이라는 놈입니다. 현재 서울 7왕으로 손꼽히는 녀석인데, 북쪽 지역에서는 가장 큰 영토를 가진 왕이에요."

이번에는 이현성이 물었다.

"어떤 사람입니까?"

"도봉구 일대에서부터 남하하며 자신의 '왕국'을 만들고 있는 녀석입니다. 남자 여자 할 것 없이 예쁘고 잘생기면 첩으로 삼고, 못생기면 죽이거나 노예로 부린다더군요."

정희원이 인상을 찌푸렸다.

"독자 씨는 잡히면 노예네요."

"……뭐, 희원 씨도 위험할 거라 생각합니다만."

"첩은 곤란한데…… 바로 가서 죽여버리면 어때요?"

"배후성이 꽤 강력한 녀석이라 어려울 겁니다. 일단 지금 방법은 둘입니다. 놈이 가진 깃발을 빼앗거나 녀석의 본진인 '도봉역'을 빼앗거나."

어느 쪽도 쉬운 이야기는 아니기 때문에 모두 긴장한 눈치였다. 나는 슬슬 본론을 말하기로 했다.

"일단 우리는 광화문으로 갈 겁니다."

"네? 그놈들이랑 싸운다고 하지 않았어요?"

"그놈들이 그쪽으로 올 테니까요."

"왜요?"

"정보를 좀 흘려두었습니다. 놈이 움직이는 시간을 고려해야 하니, 우리는 조금 있다가 출발하겠습니다. 다들 미리미리 준비해두시고…… 어?"

"갑자기 왜 그러세요?"

유상아의 물음에 나는 미묘한 웃음을 지었다.

"아뇨, 아무래도 제 예상보다도 일이 빨리 진행되는 것 같아서요."

스마트폰으로 한동훈의 메시지가 날아왔다.

―'거래소'에서 검색할 수 있다고 퍼뜨렸는데, 괜찮죠?

―그래, 맞아. 잘했어.

그리고 연이어 귓가에 몰아치는 시스템 메시지.

[거래소에 올려놓은 아이템이 팔렸습니다.]

[거래소에 올려놓은 아이템이 팔렸습니다.]

허공에서 비형의 목소리가 들려왔다.

—네 특성 사기꾼이지?

'성좌들 반응은 어때?'

—그야 엄청 흥분했지. 필터링 제한도 조금씩 풀리기 시작했고…… 자기 화신한테 직접 선물한 놈도 생겼어. 근데 너 이런 짓 하면 또 주목받을 텐데 괜찮겠어? 그리고 네가 아는 정보들 풀면 너한테도 불리한 거 아냐?

'안 불리해.'

어차피 정보는 남아돈다. 그리고 내가 푼 것은 내게 필요한 정보도 아니다. 오히려 누군가에게 손해가 될 정보지.

'물건 판 코인이나 내놔.'

—여기 있다, 인마.

[거래소에서 《계시록 - SSSSS급 무한 회귀자》가 16권 판매됐습니다.]
[16,000코인을 획득했습니다.]

당연한 얘기지만 파일을 무료로 풀지 않았다. 어차피 이 정보가 필요한 놈들은 전부 배후성과 계약 중일 테고, 그러니 인터넷을 통해 푸는 것보다는 '거래소'를 통해 판매하는 쪽이 나왔다.

중요한 정보가 든 계시록을 무료로 푼다면, 그거야말로 의심스러운 행동이다.

하지만 값을 매겨서 판매한다면? 필요한 놈들은 당연히 사본다. 그 정보에 그만큼의 '가치'가 있을 거라 착각하기 때문이다. 정보의 가치는 때로 내용보다 값에 의해 결정되는 법이니까.

그나저나 1만 6,000코인이라. 이거 아주 짭짤한데.

나는 일행들을 향해 말했다.

"죄송한데 저 잠깐 자고 올게요."

"……너무 태평한 거 아니에요?"

"자야만 할 수 있는 일도 있습니다."

나는 그대로 자리를 잡고 드러누웠다. 어디서 가져왔는지 유상아가 얇은 담요를 덮어주었다. 정희원이 황당하다는 듯 혀를 찼다.

그리고 나는 순식간에 잠들었다.

잠시 후 흐릿해진 의식 속에서 시스템 메시지가 들려왔다.

[전용 스킬, '전지적 독자 시점' 3단계를 발동합니다.]

내가 지금까지 알아낸 바에 따르면 [전지적 독자 시점]은 세 가지 단계로 구분된다.

등장인물의 간단한 욕망이나 감정을 알 수 있는 1단계.

등장인물의 속마음을 읽을 수 있는 2단계.

등장인물이 위치한 주변 전경을 보거나, 등장인물 본인에게 직접 몰입할 수 있는 3단계.

지금까지 3단계를 겪은 것은 총 두 번. 한 번은 꿈속이었고, 또 한 번은 가사 상태였다. 꿈속에서는 금호역을 떠나는 유중혁을 보았고, 가사 상태에서는 충무로역 현장을 목격했다.

두 사례에는 공통점이 있었다. 바로 내 의식 상태가 흐릿하고 불안정했다는 것. 하지만 그게 3단계 발동 조건의 전부는 아니었다.

가장 중요한 조건이 하나 더 있었다. 그것은 바로.

「"대표님, 보고 계십니까? 젠장…… 이렇게 하는 거 맞나?"

혼자서 열심히 중얼거리던 강일훈이 허공을 바라보며 말했다.

"폭군왕 쪽에는 확실히 퍼뜨렸습니다. 곧 놈들도 움직일 겁니다. 그런데 제 말 듣고 계신 거 맞죠?"」

해당 등장인물과 내가 동시에 '서로에 대한 생각'을 하고 있어야 한다는 것이다.

잠시 후 시야가 꾸물거리더니 강일훈이 훔쳐보는 정경이 나타났다.

화면 속에서 새하얀 이빨을 드러낸 사내가 웃고 있었다. 휘황한 용포를 걸치고 기이한 금관을 쓴 사내는, 주변 노예들의 시중을 받으며 왕좌에서 천천히 일어났다.

「"새로운 계시는?"

"확실한 것 같습니다. 코인으로 구매한 정보니까 틀림없을 겁니다."

"정보를 푼 놈은 누구지?"

"사도 중 하나인 것 같습니다."

"신뢰도는?"

"계시록에 담긴 히든 피스 중 몇몇을 확인해봤는데 모두 진짜였습니다."

사내가 이빨을 드러내며 웃었다.

"광화문으로 가자. 다른 놈들이 오기 전에 먼저 점거한다."

좋다. 드디어 폭군왕이 움직이는군.

이제 문제는 다른 쪽인데. 나는 정민섭을 떠올렸다.

「"대표님. 놈이 도착했습니다."」

타이밍도 좋군. 정민섭은 미리 광화문 세종대로 사거리에 나가 있었다. 곧이어 정민섭이 있는 주변 정경이 보였다.

「"시커먼 후드 쓰고 온 거 보니까 확실합니다. 그놈입니다."」

건축물 아래쪽에서 일렁이는 그림자들. 역시 표절 작가 녀석이 제일 빠를 줄 알았다. 광화문에는 3회차의 가장 유용한 히든 피스 하나가 숨어 있다. 슬슬 안달이 났을 테니 달려갈 수밖에 없었겠지.

「"그놈들 말고도 더 온 것 같습니다. 영등포랑 용산, 성동구 쪽에 있던 왕도 움직인 것 같은데…… 일이 너무 커지는 거 아닙니까?"」

아니, 바라던 바다. 수면 밑에 숨어 있던 녀석들이 하나둘 등장하기 시작했다. 일일이 찾아갈 필요가 없어졌으니 오히려 잘됐다.

마침내 네 번째 시나리오의 최종막.

'왕들의 전쟁'이 시작될 것이다.

2

의식이 조용히 융기하며 감각이 차츰 현실로 돌아온다.

[전용 스킬, '전지적 독자 시점' 3단계를 종료합니다.]

3단계는 생각보다 피로도가 심해서 오래 유지할 수 없었다. 게다가 아쉬운 사실을 한 가지 알아냈다. [전지적 독자 시점] 3단계를 사용한다고 해서 무조건 스킬 보상을 얻을 수는 없다는 것이었다. [1인칭 주인공 시점] 상태로 진입해야 얻을 수 있는 보상인 것 같은데, 안타깝게도 그 진입 요건은 알아내지 못했다.

잠들 때마다 [1인칭 주인공 시점]을 통해 유중혁의 스킬을 빼 올 수만 있다면 더할 나위 없이 좋을 텐데.

눈을 뜨고 부스스 일어나니 정희원이 나를 보고 있었다.

"또 잠꼬대하던데요."

잠꼬대? 그럴 리가.

"뭐라고 했는데요?"

"어머니……라고 하는 것 같던데."

"……어머니?"

왜 그런 혼잣말을 했지? 사실인지 아닌지 알 수 없으니 곤란한 노릇이었다. 정희원은 그저 알 듯 모를 듯한 미소로 나를 바라볼 뿐이었다. 나는 대충 둘러댔다.

"뭐, 저도 어머니가 걱정되긴 하니까요. 그보다 정희원 씨, 부탁이 있습니다."

"뭔데요?"

"이번 광화문 전투에 참가하지 않으셨으면 합니다."

"왜요?"

"따로 해주셔야 할 일이 있습니다. 믿을 사람이 희원 씨뿐이에요."

믿을 사람이라는 말에 정희원이 못 이기는 척 입술을 비죽였다.

"뭔데요?"

⌘ ⌘ ⌘

정희원과 대화를 마친 후 가장 먼저 한 일은 충무로역에 남을 사람과 광화문으로 향할 사람을 정하는 것이었다.

"정희원 씨는 임무가 있으니 제외하고, 일단 충무로에 남을 사람을 정하겠습니다."

몇몇이 침을 삼켰다. 왕의 간택이라도 받는 신하 같은 얼굴들이다.

"먼저, 남을 사람은 공필두 씨와 이현성 씨입니다."

"흥, 아예 노예로 부리시는군."

공필두가 그럴 줄 알았다는 듯 콧방귀를 뀌었다. 문제는 이현성 쪽이었다. 살짝 창백해진 얼굴이 어쩐지 진급 누락이라도 당한 듯한 표정이었다.

"현성 씨는 남아주셔야 합니다. 공필두 씨와 함께 이곳을 지킬 사람이 필요하거든요. 현성 씨라면 충무로역이 습격당하더라도 유상아 씨 못지않게 사람들을 잘 이끄실 수 있을 겁니다."

"옙. 알겠습니다."

못내 서운해 보였지만 어쩔 수 없었다. 저 든든한 강철검제를 두고 가는 데는 다 이유가 있으니까.

"현성 씨는 이미 충분히 좋은 스킬을 가지고 있습니다. 문제는 그 스킬 레벨이 너무 낮다는 겁니다. 저희가 다녀올 동안 [태산 부수기] 숙련도를 높여주세요. 이번 시나리오가 끝나면 본격적으로 현성 씨의 도움이 필요해질 테니까요."

그제야 이현성의 안색이 살짝 밝아졌다.

"옙! 맡겨만 주십시오."

역시 군인은 매뉴얼과 정해진 과업이 있을 때 가장 뛰어난 효율을 발휘하는 법이다.

그렇게 우리는 광화문으로 향하는 여정에 나섰다.

통제가 불가능한 유중혁과 이지혜를 제외하면, 핵심 인원은 나와 유상아와 이길영 그리고 이성국, 네 명이었다. 멀어지는 우리를 보며 충무로 그룹원들이 손을 흔들었다.

"부대표님! 잘 다녀오십시오!"

"부디 무사하셔야 합니다!"

며칠이나 됐다고 유상아의 인기가 벌써 하늘을 찌른다. 짧은 시간 동안 유상아에게 정을 붙인 사람이 많은지, 하나같이 염려하는 눈빛이었다.

떠나는 유상아의 표정도 어딘지 불안해 보였다.

"독자 씨, 제가 도움이 될까요?"

이럴 때는 확실히 말을 해줘야 한다.

"유상아 씨. 제가 아무 이유 없이 누구 데려가는 거 봤어요?"

"그건 알지만…… 제가 현성 씨나 희원 씨만큼 도움이 될지 모르겠어요."

"그 두 사람은 못 하는 걸 유상아 씨는 할 수 있어요. 이번 계획에는 유상아 씨가 꼭 필요합니다."

거듭 강조하자 유상아의 표정도 살짝 풀어졌다. 유상아는 실제로 뛰어난 인재였다.

"전에 한국사 자격증 있다고 하셨죠?"

"앗, 네."

과거 이야기가 나와서인지 유상아의 표정이 한결 밝아졌다.

하지만 잠시뿐 금방 도로 시무룩해졌다.

"지금은 쓸모없지만요……."

"쓸모 있습니다. 그것 때문에 유상아 씨를 데려왔거든요."

원래 유상아에게 이 역할을 맡길 생각은 아니었다. 광진구 쪽으로 내려가면 또 적합한 인재가 있으니까. 하지만 그를 찾으러 갈 시간도 없고, 유상아 정도만 되어도 충분했다.

내가 아는 유상아는, 고작 한국사 1급 자격증을 따기 위해 교재 몇 권을 줄줄 외워버렸을 만큼 머리가 좋은 사람이니까.

"지난번 사명대사 동상 기억하시죠?"

"네."

"광화문으로 가는 길에도 비슷한 게 여럿 있을 겁니다. 그쪽 엔 국립 박물관도 있고, 성상도 제법 있거든요."

역시나 금방 알아들은 유상아가 탄성을 질렀다.

"아! 그렇구나. 다른 유품이나 유적에도 성좌의 힘이 깃들어 있겠군요."

"네, 유상아 씨 이번 임무는 그런 유품이나 유적을 찾아내는 겁니다."

"알았어요! 머리 좀 굴려볼게요."

"유명한 인물이 남겼는데 잘 알려지지 않은 것일수록 더 좋아요."

같은 위인급 성좌라 해도 유명세에 따라 그 힘은 천차만별이다.

사명대사와 충무공의 차이만 봐도 알 수 있다. 사명대사가 남긴 물품은 B급이지만, 충무공이 남긴 '쌍룡검' 같은 경우는 실전용이 아닌 것도 S급을 넘나드니까.

"광화문으로 가는 길에 최대한 아이템을 많이 챙겨야 합니다. 우리 쪽은 상대적으로 소수니까요."

아마 폭군왕은 수백여 명의 화신을 거느리고 왔을 것이다. 표절 작가 녀석도 나름대로 세력을 보유했을 것이고, 영등포, 용산, 성동구 쪽에서 올라오는 왕들도 조심해야 한다.

네 번째 시나리오의 후반부는 위인급 성좌의 대리전쟁이나 마찬가지였다. 이 시나리오의 결말에는 위인급 성좌가 탐내는 이벤트가 숨어 있기 때문이다.

이제까지와 다르게 성좌와 동조율이 높은 화신이 나올 것이며 그만큼 위험도도 증가한다. 위인급 성좌는 살아온 역사에 따라 상성이 정해지므로 역사를 잘 아는 유상아는 이번 시나리오에서 여러모로 유용할 것이다.

유상아가 갑자기 손뼉을 쳤다.

"아, 그러고 보니 생각나는 곳이 있어요."

"네?"

"제 기억이 맞는지는 모르겠는데…… 이 근처에 아마 관성묘關聖廟가 하나 있을 거예요."

"관성묘?"

"네. 영험한 위인의 힘이 깃들어 있을지도 모르니 가는 길에 들러도 좋지 않을까요? 한국 위인은 아니지만……."

한국 위인이 아니라고?

관성묘라니. 멸살법 애독자인 나도 그런 장소는 들어본 적이 없었다. 어쨌든 우리는 유상아 의견을 따라 지상으로 움직이기로 했다. 그리고 얼마나 걸었을까. 이성국이 앞쪽을 가리키며 소리쳤다.

"엇, 저거 아닙니까?"

정말로 낡은 신당이 근처에 있었다. 관성묘 남묘. 도시 한복판에 이런 신당이 있다고? 신당 옆에 쓰인 설명에 더욱 깜짝 놀랐다.

허, 이거 설마?

전혀 예상치 못한 인물의 신당이었다. 설마 이런 곳에 중국 최고의 무신武神을 모신 사당이 있을 줄이야.

유상아가 긴장한 표정으로 물었다.

"이제 어쩌면 좋을까요……?"

나는 주변을 둘러보았다. 우상은 보이지 않았다.

"일단 예를 표해보죠."

사명대사 때와는 다르다. 무턱대고 깽판만 친다고 항상 좋은 보상을 얻는 것은 아니다. 우리는 주변에서 받아 온 물을 떠놓은 후 조용히 합장을 했다. 그리고 얼마나 시간이 지났을까. 시스템 메시지가 들려왔다.

[이 사당은 오랫동안 방치되어 있었습니다.]
[언월도를 즐겨 쓰는 한 성좌가 당신들의 방문에 기뻐합니다.]
[언월도를 즐겨 쓰는 한 성좌가 자신의 수식언을 드러냅니다.]

[성좌, '미염공 장목후'가 당신들에게 축복을 내립니다.]

미염공美髯公 장목후壯繆侯.

중국 무신이지만 한국에서도 모르는 사람이 없는 위인이었
다. 왜냐하면 이 성좌는, 바로《삼국지연의》의 관우關羽 운장雲
長이었으니까.

[성좌의 축복으로 앞으로 24시간 동안 근력과 체력이 5레벨씩 증가
합니다.]

이성국이 화색이 되어 말했다.

"대표님, 이거 완전 대박 아닙니까?"

"괜찮은 시작이네요."

왜 서울에 관우 신당이 있는 것인지는 모르겠지만, 일본에
도 충무공을 모시는 사당이 있으니 이상한 일은 아닐지도 모
른다. 관우 운장은 세계적 유명세로 봐도 충무공 이상이니 이
만한 버프는 당연한 거겠지. 다만.

"여기선 아이템을 얻기는 무리일 것 같군요."

"아쉽네요, 청룡언월도 같은 걸 얻으면 좋았을 텐데……."

사실 우상이 있었더라도 중국 위인이니 한국에서 좋은 아
이템이 나올 리는 없다.

중국에서 관우를 얻은 화신이 누구였더라…… 제천대성이
나 우리엘에 비할 수는 없겠지만, 관우 정도면 중국에서도 한

지역의 패자를 넘볼 수 있을 것이다.

이길영이 내 옷소매를 붙잡았다.

"형."

격렬하게 움직이는 바퀴벌레 더듬이. 예감이 좋지 않다 싶더니, 멀리서 열을 맞춰 걸어오는 군중이 보였다.

숫자는 대략 오십여 명.

[냉철한 관찰력]에 포착된 그들의 평균적인 체근민은 40 내외. 사도에 비하면 턱없이 부족하지만, 준수한 정예군이라 불리기에는 충분했다.

오십의 정예를 거느린 군벌이라.

"저 복장, 어디선가……."

이성국이 중얼거렸다. 화랑을 연상시키는 사극풍 복장의 사내들. 하나같이 얼굴에 분칠을 한 그들은 누가 봐도 대단한 미남자였다. 이번에는 이성국이 목소리를 낮춰 내게 물었다.

"저 앞줄 남자, 황승민 아닙니까? 배우들 같은데요?"

누가 봤다면 사극 촬영 현장이라 생각했겠지만, 그들이 뿜어내는 것은 명백히 살기였다. 앞으로 나선 사내가 내 쪽으로 창을 겨누며 물었다.

"왕의 길을 막는 자가 누구냐?"

"그러는 너희는 누군데?"

대강 짐작은 가지만 그래도 물어보았다. 조금 더 나중에 마주칠 거라 예상했는데, 생각보다 타이밍이 빨랐다. 화랑 무리 가운데에서 한 여자의 목소리가 들려왔다.

"갈색 깃발…… 설마 당신도 '왕'인가요?"

"그렇습니다만?"

"설마 중구에도 왕이 있을 줄은 몰랐는데 놀랍군요."

마치 봄바람에 꽃잎이 흩날리는 듯한 목소리였다. 정확히는, 연출된 목소리겠지만. 내가 대답했다.

"이제 왕 정도는 흔한 세상이니까요."

"왕이 흔한 세상이라고 해서 아무나 왕이 될 수 있는 것은 아니죠. 모두 전열을 물려라!"

화랑 대열이 일사불란하게 흩어지자 대열 중심에 왕족 복식을 걸친 여인이 나타났다. 단아하게 틀어 올린 머리에, 삼단 같은 머리카락. 어지간한 사극 주인공이라 해도 믿을 만큼 뛰어난 미모였다.

"저, 저 사람 민지원 아닙니까?"

이성국이 말을 더듬었다. 여자가 웃었다.

"……저를 아는 분이 계신가요?"

"팬입니다!"

몽롱하게 홀린 이성국이 앞으로 한 발짝 나섰다. 멍청하긴. 명색이 '최면술사'인 놈이 먼저 홀리면 어쩌자는 거야?

[전용 스킬, '파마 Lv.2'를 발동합니다!]

동공이 풀리던 이성국이 정신을 차렸다.

"핫, 죄, 죄송합니다."

여인의 눈가에 이채가 스쳤다. 그나저나 흥미롭다. 이성국이 알아봤다는 것은, 저 여자는 실제로 존재했던 인물이라는 뜻이다.

서울 7왕 중 하나인 '미희왕美戱王'이 실존 인물이라고?

좀 이상한 느낌이 든다. 멸살법의 등장인물 '미희왕'도 본명이 '민지원'이기 때문이다.

우연의 일치인가? 뭐, 확인해보면 알겠지.

[전용 스킬, '등장인물 일람'을 발동합니다!]

다행히 스킬은 무사히 발동했다.

〈인물 정보〉

이름: 민지원

나이: 26세

배후성: 매금지존寐錦之尊

전용 특성: 배우(희귀), 미희왕(영웅)

전용 스킬: [무기 연마 Lv.5] [군세 지휘 Lv.2] [도화살 Lv.4] [피부 보정 Lv.1] [천의 얼굴 Lv.3] [연기 Lv.2]…….

성흔: [천인매혹天人魅惑 Lv.4] [남다른 여장부 Lv.3]

종합 능력치: [체력 Lv.18] [근력 Lv.18] [민첩 Lv.21] [마력 Lv.23]

종합 평가: 뛰어난 배후성이 뛰어난 화신을 만났습니다. 그녀의 훌륭한 미색은 배후성의 가호를 받아 더욱 빛날 것입니다. 그 미색이 바래지 않는 한, 그녀의 군대는 오직 그녀를 위해 충성할 것입니다.

역시 이 여자는 멸살법에 나오는 그 미희왕이다. [등장인물 일람]이 바로 발동했으니 실존 인물은 아닌 것 같은데…… 이성국은 어떻게 이 여자를 알아봤지?

혹시 이성국이 등장인물 사전에 등록된 것과 뭔가 관련이 있나?

나는 일단 고개를 숙이며 말했다.

"민지원 씨, 만나 뵙게 되어 영광이군요."

"왕께서도 제 팬이신가요?"

팬이라…… 뛰어난 미모이기는 하지만 내 스타일은 아니었다. 객관적으로 보면 유상아도 만만치 않은 미인이고.

이성국이 홀린 것은 아무래도 저 사람이 가진 특유의 스킬 탓이겠지.

나는 일부러 사극처럼 말해보았다.

"팬은 아닙니다만 그래도 어찌 모르겠습니까. 성동구의 왕이시여."

그 말에 민지원의 표정이 굳어졌다.

"당신은……?"

매금지존.

멸살법 전체에서 그런 수식언을 가진 성좌는 하나뿐이다.

"보아하니 배후성과 동조율이 굉장히 높으신 것 같은데, 대신 전해주십시오. 신라의 마지막 여왕을 직접 뵙게 되어 몹시 영광이라고."

매금지존은 신라의 마지막 여왕인 진성왕眞聖王의 수식언이었다.

[등장인물 '민지원'의 배후성이 크게 동요합니다.]

"당황하실 필요 없습니다. 신라의 숙원을 풀기 위해 오신 거 아닙니까?"

멸살법에서도 종종 이런 경우가 있었다. 배후성과 화신 사이의 동조율이 지나쳐서, 배후성이 생전에 이루지 못한 꿈을 화신에게 강요하는 것.

한을 품은 위인급 성좌가 흔히 저지르는 실수였다.

나중에 개연성 후폭풍을 두들겨 맞고 소멸할 것도 모르고 말이지.

민지원이 눈을 가늘게 떴다.

"당신……."

멸살법 전개대로라면, 지금 서울의 세 지역—성동구, 용산구, 영등포구는 각자 구 경계선에서 치열한 세력전을 벌이고 있었다.

오래전 한반도의 후삼국 시대처럼.

뜻밖의 메시지가 도착한 것은 그때였다.

[현상금 시나리오가 도착했습니다!]

응? 현상금?

<현상금 시나리오 - 후삼국 통일>

분류: 현상금

난이도: ???

클리어 조건: 매금지존을 비롯한 신라 출신 위인급 성좌들이 화신 '민지원'을 세 지역의 왕으로 추대하기를 원합니다. 화신 '민지원'을 도와 후백제와 태봉 출신의 배후성을 가진 '왕'을 격살하시오. 만약 이 시나리오를 성공하면 당신은 성좌 매금지존의 호의를 얻게 될 것입니다.

제한 시간: 38시간

보상: 2,000코인

실패 시: ―

멍하니 시나리오창을 바라보는데, 묘하게 웃는 민지원이 눈에 들어왔다.

"내 배후성께서 당신들의 성의를 보고 싶어하시는군요. 당연히 수락하시겠죠? 길게 말하지 않겠습니다. 내 아래로 들어오세요."

네깟 녀석이 어디서 2,000코인이나 주는데 안 받고 삐기겠느냐는 말투. 헛웃음이 나왔다. 성좌랍시고 존중해주었더니 나를 완전히 호구로 보네?

[성좌, '긴고아의 죄수'가 화신 '민지원'의 배후성을 싫어합니다.]
[성좌, '은밀한 모략가'가 위인급 성좌들의 재력을 비웃습니다.]
[2,000코인을 후원받았습니다.]

[거래소에서 《계시록 - SSSSS급 무한 회귀자》가 5권 판매됐습니다.]
[5,000코인을 추가로 획득했습니다.]

지금 나한테 들려오는 메시지를 들으면 저 친구가 무슨 표정을 지을지 몹시 궁금하다. 꼴랑 2,000코인 주고 나한테 뭘 해달라고?

[성좌, '매금지존'이 당신의 선택을 기다립니다.]

벌써 부하를 얻은 듯 자신만만한 눈빛의 민지원을 향해 어깨를 으쓱하며 말했다.

"싫습니다."

민지원의 눈빛이 흔들렸다. 화랑 몇 명이 입을 벌렸고, 배우인 민지원조차 표정 관리가 안 되고 있었다. 돌아온 것은 명청한 목소리.

"……네?"

주어진 현실을 받아들이는 대신 자신의 청각을 의심하는 쪽을 택한 듯했다.

"뭔가 잘못 들은 것 같은데…… 다시 말씀해주시겠어요?"

"그쪽 부하 안 한다고요."

2,000코인을 주고 부하가 되라니, 이건 뭐 웃음만 나온다. 나는 뒤쪽에 있던 일행을 향해 말했다.

"그만 갑시다. 갈 길이 급하니까."

망설임 없이 돌아서자 민지원이 다급한 목소리로 외쳤다.

"잠깐만요! 코인이 부족하면 더 줄 수도 있어요. 제 배후성과 잘 얘기하면—"

"필요 없습니다."

"기다리라니까요!"

다급했는지 직접 달려와 내 앞을 가로막았다.

민첩 수치에 비해 제법 빠른 몸놀림이었다.

"설마 2,000코인의 가치를 모르는 건 아니겠죠? 잘난 척할 여유는 없을 텐데요?"

"……잘난 척?"

"곧 왕들 간의 전쟁이 시작될 거예요. 그쪽이 어떤 성좌를 배후성으로 삼았는지는 모르겠지만, 인근 중소 그룹은 모두 정리될 거라고요. 솔직히 말해서 내가 2,000코인을 받고 그쪽을 받아줘도 모자랄 상황인데, 혹시 아직 상황 파악이 안 되나요? 나, 신라의 왕이에요. 곧 삼국을 통일할 왕이라고요!"

본인 연기에 너무 심취해서 맛이 가버린 모양이다.

하긴 민지원은 원래 이런 설정이었지. 원작에서도 뛰어난 배우인 그녀는 '진성왕'과 동조가 너무 깊어져 한동안 자기가 정말 신라의 마지막 여왕이라고 생각하며 살아간다. 이래서 메소드 연기가 무섭다니까.

"시대를 착각하시는 모양인데 지금은 후삼국 시대가 아닙니다."

"시대를 착각하는 건 그쪽이겠죠. 대한민국은 이제 끝났어요. 설마 아직도 정부의 구조를 기다리는 건 아니겠죠?"

분명 방금 전까지 헛소리를 했는데 갑자기 말을 잘하기 시작했다.

"새로운 시대가 열렸다고요. 그리고 그 시대는 바로 나, 민지원에서 시작될 거예요."

착각이었다. 헛소리도 맥락을 잘 이으면 그럴듯해 보이네.

이 친구를 어떻게 떼어놓아야 하나 고민하는데, 고맙게도 유상아가 끼어들었다.

"저, 여왕님?"

"뭐죠?"

"제가 알기로 후삼국 중에 신라가 제일 약소국인데…… 역사대로라면 조금 힘들지 않을까요? 어떻게 삼국 통일을…….."

기습 공격을 당한 민지원의 얼굴이 창백해졌다.

"그, 그쪽이 뭘 안다고 잘난 척이에요!"

"저…… 한국사 1급이요."

"하, 한국사 1급……."

당황한 민지원이 말을 더듬었다.

"한국사 1급이 뭐 대단한 거라고!"

"그만 갑시다, 유상아 씨. 역사도 잘 모르시는 분 같은데."

이번에는 민지원의 얼굴이 붉게 물들었다.

"기다려요! 내 제안 아직 끝나지 않았으니까. 3,000코인이면 어때요?"

나는 들은 척도 하지 않고 돌아섰다.

"3,500! 3,500코인까지 줄게요!"

상승 폭이 500코인으로 줄었다. 우리 여왕님의 자본 규모를 알겠네. 역시 위인급 성좌는 유명세에 따라 재력이 천차만별이라니까. 나는 계속해서 걸어갔다.

"3,600! 아니 3,700……!"

내 발걸음이 멈췄다.

돌아보자 민지원이 '그럼 그렇지' 하는 표정을 짓고 있었다.

나도 참 나쁜 놈이다.

그냥 가버릴 수도 있는데 저걸 굳이 혼내주고 싶은 걸 보면. 나는 그녀를 향해 무뚝뚝한 목소리로 입을 열었다.

"오히려 제가 제안하고 싶군요."

"무슨 소리죠?"

"1만은 어떻습니까?"

"……1만?"

"아, 너무 낮게 잡았나요? 그래도 명색이 왕이니…… 그럼 2만으로 하죠."

민지원의 표정이 천천히 굳어졌다. 팔짱을 끼면서 나를 노려보았다.

"지금 나랑 장난치자는 건가요? 2만 코인? 설마 그쪽에게 그만한 값어치가 있다고 생각하시는 거……."

"아뇨, 제가 그쪽을 2만 코인에 사겠다는 뜻입니다."

"네?"

"정확히는, 그쪽이 가진 모든 병력을 포함해서 말입니다."

멍하니 입이 벌어지던 그녀가 재빨리 정신을 차렸다.

"그, 그만한 코인이 당신한테 있을 리가 없잖아요?"

"당신한테 없다고 남도 없을 거란 발상은 어디서 튀어나오는지 궁금하군요."

나는 검지와 엄지를 힘껏 튕겼다. 그러자 검지 끝에서, 광휘와 함께 내가 가진 코인의 일부가 형상화되었다.

[20,000C]

간신히 포커페이스를 유지하던 민지원이 마침내 무너졌다.

"말도 안 돼⋯⋯."

"이제 믿으시겠습니까?"

불신이 경악으로, 다시 경악이 탐욕으로 바뀌기까지는 그리 오랜 시간이 걸리지 않았다.

하긴 그럴 법도 하지. 2만 코인이면 종합 능력치를 엄청나게 올릴 수 있는 금액이니까. 후삼국 세력의 판도를 바꾸지는 못하더라도 영향을 끼칠 수 있는 금액임은 틀림없었다.

하지만 탐욕이 그녀의 자존심을 부수지는 못했다.

"지금 나를 돈으로 사겠다는 말인가요?"

"왜요, 안 됩니까? 제안을 먼저 꺼낸 건 그쪽인데요."

내 말에 기함하며 화랑들의 대장이 앞으로 나섰다.

"감히!"

호리호리한 체구에 선이 고운 미남. 그러나 겉으로는 드러나지 않는 기개가 있었다.

유상아가 말했다.

"독자 씨, 저 남자⋯⋯."

유상아의 말과 동시에 나도 깨달았다. 그랬지 참, 신라에는 이 성좌가 있었지.

신라라고 해서 후삼국전에서 절대적으로 불리하지는 않았다. 시대를 가리지 않고 본다면 유능한 장수는 꽤 있으니까. 가령, 김유신金庾信이라든가⋯⋯ 문제는 이번 회차의 신라에는 김유신이 없다는 점이지만.

"관창官昌은 좋은 성좌죠. 하지만 경솔하군요. 만약 제 성좌가 계백이면 어쩌려고 그러시죠? 설마 황산벌을 재현하고 싶으신 건 아닐 테고."

당황한 사내가 눈을 크게 떴다.

"네놈…… 설마 백제의 끄나풀이냐?"

[성좌, '임전무퇴의 화랑'이 당신의 발언에 노여워합니다.]

역시 이 녀석 배후성이 관창이었군.

임전무퇴의 화랑, 관창. 가진 성흔은 별거 아니지만 몰락한 왕국에 대한 충성심 하나는 끝내주는 성좌다.

"백제는 아니고, 평범한 한국 사람입니다만."

"이놈!"

"그쪽 애국심은 존중하지만, 조금 신중하게 구는 편이 좋을 겁니다. 제가 고작 2만 코인만 가진 게 아니거든요."

손가락을 한 번 더 튕기자 형상화된 코인의 숫자가 올라가기 시작했다.

사내의 얼굴이 조금씩 창백해졌다.

어설픈 재력은 욕망의 대상이 된다. 하지만 압도적인 재력은 경외와 두려움의 대상이 되는 법이다.

코인의 힘을 잘 아는 이들에게는 더욱.

잠시 얼빠져 있던 민지원이 뒤늦게 입을 열었다.

"당신은 대체 누구죠?"

빨리도 물어보시는군. 물론 대답해줄 생각은 없었다.

"민지원 씨, 세상 모든 걸 돈으로 해결할 수는 없습니다. 배우였던 당신이라면 잘 알 거라 생각했는데, 실망이군요."

나는 그 말을 마지막으로 정말 돌아섰다. 일행들이 뒤늦게 나를 따라왔고, 처량한 민지원의 목소리가 들려왔다.

"잠깐! 기다려요!"

하지만 더는 나를 쫓아오지 못했다. 신라군과의 거리가 어느 정도 벌어졌을 무렵, 유상아가 살짝 시무룩한 목소리로 입을 열었다.

"독자 씨, 뭐 하나만 물어봐도 되나요?"

"그러세요."

"방금 그분, 유명한 분인가요?"

뜻밖의 질문이어서 잠깐 머뭇거렸다.

"예? 음…… 아마 그럴걸요?"

"역시 그렇구나. 독자 씨도 성국 씨도 알아보시길래…… 저도 사극 나름 열심히 챙겨 봤는데 왜 전혀 기억이 안 날까요?"

왜 또 시무룩한가 했더니, 겨우 그런 이유였나? 이길영이 끼어들었다.

"저도 몰라요, 누나."

"앗, 그러니? 다행이다."

이상한 이야기는 아니었다. 민지원이 소설 속에만 나오는 등장인물이라면 유상아나 이길영이 그녀를 모르는 것은 당연한 얘기니까.

문제는 이성국이었다.

"이성국 씨."

"앗, 옙."

여전히 뒤쪽을 흘끔대던 이성국이 화들짝 정신을 차렸다. 민지원의 미모가 어지간히 인상적이었던 모양이다.

"아까 민지원 씨 팬이라고 하시던데……?"

"예? 하하. 그렇습니다. 모르셨나요? 유명한 배우인데요. ……어?"

순간 이성국의 표정이 이상해졌다.

"어…… 민지원…… 씨? 어라? 제가 왜 민지원 씨를 알고 있죠? 아니, 원래부터 알고 있었나?"

나는 곧장 [등장인물 일람]을 발동했다.

[전용 스킬, '등장인물 일람'을 발동합니다.]

〈인물 정보〉

이름: 이성국

나이: 25세

배후성: 늙은 시계추의 관리자

전용 특성: 최면술사(희귀)

전용 스킬: [최면 Lv.3] [허세 Lv.4] [무기 연마 Lv.3] [특성 간파 Lv.2]…….

> 성흔: [편안한 숙면 Lv.1]
>
> 종합 능력치: [체력 Lv.13] [근력 Lv.13] [민첩 Lv.17] [마력
> Lv.18]
>
> 종합 평가: 현재 종합 평가가 진행 중입니다.

이성국의 인물 정보를 보는 것은 두 번째였다.

그다지 달라진 점은 없었다. 단 한 가지를 제외하고는.

이성국의 특성, '아홉 번째 하차자'가 사라졌다.

"이성국 씨?"

"으어…… 옙?"

"……아뇨, 아무것도 아닙니다."

나는 괜한 혼란을 방지하기 위해 말을 아꼈다. 멸살법의 세
계에서 특성이 소멸하는 경우는 오직 그 특성의 자격이 사라
졌을 때뿐이다.

모든 '하차자'는 이 세계의 '미래'를 알고 있다.

하지만 이성국이 아는 미래는 프롤로그에 가까운 초반뿐.
현재 시나리오의 전개는 그가 알던 정보를 넘어섰다.

그러자 어떤 가설이 떠올랐다.

하차자는 자신이 알던 '미래'를 따라잡는 순간 단순한 '등장

인물'이 되어버리는 것은 아닐까?

비약 같지만 가능성 있는 가설이었다. 그렇다면 이성국과 정민섭의 인물 정보가 보이기 시작한 것도 납득이 된다.

그럼…… 혹시 언젠가 나도……?

[등장인물 '민지원'이 당신에게 미약한 호감을 보입니다.]

어이없는 메시지에 쌓아 올린 상념이 한꺼번에 무너졌다. 나는 반사적으로 뒤를 돌아보았다. 어느새 저 멀리 작게 보이는 민지원은 여전히 그 자리에서 이쪽을 바라보고 있었다. 얼굴은 잘 보이지 않지만 제스처로 봐서는 화가 난 것 같은데.

그럼 이 메시지는…… 아니, 잠깐만. 왜 그 에피소드를 잊고 있었지?

갑자기 생각났다. 11회차였나, 유중혁이 민지원을 만나자마자 다짜고짜 멱살을 잡은 적이 있다. 그리고 그 회차 내내 민지원은…….

아니, 실제로 그런 사람이 있을 턱이 없으니, 말 그대로 소설에서나 가능한 전개였는데…….

갑자기 불길한 예감이 들었다. 설마 아니겠지?

난 멱살 같은 거 안 잡았다고.

✿ ✿ ✿

한 시간 뒤, 우리는 최대한 빠른 속도로 지상을 주파해 광화문 근처 빌딩 숲에 몸을 숨겼다. 인적은 보이지 않지만, 내 파일을 사 간 왕들이 근방에 숨어 있을 것은 자명했다.

—다들 눈치 보다가 움직이기 시작할 겁니다. 우리도 그때 맞춰 움직이죠.

나는 일행들에게 주의를 주며 조금씩 이동했다. 어차피 다른 왕들의 목표야 빤했다.

「국립고궁박물관 입구에 도달하는 순간, 그는 심장이 두근거리기 시작했다. 이곳에 잠들어 있는 유물은 대부분 쓰레기다. 하지만 그중 단 하나는 진짜다.

사인참사검四寅斬邪劍.

광화문 최강의 SSSSS급 아이템이, 바로 여기 숨겨져 있을 것이다!」

내가 쓴 글이지만 보고 있으려니 손발이 오글거린다.

사인참사검이 국립고궁박물관에 있는 것은 사실이었다. 당연히 SSSSS급 아이템은 아니지만. 애초에 그딴 급수는 없다. 그래도 사인참사검은 훌륭한 성능을 자랑하고, 실제로 3회차의 유중혁도 초반에 애용했다.

—형, 그런 아이템이면 우리가 얻어야 하는 거 아니에요?

—당장은 없어도 돼.

좋은 검이지만 지금 당장 필요한 아이템은 아니었다. 하지만 표절 작가나 다른 왕들 생각은 다를 것이다. 사인참사검 정도면 초반에는 최고의 전투력을 발휘할 수 있다.

녀석들은 반드시 사인참사검을 노릴 것이다.

그러니 우리 계획은 간단했다. 애먼 검을 노릴 동안 다른 유물을 차지한다. 문제는 녀석들이 언제 움직이느냐인데…….

걱정할 필요는 없었다. 이 빌어먹을 세계에는 시나리오가 정체되면 반드시 움직이는 녀석이 있으니까.

[후후, 이것 참. 제가 시키지도 않았는데 잘도 모여 계시는군요.]

역시나. 허공에서 스파크가 튀더니 중급 도깨비가 나타났다.

[착한 아이들에겐 상을 줘야겠죠?]

쿠구구궁, 하는 소리와 함께 광화문 사거리 한가운데에서 뭔가 솟아오르기 시작했다.

고색창연한 황금색으로 빛나는, 단 하나의 왕좌王座.

곳곳에서 숨을 삼키는 소리가 들렸다.

아직 어떤 가이드도 내려오지 않았지만, 그 순간 모든 왕은 깨달았을 것이다. 오직 단 한 명의 왕이 저 자리를 차지하게 되리라는 사실을.

[메인 시나리오가 갱신됐습니다.]

[메인 시나리오 #4 - '왕의 자격'이 시작됩니다!]

시스템 메시지에 놀란 이성국이 중얼거렸다.

"또 새로운 시나리오라니……."

확실히 좋은 타이밍은 아니었다. 기존 시나리오의 클리어 조건을 완료하기도 전에 다른 시나리오가 떠버렸으니까.

일단 새로 도착한 시나리오를 열어보았다.

〈메인 시나리오 #4 - 왕의 자격〉

분류: 메인

난이도: A

클리어 조건: 광화문 사거리에 위치한 '절대왕좌'를 차지하시오.

제한 시간: 8시간

보상: 10,000코인

실패 시: ―

* 해당 시나리오는 히든 시나리오 '왕의 길'을 완수한 자만 도전
  할 수 있습니다.
* 절대왕좌를 차지한 왕은 다른 모든 왕에게 절대적인 명령권을
  가집니다.
* 해당 시나리오에는 특수한 클리어 조건이 추가로 존재합니다.

상황이 좋지 않았다. 우리 그룹은 아직 '깃발 쟁탈전'의 표적 역도 점거하지 못했다. 부담이 두 배로 늘어난 형국이었다. 폭군왕을 쓰러뜨리고 창신역을 점거하면서, 저 왕좌와 관련된 시나리오도 완수해야 한다.

중급 도깨비가 말했다.

[후후, 당황한 얼굴들이시군요. 너무 걱정 마시기 바랍니다. 이번 시나리오는 천천히 진행할 테니까요.]

누구나 동요할 법한 상황임에도 광화문 일대는 잠잠했다.

당연하다. 지금까지 살아남은 왕이라면, 도깨비의 말에 귀를 기울이는 것이 얼마나 중요한지 알고 있을 테니까.

[네 번째 메인 시나리오는, 이미 예상하셨겠지만 저 '왕좌'에 앉을 단 하나의 왕을 선출하는 것이 목적입니다. 물론 왕이라고 해서 아무나 앉을 수 있는 것은 아닙니다. 오직 자신의 '자격'을 증명한 사람만이 저 자리에 앉을 수 있지요.]

중급 도깨비가 기분 나쁜 웃음과 함께 말을 이었다.

[그럼, '첫 번째 자격'을 공개하겠습니다.]

〈왕의 자격〉

1. 왕좌의 주인은 그 누구보다 용맹할지니

　— 절대왕좌는 결코 '약한 왕'을 원하지 않습니다. 왕좌에 도전하기 위해 당신은 최소 '검은 깃발'을 소유한 왕이어야 합니다.

'검은 깃발'이라. 역시 첫 조건부터 만만치가 않다.

[후후, 동기는 주어졌으니 재미있는 이야기를 만들어보시기를!]

중급 도깨비가 사라지자 유상아가 걱정스러운 얼굴을 했다.

"검은 깃발이라면…… 역을 스무 개 이상 점거해야 얻을 수 있는 거 아닌가요?"

"맞습니다."

현재 우리 그룹은 '갈색 깃발'. 역을 열 개 이상 점거했을 때 얻는 깃발이다.

"어쩌죠? 아직 열 개나 더 점거해야 하는데, 근처에 빈 역이 있을 리가……."

"빈 역이 없으니까 생긴 조건입니다."

"네?"

내가 알기로, 현시점에서 '검은 깃발'을 달성한 왕은 없다.

"잊으셨어요? 깃발 색을 바꿀 수 있는 방법은 하나가 아닙니다."

역을 점거해도 깃발의 공적치는 오른다. 하지만 그보다 훨씬 빠르게 공적치를 얻을 방법이 있다.

"아……!"

바로, 다른 그룹 대표의 깃발을 빼앗는 것. 그리고 지금 광화문에는 깃발을 가진 왕이 잔뜩 모여 있었다. 나는 일행들을 진정시키며 말했다.

"당황하지 마세요. 예상 못 한 일은 아닙니다. 우리는 계획대로 하면 돼요."

계획대로. 말은 그렇게 했지만 쉽지는 않을 것이었다.

광화문 일대 전체에 은근한 전운이 감돌았다. 폭풍이 불어닥치기 직전의 아슬아슬한 긴장감. 병장기를 꺼내 드는 소리, 전열을 가다듬는 목소리가 살풍경한 빌딩 숲 사이사이에서 들려오는 듯했다.

잠시 후면 움직이기 시작할 것이다.

승진을 위해 경쟁하던 사람들은 진짜 칼을 들고 서로 죽일 것이고, 더 넓은 평수의 집을 원하던 사람들은 더 많은 역을 점거하기 위해 서로 깃발을 빼앗을 것이다.

서로 죽이고, 더 좋은 아이템을 차지하고, 살아남기 위해.

펄라이트 보드로 마감된, 차가운 도시의 건물들을 보던 이성국이 중얼거렸다.

"어쩐지 무섭습니다. 여기가 정말 한국이 맞는지……."

"한국이었던 곳이죠. 여전히 한국이기도 하고."

"대표님은 무섭지 않으십니까?"

"저도 무서워요."

거짓말이 아니었다. 나도 무서울 때가 있다. 솔직히 말하면 자주 그렇다. 멸살법을 모두 읽었다 해도, 나 역시 평범한 회사원이던 사람이니까. 내색은 안 하지만, 하루에도 몇 번씩 '내가 살아남을 수 있을까' 고민한다.

물론 고민은 오래가지 않는다. 생각해봐야 소용없는 일이기 때문이다. 어떤 세계든 마찬가지다. 미노 소프트를 다니던 김독자에게도, 멸살법의 세계를 살아가게 된 김독자에게도.

죽음은 원하든 원하지 않든 찾아오리라.

중요한 것은…….

"하지만 적어도 지금은, 제대로 살아가는 기분이 듭니다."

[전용 스킬, '제4의 벽'이 발동 중입니다.]

문득 돌아보니 이성국이 경외심 어린 눈으로 나를 보고 있다.

"대표님은 이럴 때 보면 꼭……."

"쳐라!"

이성국의 말이 채 끝나기도 전에 누군가의 고함이 울려 퍼졌다. 300미터쯤 떨어진 곳에서, 북쪽으로 진군을 시작한 왕이 있었다. 나처럼 '갈색 깃발'을 가진 왕이었다. 너무 멀어서 얼굴은 보이지 않지만 아마 작은 지역구의 왕이겠지.

그와 거의 동시에 곳곳에 숨어 있던 군벌들이 나타나기 시작했다. 제각기 뛰어난 병장기로 무장한 녀석들.

개중에 가장 눈에 띄는 것은 화려한 용포에 괴이한 가마를 탄 사내였다.

물어보지 않아도 누구인지 알 수 있었다.

우리의 목표, 도봉구와 성북구의 지배자 '폭군왕'이었다.

서울 7왕 중에서도 가장 거대한 세력을 지배하는 녀석이 움직였으니, 이제 첫 번째 사도와 후삼국 왕들도 움직일 것이다.

"대부분은 사인참사검을 노리고 움직일 겁니다."

실제로 왕들의 진군 방향은 사인참사검이 있는 북부 고궁박물관 쪽이었다. 시야에는 잡히지 않지만 표절 작가 녀석도 이미 그쪽으로 움직였을 것이다.

심지어 몇몇 세력은 아예 피해를 도외시하고 박물관 쪽으로 달리고 있었다.

이해는 간다.

아직 왕의 자격 요건이 모두 밝혀지지 않은 상황이니 일단 좋은 아이템부터 선점해야 유리할 거라는 생각이겠지.

사인참사검쯤 되는 아이템이면 깃발로 인한 공적치 격차를 단번에 메워줄 수 있으니까.

이성국이 걱정스러운 듯 물었다.

"우리는 안 가도 됩니까? 사인참사검이면 꽤 좋은 아이템인데요."

"지금 가봐야 새우 등만 터져요."

우리는 일행이 많지 않다. 더욱이 저쪽에는 위인급 중에서 나름 유명한 성좌를 배후성으로 둔 녀석들도 있었다.

"우리는 서쪽으로 갑시다."

나는 일행을 이끌고 곧장 움직였다. 모든 왕들이 북쪽 고궁박물관으로 향하는 중이라서 서쪽 대로는 상대적으로 휑한 상태였다. 유서 깊은 광화문답게 가는 길 곳곳에 박물관이 있었다. 신문박물관, 한국금융사박물관, 경찰박물관…… 유상아가 물었다.

"저런 곳엔 가도 소용없겠죠?"

"근현대 전시물이 많은 곳은 피해야 합니다."

유물은 오래된 것일수록 좋다. 물론 단순히 '오래된 것'만으로는 부족하다. 철기 시대의 농부가 사용했던 괭이도 아이템이 되긴 하지만, 그런 아이템은 F급으로 책정되니까. 유명한 위인이나 설화와 관계되었는지 혹은 그럴듯한 '이야기'가 얽혀 있는지가 중요하다.

"저기로 가죠."

우리는 경희궁에 면해 있는 '서울역사박물관' 앞에 멈춰 섰다. 유상아의 눈동자에 빛이 감돌았다.

"여기선 뭘 찾으면 될까요?"

"간평의簡平儀라는 것을 찾아야 합니다. 원반을 닮은 조선시대 유물인데, 몇 층에 있는지는 모르겠습니다."

"좋아요, 한번 찾아볼게요!"

"빨리 찾아야 하니까 흩어지죠. 길영이 너는 상아 누나랑 같이 움직이도록 해. 그리고 이성국 씨는—"

거기까지 말한 순간, 뒤쪽에서 날카로운 파공성이 들렸다. 나는 반사적으로 일행을 감싸며 자리에 주저앉았다. 건물 외벽을 꿰뚫은 화살. 화살대에 은은하게 실린 마력의 흔적이 보였다. 등줄기가 오싹해졌다.

강마시強魔矢.

궁술 스킬을 제대로 배운 놈이다. 대체 누구지? 우리 동선을 읽은 놈이 있다고?

"모두 안으로 들어가요! 빨리!"

화살이 몇 발 더 날아왔다.

['신념의 칼날'이 활성화됩니다.]

검의 면적을 넓게 휘둘러 날아오는 화살을 쳐냈다. 다행히 담긴 마력의 양이 많지 않아 막아내기는 어렵지 않았다.

문제는 그 숫자였다.

사각에서 날아들던 화살 한 발이 허벅지 바깥쪽을 스치고 지나갔다. 나는 재빨리 물러서며 엄폐물 뒤로 숨었다.

"하하하! 애송이 왕이 어딜 쏘다니느냐!"

범의 포효 같은 우렁찬 목소리가 쩌렁쩌렁 울려 퍼졌다. 400-500미터쯤 떨어진 곳에서 활과 검으로 무장한 무리가 이쪽으로 다가오고 있었다.

깃발은 보이지 않는다. 즉 별동대를 내보냈다는 것.

생각보다 머리가 좋은 왕이 있는 모양이었다.

아이템은 아이템대로 먹고, 군소 지역 왕의 깃발도 뺏겠다는 건가.

[전용 스킬, '등장인물 일람'이 발동합니다.]

나는 전방에서 달려오는 거한에게 스킬을 사용했다.

〈인물 정보〉

이름: 추왕인

나이: 33세

배후성: 황산벌의 마지막 영웅

전용 특성: 단역배우(일반)

전용 스킬: [무기 연마 Lv.4] [연기 Lv.1] [약자 탐색 Lv.1]

성흔: [백제검도 Lv.4] [결사항전 Lv.2] [별동대 운용 Lv.3]

종합 능력치: [체력 Lv.19] [근력 Lv.19] [민첩 Lv.21] [마력 Lv.15]

종합 평가: 별 볼 일 없는 인간도 뛰어난 배후성을 만나면 성장할 수 있다는 것을 잘 보여주는 케이스입니다. 배후성과의 동조율이 높아 성흔의 위력이 상당하니 주의를 요합니다.

젠장, 호랑이도 제 말 하면 온다더니. 하필 여기서 '황산벌의 마지막 영웅'을 만날 줄이야. 배우 특성을 가진 이에게는 이런 종류의 성좌가 들러붙기 쉽다. 게다가 광화문 쪽은 사극 촬영이 잦은 곳이었다.

"왕의 명예를 아는 놈이라면 순순히 깃발을 내놓아라. 그렇다면 그룹원의 목숨은 거두지 않겠다."

어설픈 사극 말투를 보아하니 왜 특성이 단역배우인지 알겠
다. 저런 놈한테 황산벌의 명장인 계백 장군이 붙다니. 성좌든
사람이든 파트너 운이 따라야 하는 것은 마찬가지다.

그나저나 곤란한데.

계백 장군의 성흔인 [백제검도]와 [별동대 운용]의 레벨이
꽤 높았다. 거기에 무리의 숫자까지 감안하면 종합 능력치를
올리지 않고서는 모두 처리하기가 어려워 보였다.

[보유 코인: 68,150C]

그냥 여기서 코인을 사용해야 하나? 하지만 여기서 코인을
사용해 종합 능력치를 마구 올렸다간, 네 번째 시나리오의 마
지막 페이즈 난이도가 급격히 상승할 것이다. 그러면 계획 전
체가 어그러진다.

젠장, 그냥 눈 딱 감고 2만 코인 정도만 써보면…….

"삼국의 이름을 달고 한낱 약소국의 왕을 핍박하다니, 부끄
럽지도 않습니까?"

문득 들려온 목소리에 옆을 돌아보니, 익숙한 인물이 다가
오고 있었다. 계백의 화신 추왕인이 험악한 표정을 지었다.

"빌어먹을 경상도의 여왕께서 여긴 웬일이신지?"

"역시 망한 왕조의 장수라 말투도 천박하군요."

오연한 표정으로 대꾸하는 여인이 그곳에 있었다.

미희왕 민지원. 아니, 이 여자는 또 어디서 나타났지? ……
설마 날 따라왔나? 아니겠지. 그럴 리가.

민지원의 눈빛이 흘끔 나를 스쳐 갔다.

[등장인물 '민지원'이 당신에게 미약한 호의를 갖고 있습니다.]

……진짜?

"하하하! 비겁한 신라의 핏줄이 이제 와 삼국의 왕을 자처
하느냐? 그것도 한낱 계집 따위가!"

추왕인의 전신에서 발성이 터져나왔다. 그래도 단역배우라
고, [사자후] 스킬도 없는데 목소리가 아주 시끄럽다. 그나저
나 굉장히 흥미롭다. 진성왕도 계백 장군도 서로 다른 시대에
태어난 사람인데, 성좌가 되고 나니 이렇게 마주할 수 있구나.
나는 민지원을 향해 물었다.

"날 돕는 이유가 뭡니까?"

"신라는 약소국을 외면하지 않아요."

"가야를 멸망시킨 게 신라 아니었습니까?"

"……그쪽도 한국사 1급이에요?"

"그 정도는 고등학교 졸업하면 다 압니다."

민지원의 얼굴이 살짝 침울해졌다.

"난 고등학교 잘 안 나가서 몰라요."

그럴 법도 했다. 멸살법 속 설정상 민지원은 십대부터 배우
였으니까. 일찍부터 배우로 살아온 그녀는, 교과서에서는 가

르치지 않는 냉엄한 사회를 남들보다 일찍 맞닥뜨렸을 것이다.

"그나저나 당신 말이 맞아요. 돈으로는 사람을 구할 수 없죠. 난 아까 무례를 범한 빚을 갚으러 온 거예요. 그뿐이니 신경 쓰지 마세요."

한평생을 배우로 살아온 민지원의 전사를 알기에, 그 말에 담긴 진심을 느낄 수 있었다. 그래도 의외다. 그 자존심 강한 진성왕의 화신이 이렇게 순순히 자존심을 굽히고 나올 줄이야.

우리 대화를 들었는지 계백의 화신이 껄껄 웃었다.

"왕이라는 자가 사사로운 일에 휘둘리는가? 이래서 신라는……."

민지원을 대신해 앞으로 나선 것은 화랑대장이었다.

"무례하다! 한낱 장수가 어찌 일국의 왕에게!"

화랑을 일별한 계백의 화신의 눈동자에 이채가 깃들었다.

"화랑? 이거 재미있군. 설마 그 애송이 성좌와 계약한 놈도 있는가?"

그 말에 화랑대장의 얼굴이 붉어졌다. 그러고 보니 저 화랑대장, 배후성이 관창이었지.

"너도 네놈 배후성처럼 목이 잘리고 싶은 게냐?"

아는 사람은 아는 얘기지만, 관창은 황산벌 전투에서 계백에게 목이 잘려 죽었다.

"닥쳐라!"

도우러 와준 것은 고마운데, 성좌들 상성이 최악이었다.

동조율이 높기에 더욱 그렇다. 위인급 성좌들 사이에는 생전 역사에 따라 상하 관계가 있다. 장수는 자국의 왕에게 거스를 수 없고, 숙적은 역사적 기록에 따라 상성이 매겨진다. 관창이 죽었다 깨어나도 계백한테는 이길 수 없는 것도 그 때문이었다.

민지원도 그걸 아는지 표정이 썩 좋지 않았다. 내가 먼저 입을 열었다.

"그냥 군을 물리세요. 못 이깁니다."

군세도 백제군이 조금 더 많았다. 계백은 기본적으로 지휘관이고, 많은 군세를 이끌수록 더욱 강력한 힘을 발휘할 수 있다. 관창과는 비교 자체가 불가한 장수인 것이다. 유상아의 목소리가 들려온 것은 그때였다.

"독자 씨! 찾았어요!"

뒤쪽에서 작은 원반 같은 유물을 쥔 유상아가 달려오고 있었다.

벌써 찾았다고?

[간평의].

벽걸이 시계를 닮은 유물이 유상아 손에서 빛을 내뿜고 있었다.

나는 간평의를 한 번 보고, 민지원을 한 번 보고, 공포에 질린 관창의 화신을 바라보았다. 순간 생각이 많아졌다. 이거, 어쩌면 코인을 안 쓰고 이길 수 있을지도 모르겠는데?

"쳐라!"

[등장인물 '추왕인'이 성흔 '별동대 운용 Lv.3'을 발동합니다!]

백제군 위세에 눌린 화랑들이 속절없이 쓰러지고 있었다.
다급한 얼굴로 나를 돌아보는 민지원을 향해 말했다.
"우리가 이길 수 있을 것 같습니다."
"네?"
"여기서 황산벌 전투를 재현해보죠."
역시나 아는 사람은 아는 얘기지만, 황산벌은 원래 신라가
이기는 전투다.

3

내 말에 당황한 민지원이 물었다.

"……황산벌 전투?"

"네, 황산벌 전투는 원래 신라가 이깁니다. 역사대로라면 말이에요."

달려오는 추왕인의 거검에 화랑 하나가 그대로 두 쪽이 났다. 분명 역사대로라면 이긴다. 역사대로만 간다면. 그런데 내가 말을 잇기도 전에 화랑대장이 앞으로 나서며 외쳤다.

"임전무퇴! 싸움에서는 물러남이 없으니!"

그와 동시에 화랑들이 일제히 병장기를 꺼내며 복창했다.

"없으니!"

"사군이충! 충성으로써 임금을 섬겨라!"

"섬겨라!"

저 자식이?

[신라의 모든 화랑이 '세속오계 Lv.2'의 효과를 받습니다!]

"하하하, 명을 재촉하는구나!"
계백의 화신, 추왕인이 신이 나서 외쳤다. 창을 휘두르며 달려가는 화랑대장. 화신은 배후성 따라간다더니, 저놈이 그 짝이다.

[등장인물 '추왕인'이 성흔 '백제검도 Lv.4'를 발동합니다!]

"크어억!"
거검을 얻어맞은 화랑대장의 몸이 허공을 날았다. 나는 민지원을 향해 소리쳤다.
"진형을 물리라고 하세요!"
"진형을 물려라! 어서!"

[등장인물 '민지원'이 '군세 지휘 Lv.2'를 발동했습니다!]
[군사들이 이성을 잃은 상태입니다.]
[스킬 발동이 취소됩니다.]

"진형을 물리라고!"
당황한 민지원이 다시 한번 소리를 질렀으나, 이미 '세속오계'에 고무된 화랑들은 명령을 듣지 않았다. 쨍그랑, 소리가 들리더니 박물관의 2층 창문을 깨고 내려온 이길영이 내 곁에 착지했다.

"형, 티타노를 부를까요?"

언제든 [다종 교감]을 쓸 준비가 되었다는 듯, 이길영이 눈을 빛냈다.

"아니, 지금은 괜찮아."

지난번처럼 6급 충왕종을 불러올 수 있다면 도움은 되겠지만, 그 후 이길영은 이틀이나 잠들어 있었다. 고등급 괴수종은 통제가 까다롭고, 자칫하면 아군도 휩쓸리게 된다.

무엇보다 이길영은 히든카드였다. 왕들의 난전이 시작될 때까지는 아껴두어야 했다.

"끄아아악!"

전방에 있던 너덧 명의 화랑이 나가떨어졌다. 반면 백제군은 한 명의 사망자도 보이지 않았다. 나는 달려오는 유상아를 향해 손을 뻗었다.

"유상아 씨, 유물을……!"

유상아에게서 간평의를 넘겨받았다. 간평의. 다들 사인참사검에 정신이 팔려 있지만, 사실 이것이야말로 네 번째 시나리오에서 필수적으로 얻어야 하는 아이템이다. 이 아이템이 없으면 사인참사검도 별 의미가 없으니까.

"커허헉!"

추왕인에게 또 일격을 얻어맞은 화랑대장의 몸은 벌써 만

신창이였다. 한 방에 안 죽은 게 용한 지경이다.

[성좌, '임전무퇴의 화랑'이 조급해합니다.]
[성좌, '황산벌의 마지막 영웅'이 즐거워합니다.]
[성좌, '매금지존'이 초조해합니다.]

백제군은 기세가 점점 더 드높아졌고, 신라군은 사기가 꺾여갔다. 추왕인의 몸에서 계백의 원혼이 일렁이는 듯했다.
"망할 신라 놈들을 쓸어버려라!"
성좌들은 자신이 살아간 역사와 흡사한 상황을 마주할 때마다 화신과 동조율이 높아지고, 성흔 위력도 증가한다. 거기다 관계된 성좌들끼리 조우했으니…… 슬슬 '무대'가 만들어질 때가 되었다.
치지지직—
"우와앗? 뭐야!"
깜짝 놀란 사람들이 비명을 질렀다. 주변 공간에 스파크가 튀며 정경이 변하기 시작했다. 드넓은 광화문 일대가, 험준한 산악 속 벌판으로 변하고 있었다.

「무대화 舞臺化.」

동조율이 높고, 서로 역사적 상관관계가 있는 화신들이 싸우면 발생하는 현상.

무대화는 성좌들이 싸웠던 시공간 자체를 이곳에 소환한다. 물론 실제로 공간이 바뀌는 것은 아니고, 증강현실에 가까운 수준이지만…….

문제는 무대를 소환한 본인들에게는 그렇지 않다는 것이다.

"하하하하. 그립구나, 황산벌이여!"

동조율이 상당한 수준까지 올라간 추왕인이 외쳤다. 이제 저 녀석은 자신이 완전히 계백 장군이라 믿는 듯했다. 계백도 어지간히 급했던 모양이다.

성좌가 초반 시나리오부터 저런 짓을 벌이면 개연성 폭풍을 맞기도 전에 관리국에서 제재를 당한다. 그나마 계백은 위인급 성좌라 격이 낮아 개연성의 영향을 덜 받는 모양이지만.

"으, 으아아아!"

공포에 질린 화랑들이 한 걸음씩 물러나기 시작했다. 이성국도 허탈한 듯 중얼거렸다.

"왕도 아닌데 저렇게 강력한 힘이라니…… 말이 됩니까?"

"저 '무대'에서는 계백이 주인공이니 가능한 겁니다."

콰아아아앙!

미친 괴수처럼 날뛰는 추왕인의 모습은 그야말로 야차 그 자체였다. 한번 '무대화'가 발생해 배후성과 동조율이 높아지면, 화신은 본래 가진 힘의 몇 배를 낼 수 있게 된다.

나는 파르르 떠는 민지원을 보며 입을 열었다.

"두 가지 방법이 있습니다. 하나는 관창의 화신이 죽도록 내버려두는 겁니다."

"그게 무슨 소리예요?"

본래 황산벌 전투는 관창의 희생을 바탕으로 승리하는 전장이다. 그러니 관창만 죽는다면 이 전장의 절반은 완성된다.

"무대화가 시작된 이상 이곳은 역사의 전장이나 마찬가집니다. 관창의 화신이 죽으면 그 분노로 신라군의 사기는 상승할 겁니다. 역사가 그렇게 기록되어 있으니까요."

나는 민지원의 대답을 듣지 않고 말을 이었다.

"두 번째 방법은 역사를 바꾸는 겁니다."

나는 손에 쥔 간평의를 내려다보았다. 간평의, 17세기 조선에서 제작된 천문관측기. 불안한 낌새를 느꼈는지 민지원이 물었다.

"역사를 바꾸는 데 실패하면 어떻게 되죠?"

"당신 나라가 망하겠죠."

"그럼 당연히 첫 번째로……!"

하여간 이래서 진성왕은. 후대 역사가의 저술도 아주 틀리지는 않은 모양이다.

"당신에게 선택하라는 말은 아니었습니다. 난 두 번째로 할 거니까."

"아니, 그럼 왜 물은 거예요!"

"기회를 준 거지. 지금 신라에 필요한 건 당신이 아니야."

나는 간평의를 구성하는 두 개의 원반을 조작했다. 이 두 원반은 제각기 천반天盤과 지반地盤이라고 하는데, 위쪽이 지반이고 아래쪽이 천반이다.

멸살법에서는 간평의를 간단하게 정의한다.

「'간평의'는 하늘에서 '성좌'를 찾을 수 있는 아이템이다.」

천천히 지반을 돌리자 천반에 새겨진 별자리가 환하게 타오르기 시작했다.

['간평의'의 특수 옵션, '별의 메아리'를 발동합니다.]
['별의 메아리'를 통해 당신은 위인급 성좌의 도움을 청할 수 있습니다.]
[성좌는 당신의 요청을 거부할 수 있으며, 성좌가 요청에 응할 시 간평의의 사용 횟수는 감소합니다.]

천반 위에 남은 별자리는 총 일곱 개. 즉, 앞으로 사용 가능한 횟수가 일곱 번 남았다는 뜻이었다. 유물 상태가 좋다면 더 많이 남아 있었을 텐데. 아쉬운 대로 어쩔 수 없지.

곁에 있던 이성국이 뭔가 눈치챈 듯 물었다.

"혹시 그걸로 성좌의 도움을 받을 수 있습니까?"

"모든 성좌가 다 가능한 건 아니고 위인급만 됩니다."

내가 대답하자 이성국이 감탄했다. 뒤늦게 이 아이템의 진가를 알아본 모양이었다.

"그거라도 어딥니까!"

흥분한 이성국이 말했다.

"여포나 항우를 부르시면 어떻습니까? 그 정도 성좌를 부른다면 계백을 상대하는 것도 가능할 텐데요."

"부를 성좌의 수식언을 알아야만 합니다."

멸살법의 세계에서 성좌들의 '수식언'은 곧 시공간의 '좌표'와도 같다. 좌표계에 X축과 Y축이 있듯, 스타 스트림의 성좌들은 수식언의 어절 사이에 존재한다.

"아, 그러면……."

이성국이 아쉬운 표정을 지었다. 아마 여포나 항우의 수식언을 내가 모른다 생각하는 거겠지. 당연하지만 그건 착각이다. 이 세계에서 나보다 '수식언'을 많이 아는 존재는 없으니까.

"성좌를 호명하겠다."

[별들의 흐름 속에 위인급 성좌들이 당신의 목소리를 듣습니다.]

물론 내가 부를 성좌는 여포나 항우가 아니었다. 그들이 요청에 응한다는 보장도 없고. 무엇보다 이 전장에는 그들보다 더 어울리는 장수가 있다.

별들이 오연하고 도도하게 하늘을 밝혔다.

나를 향한 무수한 별들의 관음 속에, 입을 열었다.

"나는 신라의 국선國仙 흥무대왕興武大王을 원한다."

[별들의 운항이 시작됩니다.]

일순 하늘의 일부가 시커멓게 물들며, 땅에 그림자가 내렸다. 서로 검을 겨누던 신라군과 백제군의 싸움이 일순 멎었다.

　　"무슨 헛짓거리냐!"

　　심상치 않은 낌새를 느낀 추왕인이 나를 향해 달려왔다.

　　"대표님, 제가 막겠습니다."

　　이성국이 검을 뽑으며 나섰다. 최면술사인 그가 얼마나 버틸 수 있을지는 모르겠지만, 잠깐의 시간 벌이는 되겠지. 잠시 후, 하늘 위에서 별자리 하나가 찬연히 빛났다. 드디어 나타나셨군.

　　[성좌, '흥무대왕'이 당신을 바라봅니다.]

　　"장군이시여."

　　[성좌, '흥무대왕'이 당신의 말을 듣습니다.]

　　"지금 이곳에 그대의 도움이 필요한 자들이 있습니다. 그대의 백성이, 그대가 살던 나라를 부르짖으며 죽어가고 있습니다."

　　[성좌, '흥무대왕'이 당신의 말에 침묵합니다.]

　　흥무대왕. 왕족이 아니었음에도 사후 신라의 왕으로 추존된 유일무이한 인물.

아마 그는 내 청을 거부하지 못할 것이다. 황산벌은 그의 전장이니까. 그런데 예상치 못한 일이 벌어졌다.

[성좌, '흥무대왕'이 현생의 역사에 개입하기를 원하지 않습니다.]
[성좌, '흥무대왕'은 당신의 제안을 거부할 것입니다.]

……뭐라고? 별자리가 희미해지려는 순간, 유상아가 끼어들었다.

"장군님, 제 말이 들리시나요?"

눈치 빠른 유상아는 흥무대왕이 누군지 눈치챈 모양이었다.

[성좌, '흥무대왕'이 뒤를 돌아봅니다.]

"장군님 이야기는 익히 들어 알고 있어요! 황산벌 전투도, 평양성 전투도…… 기록으로 읽은 게 전부이긴 하지만요!"

짧게 숨을 들이켠 유상아가 이야기를 시작했다.

"이미 흘러간 역사를 존중하고자 하는 장군님 마음은 잘 알겠습니다. 하지만 장군님! 어떤 역사는 기록된 후에도 여전히 끝나지 않는 법이에요!"

또렷하고 반듯한, 내가 아는 유상아의 목소리. 자신이 가장 잘하는 일을 꿋꿋이 해내는 이의 표정.

"후회하지 않으세요? 젊은 화랑을 희생시키고 무수한 백성의 죽음을 묻은 그 들판, 당신의 전장을…… 벌써 잊으셨어요?"

[성좌, '흥무대왕'이 화신 '유상아'의 이야기를 듣습니다.]

"흘러간 역사는 변하지 않을 거예요. 들판의 병졸은 여전히 위로받지 못할 것이고, 젊은 화랑의 삶은 돌아오지 않겠죠. 하지만 장군님. 이곳에는 아직 흘러가지 않은 역사가 있어요. 장군님께서 와주신다면, 적어도 지금 이곳의 역사는 바꿀 수 있습니다."

잊고 있었다. 유상아가 얼마나 말을 잘하는 사람인지. 신입 시절, 그녀의 별명은 PT의 여왕이었다.

"당신의 황산벌은 끝났지만, 우리는 여전히 황산벌에 있습니다."

[성좌, '흥무대왕'이 조용히 눈을 감습니다.]

살다 보면 그런 순간이 있다. 딱히 누가 말해주지 않아도 지금부터 무슨 일이 벌어질지 알 수 있는 순간이.

[성좌, '흥무대왕'이 당신의 요청에 응합니다.]

간평의의 별자리 하나가 사라지고, 하늘에서 쏟아진 성좌의 빛이 나를 비췄다. 가볍게 숨을 몰아쉰 유상아가 긴장한 눈으로 나를 보았다. 나는 희미하게 웃으며 고개를 끄덕여주었다.

"잘했어요, 유상아 씨."

[당신에게 일시적으로 성좌 '흥무대왕'의 가호가 깃듭니다.]

전신의 근육이 놀란 듯 꿈틀거렸다. 심장이 터질 것처럼 펌프질했고, 머릿속에서는 몇 번이나 빛과 어둠이 교차했다. 내 존재 안에 내가 아닌 어떤 것이 부피를 늘려가고 있었다.

[이것은 그저 과거를 잊지 못한 늙은이의 회한이니.]

이것이 성좌의 진언眞言이었다. 그저 듣는 것만으로도 존재가 위태로워지는 말.

[부디 내게 그대의 목소리를 잠시 빌려주시게.]

고개를 끄덕임과 동시에, 나는 조용히 눈을 떴다. 을씨년스러운 황산의 벌판 위에서, 모두 나를 보고 있었다. 계백의 화신인 추왕인은 경악하고 있었다.

"당신은……?"

직접 강림한 것도 아니고, 고작 가호를 업었을 뿐인데도 위인급 성좌의 기백이 고스란히 느껴졌다. 이것이 성좌라는 존재의 크기였다.

"오랜만이구나, 계백."

내 목소리에서 낯선 깊이가 묻어나왔다. 멀리서 관창의 화신이 비틀거리며 일어섰다.

"화랑 관창은 내게 예를 표하지 말라."

"자, 장군……!"

흥무대왕이 나를 통해 세계를 보고 있었다. 그는 관창을, 계백을, 부서진 서울을 보았다. 그리고 나 역시, 그런 흥무대왕

을 통해 세계를 보고 있었다. 저물어가는 해가 쓸쓸한 황산의
벌판을 물들였다.

"우스운 일이다. 이미 모든 역사가 저물었는데, 어째서 그대
들은 또다시 이곳에 모인 것인가?"

그 말에 추왕인이 미친 듯이 웃어젖혔다. 울분, 그리고 깊은
한이 옹어리진 웃음. 그 순간 그는 정말로 계백이었다.

[성좌, '황산벌의 마지막 영웅'이 자신의 화신에게 이입합니다!]

"모르겠느냐? 이 벌판에서 다시 그대를 만나기 위함이다!"

[등장인물 '추왕인'이 '백제검도 Lv.4'를 발동합니다!]

패력이 깃든 추왕인의 거검이 움직였다. 분명 본래의 나였
다면 막기도 피하기도 쉽지 않았을 공격이었다. 하지만 나는
그 공격을 어렵지 않게 흘려냈다.

"계백, 어째서 벌써 화신에게 이입하였는가? 개연성의 제약
을 잊었는가? 이대로라면 그대는 화신과 함께 소멸할 것이다."

그 말 그대로였다. 계백은 무리하고 있었다. 멸살법의 독자
인 나조차 의아할 정도로.

"김유신…… 너는 이번 '세계'에 관해 아무것도 듣지 못한
모양이구나."

"무엇을 말이냐?"

"상관없겠지. 어차피 그대를 만난 이상, 내 숙원은 달성되었다. 이제 나 계백은 죽어도 여한이 없다."

그 말을 하는 계백의 화신은 왜인지 울고 있었다.

"나는 백제의 부여승扶餘承, 황산벌의 계백이다. 전생의 못 다 한 한을 이곳에서 풀겠다."

서글픈 눈으로 계백의 화신을 본 흥무대왕이, 나를 통해 입을 열었다.

"나는 화랑의 제15대 풍월주, 김유신."

흥무대왕, 국선 김유신.

"불행한 성좌의 넋을 위로하고 현생의 역사를 바로잡겠다."

황산벌 전투를 승리로 이끈 명장이 내게 의지를 보냈다. 나는 오른손을 움직였다. 곧게 쥔 칼자루에 찬연한 푸른빛이 감돌기 시작했다.

「국선의 검이 지금 전장에 도래했으니.」

[성유물, '청룡검靑龍劍'의 힘이 일시적으로 '부러지지 않는 신념'에 깃듭니다.]

하늘 높이 솟은 청룡검의 칼날이 그대로 황산의 벌판에 내리꽂혔다.

쿠구구구ㅡ!

황산 전체가 비명을 지르는 듯했다. 막대한 마력이 빠져나가며 나를 중심으로 대지에 일대 균열이 발생했다.

「모든 용화향도龍華香徒는 지금 즉시 이곳에 당도하라.」

[성흔, '대화랑집결大花郎集結'이 발동합니다!]

균열 속에서 무언가가 일어나고 있었다. 역사의 예토穢土에 묻혀 있던, 잊힌 유령들. 지금은 이름조차 남지 않았지만, 한때 분명히 이 땅에 살던, 오직 명예를 위해 싸우던 화랑들이, 백골이 되어 일어나고 있었다.
그오오오오오!
김유신의 최정예 부대 용화향도가, 사라진 역사의 페이지 속에서 그 모습을 드러냈다.

14
Episode

왕좌의
주인

1

김유신의 성혼인 [대화랑집결]은 역사 속에서 죽어간 화랑의 정예 '용화향도'를 부르는 기술.

쉽게 말하자면 이지혜가 사용한 [유령 함대]의 육군 버전이었다. 위력으로만 따지면 충무공에 비할 바는 아니지만, 그래도 위인급 성좌들이 사용하는 대군 기술 중에서는 손에 꼽히는 성혼.

"가라!"

이미 백골이 진토되어 없어졌을 용화향도들이 백제군을 향해 일제히 무기를 들고 일어섰다. 어떤 화랑은 눈이 없고, 어떤 화랑은 팔이나 다리가 없었다.

잔인한 일이었다. 김유신이 이곳에 있는 한 그들은 몇 번이고 칼을 쥐고 일어날 것이다. 영혼이 마모되고, 분노가 삭아

없어지고, 마음조차 닳아버린 이후에도. 나라의 멸망을 막기 위해 싸운 병사들은 이제 멸망한 나라를 위해서 싸운다.

"비겁한 건 여전하구나, 김유신! 이젠 죽은 부하들 등까지 떠미는 것이냐?"

"……."

"덤벼라! 네놈도 장수라면, 일대일로 겨뤄보자!"

계백의 도발에도 나는 가만히 있었다. 김유신이 움직이길 원하지 않았기 때문이다. 압도적인 무력으로 용화향도를 부수는 계백. 그의 거검에서 뻗어나온 마력이 허공을 무자비하게 수놓았다.

"김유신―!"

가공할 외침이 허공을 쩌렁쩌렁 울리자 감정을 잃은 용화향도의 무리조차 멈칫했다.

그가 바로 백제의 마지막 명장, 계백이었다.

육체적인 능력만 따지면 성좌 계백은 김유신을 압도한다. 실제로 황산벌 전투에서 계백은 김유신과 일대일로 싸운 적이 없었다. 정확히는, 김유신이 대결을 피했다고 말하는 것이 맞겠지만.

[등장인물 '추왕인'이 '결사항전 Lv.2'을 발동합니다!]

역사 속에서 계백의 별동대는 수적으로 열 배나 되는 김유신의 군대를 상대로 항전을 벌였고, 지극히 열세인 전장에서 몇 번이고 승리했다. 비록 마지막 승자는 김유신이었지만, 황산벌의 최종막이 열리기 전까지 계백은 전투에서 한 차례도 패배하지 않았다.

광기에 가까운 애국심과 비장한 결의로 똘똘 뭉친 전투광.

지금은 비록 김유신의 가호를 등에 업었지만, 상황만 바뀌었더라면 나는 김유신이 아니라 계백을 불렀을지도 모른다. 보다 못한 관창의 화신이 소리쳤다.

"장군님!"

"움직이지 마라."

김유신이 나의 입을 통해 말했다. 죽어가는 용화향도 무리를 보면서, 표정 하나 변하지 않은 채로. 한없이 고요한 김유신의 심상이 그대로 전해졌다. 계백이 소리쳤다.

"성좌가 되고도 네놈의 비겁함은 변하지 않는구나!"

맞다. 김유신은 비겁할지도 모른다. 그는 죽음을 두려워하고 패배를 무서워한다. 하지만 그렇기에 그는 강했다. 경거망동하지 않고 감정에 휩쓸리지 않는다. 이길 수 있는 적을, 반드시 이길 수 있는 방법으로 해치운다.

그렇기에 네 번이나 패배했으면서도 최후의 황산벌에서 승리할 수 있었다.

"크아아아악!"

수백의 용화향도를 상대로 난전을 벌이는 계백의 모습은 처절했다. 그의 화신은 이제 살아남을 수 없을 정도로 심각한 상처가 났다. 전신은 피 칠갑을 했고, 허벅지와 양팔과 옆구리에는 치명상을 입었다.

그러나 기어코 용화향도 무리를 베어 넘기며 나를 향해 한 걸음씩 다가오고 있었다.

"김…… 유…… 신!"

[성흔, '원군 요청'을 발동합니다!]

김유신 뒤쪽에서 그림자처럼 나타난 유령 병사들이 계백을 향해 창을 내질렀다. 복색이 다른 것으로 보아 신라군은 아닌 듯했다. 어쩌면 고구려를 멸망시킬 때 불렀다는 당나라의 원 군인지도 모른다.

과연 김유신답다. 그에게 중요한 것은 오직 승리뿐. 외세의 힘을 빌리느냐 아니냐는 중요한 문제가 아니겠지.

수많은 창이 가슴을 꿰뚫는 소리. 고통을 이기지 못한 계백 의 화신이 무릎을 꿇었다.

"……원통하구나. 이런 가짜 무대에서조차 나는 그대에게 닿지 못하는가. 단 한 번만이라도 검을 나누고 싶었거늘."

눈시울이 붉어진 계백의 화신을 보니 착잡한 마음이 들었 다. 관창은 살았고, 역사는 변했다. 하지만 이렇듯 변하지 않 는 역사도 있다. 김유신이 물었다.

"계백. 어째서 이런 일을 벌인 거지?"

"……."

"그 상태로 죽으면, 너는 당분간 화신을 선택할 수 없다. 왜 갑자기 시나리오를 포기한 것이냐?"

계백은 서슬 퍼런 눈빛으로, 의미 모를 미소를 지을 뿐이었다. 기다리던 김유신이 칼을 꺼내 들었다. 나는 다급히 내 목소리의 통제권을 빼앗았다.

"제 손으로 죽여서는 안 됩니다."

[왜지?]

"……제약이 있습니다."

불살의 왕은 직접 살행을 벌여서는 안 된다. 단 한 명의 동족이라도 자신의 손으로 죽이면 왕위를 박탈당하니까. 김유신이 알겠다는 듯 고개를 끄덕였다.

[그런가? 어렴풋이 알겠군. 걱정하지 마라. 별들의 명예를 걸고 약속하겠다. 지금 계백을 참하는 것은 그대가 아니라 바로 나 김유신이다.]

"하지만……."

[정 찝찝하다면, 알겠다.]

김유신이 손짓하자 땅에서 일어난 용화향도 하나가 고개를 끄덕였다.

나는 김유신에게 목소리를 넘겨주었다.

"계백, 별자리의 맥락에서 다시 만나지."

계백의 화신이 말없이 우리를 올려다보았다. 그는 무언가 말하려는 듯했으나 끝내 입을 열지는 못했다. 마지막 순간, 그의 얼굴은 계백이라기보다는 모든 연기를 끝마친 단역배우처럼 보였다.

그리고 화신의 목이 조용히 허공을 날았다.

['무대화'가 종료됩니다.]
[당신은 '황산벌 전투'를 추체험追體驗했습니다.]
[체험 보상으로 1,000코인을 획득합니다.]

주변을 둘러보니 백제군은 모두 전멸해 있었다.

[살해의 간접성이 참작되어 '불살의 왕'의 권한이 유지됩니다.]

다행이다. 불살의 왕은 오직 자신의 손으로 누군가를 죽였을 때만 박탈당하니까. 용화향도가 죽인 생명은 내 살해 행위로 인정되지 않는 것이다.

"대표님! 괜찮으십니까?"

먼지 속에서 이성국의 목소리가 들려왔다. 유상아는 안도의 한숨을 쉬고 있었고, 이길영은 별로 활약을 못 해서 그런지 불만스러운 표정이었다. 그리고 민지원은.

"방금 그건 대체 무슨……?"

완전히 넋이 나간 얼굴이었다. 나는 어깨를 으쓱하며 말했다.

"왕이 되시려면 일단 역사 공부부터 좀 하셔야겠습니다."

김유신을 부르긴 했지만, 나는 딱히 신라의 편도 백제의 편도 아니었다. 단지 계백을 상대하기에 김유신이 적절했기에 그를 불러냈을 뿐. 어쨌든 예상보다 결과가 좋아 다행이었다.

간평의의 성능도 충분히 점검했고, 무엇보다 백제군이 가지고 있던 코인과 아이템 일부를 챙길 수 있었다.

[5,400코인을 획득했습니다.]
[보유 코인: 74,950C]

이제 네 번째 시나리오의 마지막 페이즈가 와도 별로 두렵지 않다.
"시간이 없으니까 바로 북쪽으로 움직이죠."

[가호의 지속 시간이 3분 남았습니다.]

아직 김유신의 가호가 남아 있었다. 기왕 간평의를 사용한거, 활용도를 최대한 높일 필요가 있었다. 일곱 번밖에 사용할수 없는 물건인데 끝까지 알뜰하게 써먹어야 하지 않겠는가.
"일어나라, 용화향도여!"
부서진 용화향도 무리가 다시 일어선다. 나는 검으로 북쪽을 가리켰다.
"진군하라!"
마력 소모가 막대했기 때문에 용화향도의 운용 시간은 얼마 남지 않았다. 흙 속에서 깨어난 용화향도 무리가 중소 규모그룹을 마구잡이로 쓸어버리며 북쪽으로 진군하기 시작했다.
이대로면 고궁박물관 쪽에 모여 있을 다른 왕들 세력까지 모조리 해치우는 것도 가능할지 모른다. 대로변에서 난투를 벌이던 세력들이 곳곳에서 비명을 질렀다.

"뭐야, 이 해골 놈들은! 우와악!"

나를 노리고 달려오던 화신들이 용화향도의 공격을 받고 으깨졌다. 어차피 내가 공격하는 게 아니니까 실수로 죽여도 페널티를 받지 않는다.

그래, 이 정도는 되어야 통쾌한 맛이 나지. 머릿속에서 김유신의 진언이 들려왔다.

[그대는 기묘한 데가 있군. 나의 진언을 듣고도 정신이 온전하다니…….]

"제가 정신력이 좀 강합니다."

둘러대듯 말했지만 나도 좀 놀랐다. 괜히 성좌가 의사 전달에 '간접 메시지'를 사용하는 게 아니다. 김유신이 아무리 격이 낮은 위인급 성좌라 해도, 나 역시 시나리오 초반 화신이었다. 즉 그의 진언을 듣는 것만으로 바지에 똥오줌을 지리거나 기절해야 정상이었다. 사실 그것 때문에 걱정을 좀 했는데…….

[기억하라, 그대는 나에게 큰 빚을 졌다. 그대를 돕기 위해 나는 필요 이상의 개연성을 떠안아야 했어.]

뭔가 불길한 뉘앙스가 깃든 말투였다. 나는 얼른 감사를 표했다.

"고맙게 생각합니다. 장군님의 도움은 대대로 잊지 않겠습니다."

[성급한 친구군. 아직 이을 대代도 없어 보이는데…….]

"……언젠간 생기지 않겠습니까? 자식을 낳게 되면 오늘의 일을 꼭 전승하겠습니다."

[그보다, 그대는 배후성이 없는 것 같군.]

불길한 예감이 맞았다. 젠장, 이 늙은 여우가 왜 계속 말을 거나 싶었는데.

[나는 그대가 마음에 든다. 그대만 괜찮다면, 나는 이 시나리오에서 그대의 배후성이 되어 함께 세계를 주유하고 싶다.]

말은 멋지게 하지만 이번 세계에서 나를 노예로 써먹겠다는 얘기를 길게 풀어서 하고 있었다.

"그건 곤란합니다."

[어째서지? 내 힘은 충분히 보았을 텐데? 나의 성흔만 있다면, 그대는 이 시대의 최강이 될 수 있다.]

[대화랑집결]이 좋은 성흔이라는 건 인정한다. 하지만 김유신 장군이 괜히 사가史家들에게 '여우' 소리를 듣는 게 아니다.

이 시대 최강? 설화급도 아닌 위인급 성좌가 그런 소리를 하다니, 제천대성이 들었다면 우리 장군님의 머리털을 쥐나 쥐어 뽑았을 것이다.

"지금은 삼국시대가 아닙니다, 어르신. 나이도 있으신데 이제 들어가서 쉬십시오."

[성좌, '긴고아의 죄수'가 '흥무대왕'을 향해 낄낄거립니다.]

[300코인을 후원받았습니다.]

김유신은 자존심이 상했는지 잠시 말이 없었다. 이대로 순순히 물러나주면 좋겠다고 생각했는데, 갑자기 머릿속에 찌릿한 통증이 일었다.

[아직 내 가호가 남아 있다는 걸 잊지는 않았겠지?]

현재 나와 김유신은 간평의를 통해 연결된 상태. 전신 근육이 경련하더니 심상치 않은 기미가 보였다. 아니, 아무리 그래도 설마 한국의 위인이……?

[다시 생각해보는 편이 좋을 것이다.]

유상아가 걱정스러운 듯 나를 바라보았다.

"독자 씨?"

"유상아 씨. 떨어져요. 빨리!"

부들부들 떨리는 오른손이 멋대로 '부러지지 않는 신념'을 뽑더니 유상아 쪽을 가리켰다. 김유신이 내 몸에 강제력을 행사하기 시작한 것이다.

[살행에 제약이 있다고 했지? 어떤 제약인지 궁금하군. 내가 지금 이 여인을 죽여 확인해봐도 되겠는가?]

"김유신, 이건 당신의 의지입니다. 내 업보로 쌓이지 않아요."

[후후, 모르는 일이지. 칼이 꽂히는 순간 내가 가호를 해제한다면? 그래도 그대의 살행으로 인정되지 않을까? 그리고 보아하니, 이 여인은 그대에게 꽤 소중한 듯한데?]

"……그만두시죠."

[약속하라. 다음번 '배후 선택'에 나 김유신을 고르겠다고.]

그의 의도는 명백했다. 네 번째 시나리오가 끝나면 다시 한

번 〈배후 선택〉의 장이 열린다. 김유신은 나와 접선한 기회를 틈타 서약을 받아낼 속셈인 것이다.

내가 멸살법을 읽지 않은 상태였다면 나쁜 선택은 아니었으리라. 김유신은 그럭저럭 괜찮은 성좌고, [대화랑집결]만으로도 시나리오 초중반에는 별 부족함이 없다.

하지만 배후성을 선택해서 일을 진행할 생각이었다면, 처음부터 제천대성을 뽑지 이제 와 뭐 하러 김유신을 택하겠는가?

"안 된다고 말했습니다."

게다가 어차피 나는 비형과의 계약 때문에 배후성을 선택할 수도 없다. 김유신의 목소리가 딱딱하게 굳었다.

[제법 기개가 있는 젊은이로군. 하지만 잘못된 선택이다. 과연 언제까지 버틸 수 있나 보겠다.]

칼자루를 쥔 손이 유상아를 향해 움직이기 시작했다.

"유상아 씨, 빨리……!"

왜일까. 유상아는 제자리에서 움직이지 않고 있었다. 멋대로 움직이는 내 오른손을 보며, 나는 결단을 내려야 했다. 빌어먹을. 위인이라고 존중해주었더니 이 영감탱이가 진짜…….

나는 호흡을 가다듬었다. 이것은 나의 몸이다. 성좌든 뭐든, 결코 네놈들에게 내주지는 않는다.

[전용 스킬, '제4의 벽'이 발동합니다!]

머릿속에서 멸살법의 페이지가 넘어갔다. 쿠르르릉, 하는 소리와 함께 머릿속에서 빛이 몰아쳤고, 광휘를 내뿜는 문자열들이 정렬되기 시작했다. 멸살법의 텍스트들이었다.

　[헉……?]

　뭔가를 눈치챈 김유신이 경악성을 내지른 것과 김유신의 존재감이 급속도로 엷어진 것은 거의 동시였다. 역시 늙은 여우는 눈치가 빠르다.

['별의 메아리'를 통해 연결되어 있던 성좌의 가호가 사라집니다.]

　마지막 순간, 경악한 김유신의 진언이 메아리쳤다.

　[대체 그대는……?]

　그리고 김유신의 기척이 완전히 사라졌다. 솔직히 나도 놀랐다. [제4의 벽]이면 가능할 거라고 예상은 했지만, 간평의로 연결된 성좌를 이렇게 쉽게 끊어낼 수 있을 줄이야.

　지난번 극장 던전에서 있었던 일이 힌트가 되었다. 그때도 내 머릿속을 들여다보려던 극장 주인이 [제4의 벽]을 마주한 순간 소멸했다. 혹시 같은 방식으로 성좌도 끝장낼 수 있지 않을까 기대했는데, 아쉽게도 눈치 빠른 김유신이 먼저 달아나 버린 모양이었다.

[성좌, '흥무대왕'이 당신의 존재에 의구심을 품습니다.]
[성좌, '흥무대왕'은 앞으로 당신을 유심히 지켜볼 것입니다.]

하여간 장군님이 뒤끝은.

"이제 괜찮은 건가요?"

"네. 괜찮습니다. 그런데……."

이건 또 뭐지? 정신을 차려 보니 사지가 마력 실로 꽁꽁 묶여 있었다. 마치 번데기 같은 모양새랄까. 얼굴이 발갛게 물든 유상아가 얼버무렸다.

"그게…… 두고 도망갈 수도 없고, 그렇다고 옆에 있으면 공격당할 것 같아서요."

어떻게 된 상황인지 알 것 같았다. 설마 그 짧은 틈에 내게 [실 묶기]를 사용했을 줄이야. 놀라서 얼어붙은 줄 알았는데, 그게 아니라 스킬을 쓰고 있었나?

"순발력이 대단하시네요."

"……죄송해요."

"칭찬입니다. 앞으로도 제가 헛짓거릴 하면 지금처럼 만들어주세요."

"금방 풀어드릴게요!"

유상아는 쩔쩔맸지만 나는 진심이었다. 뒤를 돌아보니 미희왕 민지원이 나와 유상아를 묘한 눈으로 번갈아 보고 있었다.

"저는 이만 가볼게요. 도우러 왔는데 결과적으론 도움을 받은 꼴이 됐군요."

나는 고개를 끄덕였다.

"다음에 만날 때는 적일 겁니다."

"이제 같은 편 된 거 아니었어요? 보통 드라마에서는 이렇게 친해지는데."

"그건 드라마고요."

"교우이신! 믿음으로써 벗을 사귄다. 우리 화랑의 기치예요."

민지원은 어디까지가 진심인지 좀처럼 알 수 없는 미소를 지으며 멀어졌다.

이번 회차의 미희왕은 좋은 왕이 될 수 있을까? 나는 모른다. 아마 미희왕 본인도 잘 모를 것이다.

"우리도 가죠. 이성국 씨! 그만 나와요."

내 외침에 이길영을 붙들고 건물 뒤쪽에 숨어 있던 이성국이 어물쩍 나타났다. 이 자식, 호기롭게 계백을 막겠다더니 언제 그런 곳에 숨었는지. 나는 일행을 데리고 북쪽으로 이동하기 시작했다.

김유신의 [대화랑집결]이 휩쓸고 간 곳은 폐허가 되어 있었다. 난전을 벌이던 군소 왕들은 뒤통수가 깨진 채 대로변 곳곳에 걸레짝처럼 늘어져 있었다. 이것이 제대로 된 성좌의 위엄이겠지. 김유신은 비겁해도 강한 성좌다.

나는 떨어져 있는 공짜 깃발을 하나씩 주우며 차근차근 공적치를 올려나갔다.

[당신의 '갈색 깃발'이 '갈색 깃발'의 누적 공적치를 흡수합니다.]

[당신의 '갈색 깃발'이 '보라색 깃발'로 진화합니다.]

['보라색 깃발'의 특전을 사용할 수 있게 됐습니다.]

역시 제일 좋은 건 싸우지 않고 성장하는 것이다. 주변을 둘러보니 웬만한 깃발은 이미 수거된 상황. 보라색부터는 공적치가 잘 오르지 않는다. 즉 지금부터는 어지간한 왕을 잡아서는 소용없다는 뜻이다.

"정민섭 씨, 거기 있습니까?"

다음 순간, 허공에서 정민섭의 신형이 나타났다. 내가 미리 건네준 '은둔자의 망토'가 그의 전신을 덮고 있었다. 정민섭은 이번 임무에서 고궁박물관 정찰을 맡았다.

"지금까지 왕이 몇 명이나 들어갔죠?"

"폭군과 첫 번째 사도를 포함해 총 아홉 명 들어갔습니다."

아홉이라. 적당한 숫자다.

"깃발 종류는요?"

"보라색이 일곱, 갈색이 둘입니다. 보라색 중에서도 두 명은 특히 색이 진했습니다."

"폭군과 첫 번째 사도겠군요."

"그렇습니다."

정민섭, 생각보다 쓸 만한 인재인데? 나는 만족하며 입을 열었다.

"이번엔 저랑 유상아 씨, 그리고 길영이만 들어갑니다. 나머지 두 분은 밖에서 계속 대기하세요. 망토 속에 숨어 계셔도 되고요."

"그래도 됩니까?"

"네, 어차피 당장 필요한 건 셋뿐이에요."

"언제든 불러주시면 들어가겠습니다."

마음은 고맙지만 여기서는 오히려 방해만 된다. 내가 아는 대로라면, 국립고궁박물관은 현재 '던전'이 되었을 것이기 때문이다.

[새로운 히든 시나리오가 도착했습니다!]

〈히든 시나리오 - 시련의 유물〉

분류: 히든

난이도: A+~F

클리어 조건: 적정 인원에 알맞은 '유물 던전'을 클리어하시오.

제한 시간: 없음

보상: 500~5,000코인

실패 시: 사망

박물관에 들어가자마자 우리 눈 앞에 새하얀 대리석 로비가 펼쳐졌다. 로비에서는 그 누구의 기척도 느껴지지 않았다. 유상아가 긴장한 목소리로 말했다.

"이제 무서워서 문화생활 같은 건 못 하겠어요. 박물관까지 이런 꼴이……"

"형, 우리도 전설의 검인가 그거 얻으러 온 거예요?"

"아니, 지금은 아니야."

물론 사인참사검도 이 던전 안에서 발견할 수 있다. 그 정보를 뿌린 사람이 나다.

[진입할 던전 종류를 선택하세요.]

* 1인 던전 - 나각螺角의 장

* 3인 던전 - 침구동인鍼灸銅人의 장

* 5인 던전 - 동의보감東醫寶鑑의 장

* 7인 던전 - 용준龍樽의 장

그런데 사인참사검이 나오는 던전은 평범한 방식으로 들어갈 수 없다. 각 던전을 클리어했을 때 보상으로 나오는 '상평통보常平通寶'를 모아야만 입장할 수 있기 때문이다. 그래서 히든 시나리오 안에서도 히든으로 취급되는 던전이다.

"3인 던전, 침구동인의 장을 택하겠다."

[3인 던전에 입장합니다.]

이길영은 조금 실망한 눈치였다. 대단한 유물을 얻을 줄 알고 기대했던 모양이다.

"길영아. 유물은 겉으로 보이는 게 다가 아니야."

"……네?"

"겉보기에 화려한 것들이 실은 실속이 없는 경우가 많아."

사인참사검도 그렇게 거품이 낀 아이템 중 하나다. 오히려 여기서는 평범하게 들어간 던전에서 획득할 수 있는 것들이 더 좋다.

침구동인의 장에서 얻을 수 있는 스킬도 그중 하나다.

던전에 입장하자마자 유상아가 깜짝 놀라며 말했다.

"……우리 말고도 들어온 사람들이 있나 봐요."

던전 곳곳에서 간헐적으로 비명 소리가 들려오고 있었다.

"우와아악! 떨어져!"

인간 형태에, 무광택의 검은빛이 감도는 괴물. 그런 검은색 동인銅人들이 3인 던전을 빼곡하게 채우고 있었다.

7급 복제종複製種, 침구동인.

일정 시간이 지나면 자가 증식을 하는, 현시점에서는 공략법이 제대로 알려지지 않은 녀석들이었다. 침구동인은 몸피가 단단한 데다 내장기관은 물론 신경망도 없어서 고통을 모른다.

"살려줘!"

몇몇 화신의 검이 어설프게 동인을 베었지만 약간 수은을 흘릴 뿐 별다른 타격을 받지 않았다. 오히려 성큼성큼 다가서 더니 한 화신의 몸을 쭉 잡아당겼다.

체근민이 50에 가까워 보이는 사내의 몸이, 침구동인의 손아귀에 종잇장처럼 찢겨나갔다.

"……독자 씨, 이 인형들 어떻게 상대하죠? 전혀 타격을 받지 않아요."

유상아와 이길영도 다가오는 침구동인을 향해 열심히 둔기를 휘두르거나 스킬을 사용하고 있지만, 좀처럼 효과는 없었다. 가끔 이길영의 둔기에 맞은 침구동인이 타격을 받기도 했는데, 이길영은 자신이 무슨 원리로 상처를 입혔는지 모르는 눈치였다.

"녀석들 몸을 잘 봐."

'시련의 유물' 시나리오에 등장하는 괴수는 모두 국립고궁 박물관에 있는 유물을 모티프로 생성되었다.

가령 1인 던전의 '나각'은 말 그대로 소라껍데기로 만든 악기고, 5인 던전의 '동의보감'은…… 뭐 이건 딱히 설명할 필요도 없겠지. 요는 3인 던전의 침구동인 또한 마찬가지라는 것이다.

한참이나 동인을 노려보던 유상아가 먼저 입을 열었다.

"몸에 뭔가 새겨져 있는데요?"

"맞습니다."

본래 침구동인은 인간의 전신, 즉 앞·뒤·팔·다리·머리에 이르는 삼백육십일 개의 경혈經穴을 표시하기 위한 유물이었다. 말하자면 조선 시대의 침구학 교보재인 셈이었다.

['신념의 칼날'이 활성화됩니다.]

나는 칼날을 발동해 침구동인의 경혈 중 하나를 찔렀다. 그러자 고통스럽게 몸을 뒤틀던 동인이 이내 파사삭 소리를 내며 가루로 흩어졌다.

무려 7급 복제종치고 허망한 최후였다.

[첫 번째 침구동인을 사냥했습니다!]

"잘 보시면 경혈마다 색깔이 미묘하게 다릅니다. 어떤 것은 마혈, 어떤 것은 사혈, 그리고 어떤 것은 아혈…… 각 침구동인은 그 혈도를 찌를 때마다 다른 효과를 보도록 제작되어 있습니다."

"아……!"

미세한 경혈을 찾아 그 흐름을 막거나 끊는 것이 중요했다. 몇 번 시범을 보여주자 이길영과 유상아도 금방 요령을 터득했다.

이길영은 [다중 교감]을 이용해 작은 곤충으로 경혈을 파고들어 충격을 주는 방법을 택했고, 유상아는 [실 묶기]를 응용하여 실을 작은 침처럼 꽂아 넣었다. 한 차례씩 부르르 진동하다 자리에 늘어지는 동인들을 보며 나는 솔직히 감탄했다.

두 사람 다 정말 훌륭한 성장세였다.

[당신의 파티는 최초로 침구동인을 100마리 사냥했습니다!]

[3인 던전을 클리어했습니다.]

[기본 보상으로 상평통보 4개를 각각 획득했습니다.]

[특별 보상으로 전용 스킬, '점혈點穴'을 획득했습니다.]

목표로 한 스킬도 얻었다.

점혈.

특정 혈도를 눌러 적을 제압하는, 무림계 귀환자의 고유 기술. 당분간 불살의 왕을 유지할 필요가 있는 내게는 필수적인 스킬이었다. 유상아가 신기하다는 듯 상평통보를 보며 중얼거렸다.

"이걸로 뭔가 살 수 있을까요?"

"고인으로 교환할 수도 있고 던전 입장권으로도 쓸 수 있습니다."

"그러면……."

"물론 우리는 입장권으로 쓸 겁니다. 자, 다들 세 개씩 내세요. 저는 네 개를 낼 테니 합쳐서 열 개를 맞춰보죠."

"열 개요? 잠깐만요, 독자 씨 설마……?"

"사인참사검을 얻을 수 있는 히든 던전에 진입할 겁니다."

유상아가 깜짝 놀라 물었다.

"하지만 사인참사검은 얻지 않을 거라고 하셨잖아요?"

"우린 사인참사검을 얻으러 가는 게 아닙니다."

그걸 얻으러 간 왕들을 '사냥하러' 가는 거지.

2

던전에 입장하되 사인참사검을 얻으러 가는 것은 아니다.
유상아도 이길영도 그것이 무슨 말인지 곧장 이해했다.

"깃발을 빼앗겠단 말씀이시군요."

"그럼 이제부턴 다 죽여도 되겠네요."

물론 서로 다른 의미로.

유상아가 놀란 눈빛으로 이길영을 내려다보았다. 재미있게
도, 이길영은 실망스럽다는 눈빛으로 유상아를 올려다보았다.

"형, 이제 마무리는 저한테 맡기세요."

심지어 이 녀석…… 내가 사람 목숨을 직접 끊지 않는다는
것까지 이미 눈치채고 있었다.

[전용 스킬, '등장인물 일람'을 발동합니다!]

['등장인물 일람'에 등록되지 않은 인물입니다.]
[해당 인물은 현재 정보를 수집 중입니다.]

여전히 이길영의 정보는 보이지 않았다.

고개를 돌리자 유상아가 염려 어린 눈길로 보고 있었다. 그러고는 나와 이길영을 번갈아 보다가 이내 고개를 푹 숙였다. 나는 이길영을 향해 말했다.

"길영아."

유상아가 무엇을 걱정하는지는 알 수 있었다. 이길영은 아직 중학생도 되지 않은 나이였다. 하지만 유상아도 어렴풋이 알고 있으리라. 우리가 아는 윤리는 이 아이의 생존에 아무런 도움도 되지 않는다는 것을. 나는 가볍게 한숨을 내쉬며 덧붙였다.

"이건 게임이 아니야. 조심해야 한다."

"네, 걱정하지 마세요."

나는 자신만만한 이길영의 목소리를 들으며, 등에 꽂고 다니던 깃발을 품속에 숨겼다. 지금까지 깃발은 허접한 왕을 유인할 좋은 미끼였지만, 지금부터는 포식자를 불러들이는 혈향이 될 것이다. 왕을 잡으러 가는 전장인데 내가 왕이라는 사실을 들켜서 좋을 것은 없었다.

허공에서 중급 도깨비의 목소리가 들려왔다.

[후후, 다들 잘하고 계시는군요. 이렇게 많은 분이 '히든 시나리오'를 수행하시다니, 이건 '히든'이 의미가 없겠는데요?]

뻔뻔하기도 하시지. 저렇게 의뭉스럽기도 힘들 거라는 생각이 든다.

[벌써 '첫 번째 자격'의 요건을 달성한 분도 계시고. 역시 이래야 재미있는 법이죠.]

벌써 '검은색 깃발'을 달성한 왕이 나타난 모양. 아마 7왕 중 하나겠지.

[잠시 후 '두 번째 자격'의 요건도 공개될 테니, 다들 기대해 주시기 바랍니다.]

나는 두 사람을 돌아보며 말했다.

"서두르죠. 도깨비의 '잠시 후'는 생각보다 기니까요."

나는 모은 상평통보를 로비 출입구에 패인 구멍에 하나씩 맞춰 넣었다.

[10개의 상평통보를 사용하여 숨겨진 장場에 진입할 수 있습니다.]

[숨겨진 장, '북두칠성의 장'에 진입하시겠습니까?]

지금 내가 가진 깃발은 '보라색 깃발'.

같은 보라색 등급의 깃발을 가진 왕은 모두 '북두칠성의 장'에 몰렸을 것이다.

즉 내 사냥감이 모두 한 장소에 모여 있다는 뜻이다.

['북두칠성의 장'에 진입했습니다.]

시야가 물결치며 로비의 정경이 바뀌었다. 새하얀 로비는 탁 트인 넓은 대기실로 바뀌었다. 대기실 끄트머리에는 일곱 개의 문이 있었다.

"윽……."

유상아가 짧게 신음을 흘리며 한 발자국 물러섰다. 발 앞에 시체가 너부러져 있었다. 세력전을 벌인 그룹원들 시체. 이길 영은 무표정한 얼굴로 시체를 가만히 내려보았다. 평탄히 걸어갈 수 없을 정도로 많은 시신이 곳곳에 무덤처럼 쌓여 있었다. 벌써 한바탕 혈풍이 몰아친 모양이었다.

기분이 조금씩 이상해졌다. 만약 내가 히든 피스 정보를 퍼뜨리지 않았더라면 죽지 않았을지도 모른다. 그렇다면 결국 나 때문에 죽은 것일까?

"저기 사람들이 있어요."

대기실 중앙에서 시체를 연료로 모닥불이 타오르고 있었다.

살아남은 사람들의 얼굴이 보였다. 패잔병인지 휴전 중인지는 모르겠지만 그들은 싸우고 있지 않았다. 나는 그쪽을 보며 일행을 향해 입을 열었다.

"조심해요."

슬그머니 일어서더니 차츰 다가오는 사람들의 눈빛에서 탐욕이 엿보였다.

"신입이로군. 너희 왕은 누구냐?"

누군가 말로 시선을 끄는 사이 은밀하게 우리 뒤쪽을 점거하는 녀석들이 있었다. 점점 좁혀오는 포위망.

"너냐? 아니면 그 옆의 여자? 꼬마일 리는 없고……."

[상당수의 성좌가 시답잖은 훼방을 귀찮아합니다.]
[몇몇 성좌가 당신이 본격적인 행동에 착수하기를 원합니다.]

안 그래도 그럴 생각이다.

"이봐, 왜 대답을…… 으악!"

'부러지지 않는 신념'에서 뻗어 나온 백광이 허공을 물들였다. 거침없는 궤적이 사내의 팔다리를 잘랐다. 옆에 있던 사내가 당황해 외쳤다.

"젠장! 그냥 죽여!"

기다렸다는 듯 품속에서 비수를 꺼내 드는 녀석들. 하지만 이미 늦었다.

"뭐, 뭐가 이렇게 빨……!"

민첩 레벨의 앞자리가 3인 녀석은 현시점에서 거의 없다. 초반이라 보법 스킬의 레벨도 높지 않을 테니 당장 서울 7왕을 제외하면 내 움직임을 따라올 수 있는 인간은 많지 않을 것이다.

스가각!

반원 형태로 휘두른 '신념의 칼날'이 틈을 노리던 대여섯 명의 발목을 동시에 잘라냈다. 이어서 병장기를 든 손을 잘라내고, 암기暗器를 휘두르려는 손목을 꿰뚫었다.

"크아아악!"

잘려나간 팔다리가 비현실적으로 허공을 날았다. 나는 고통스럽게 비명을 지르는 놈들 뒤편으로 다가가 조용히 수혈을 짚었다.

[전용 스킬, '점혈 Lv.1'이 발동합니다.]

팔다리를 끊고 수혈을 짚다니, 잔인하기 짝이 없는 처사지만 여기서는 이렇게 해야 한다.

사내들이 품속에 숨기고 있던 검푸른 비수.

이 비수의 끝에는 5인 던전 '동의보감의 장'에서 구할 수 있는 맹독을 발라놓았다. 조금만 대응이 늦었어도 당하는 쪽은 우리였을 것이다.

순식간에 무리가 모두 쓰러지자 이길영이 시키지도 않았는데 앞으로 나섰다.

푹! 푹!

이길영의 손에 사람들이 숨통이 하나둘 끊어졌다. 하찮은 벌레를 눌러 죽이듯 무미건조한 손놀림. 놀란 내가 자리에서 일어서려는 순간, 유상아가 먼저 나섰다.

"멈춰! 내가 할게, 길영아."

"제가 할 수 있는데요?"

"그래도 내가 할게."

유상아답지 않게 완고한 어투였다. 이길영이 못마땅한 얼굴로 내 눈치를 살폈다. 유상아는 내게서 등을 돌린 채 칼을 쥐고서 바닥을 찍었다. 간헐적으로 들리는 파육음. 유상아는 이길영보다도 훨씬 효율적인 움직임으로 남은 사람의 목숨을 모두 끊었다.

일을 끝낸 유상아 손끝에 가는 떨림이 일더니 이내 잦아들었다.

"······앞으로도 계속 이런 식이겠죠?"

"네, 그럴 겁니다."

"길영이 일은 앞으로 제가 대신할게요."

"할 수 있으시겠어요?"

"문제없어요."

유상아답지 않은 단호함이었다. 애써 담담한 척하는 목소리.

"내가 더 잘할 수 있는데······."

투덜거리는 이길영의 머리에 유상아가 손을 얹었다. 앞으로도 이런 우여곡절은 많을 것이다. 몇 번이나 무너지거나 포기하고 싶어질지도 모른다.

하지만 이겨내야 했다.

곧 만나게 될 서울 7왕은 대부분 우리보다 능력치가 준수하고 스킬도 강력했다. 저쪽에서 적의를 내비치지 않아도, 선수를 치지 않으면 이길 수 없는 상황도 분명 올 것이다.

우리는 묵묵히 무리가 가지고 있던 아이템을 수거했다.

[2,300코인을 획득했습니다.]

[아이템 '동의보감 - 잡병편(상)'을 획득했습니다.]

역시나 5인 던전을 클리어한 녀석들이었다. 그곳에서 구할 수 있는 '동의보감'은 총 여덟 권으로, 제각기 다른 쓸모를 가진 물건이었다. 5인 던전을 통해 올라온 녀석들이 제법 될 테니 다른 편을 구하기도 어렵지 않을 것이다.

다만 아쉽게도 방금 죽인 무리 중에 '왕'은 없었다.

짝짝짝.

박수 소리가 들려온 것은 그때였다. 커다란 모닥불 너머에서 이쪽을 보던 사내 중 하나가 만면에 웃음을 띤 채 다가오고 있었다. 바로 코앞에서 다른 무리가 쓸려나갔는데도 전혀 당황하는 기색이 보이지 않았다.

나는 아이템을 마저 수거하며 무심한 투로 경고했다.

"뭡니까?"

사내는 한 걸음을 슬쩍 물러서더니 싸울 생각이 없다는 듯 양손을 들어 보였다.

"어어, 진정하세요. 싸우려는 거 아니니까."

나는 사내의 외형을 자세히 살펴보았다.

등에 멘 커다란 창. 옷에 감춰져 있어서 잘 드러나지는 않았지만 탄탄한 이두와 흉근…… 그리고 길게 뒤로 묶어낸 말총머리.

"대단한 솜씨더군요. 전투 패시브 스킬도 없이 충정로 그룹을 순식간에 쓸어버리다니…… 그래도 왕을 잃은 자 중에서는 한가락 하는 친구들이었는데 말이죠."

왕을 잃었다? 그래서 그렇게 막 나온 거였군. 내 생각을 읽었는지 사내가 어깨를 으쓱하며 말을 이었다.

"근데 좀 늦으셨습니다. 벌써 주요 '왕'은 모두 던전 내부로 진입했거든요. 지금쯤 치고받으며 싸우고 있을 거예요. 뭐, 승자는 거의 정해져 있는 상황이지만…… 여길 이 꼴로 만들고 지나간 마지막 왕이 엄청나게 무시무시했거든요."

"그게 누굽니까?"

"폭군왕이라고 아십니까?"

사내가 계속해서 말했다.

"현재 서울 북부에서 가장 강력한 왕입니다. 이미 알 만한 녀석들 사이에서는 이야기가 돌고 있죠. 절대왕좌의 주인은 분명 폭군왕이 될 거라고."

하긴 직접 폭군왕을 봤다면 그런 생각을 할 법도 하다.

폭군왕의 무력은 분명 서울 7왕 중에서도 수위권이니까. 하지만 절대왕좌의 주인이라니 우스운 일이었다. 폭군왕은 강하지만 결코 7왕 중 최강은 아니다. 내 마음을 읽기라도 한 듯 사내가 입을 열었다.

"하지만 말입니다. 저는 이렇게 생각합니다. 폭군왕은 강하지만 절대 '왕좌의 주인'은 될 수 없을 거라고."

"왜 그렇게 생각하죠?"

"직접 봤으니까요. 그는 본신의 무력은 강하지만 사람을 다룰 줄 모릅니다. 모름지기 왕이라면 백성의 마음을 헤아릴 줄 알아야죠."

백성의 마음?

"제가 모시는 왕은 그걸 할 수 있는 분입니다. 그래서 많은 화신이 그를 따르죠. 저는 그분이 절대왕좌의 주인이 될 거라 확신합니다."

나는 사내의 시선이 향하는 쪽을 보았다. '북두칠성의 장'에는 총 일곱 개의 입구가 있다.

아마 이 사내의 왕도 그중 하나를 택해 움직였을 것이다.

"그래서 요지가 뭡니까? 그쪽한테 붙으라고요?"

"하하, 물론 그러면 좋겠지만 그렇게 순순히 따르실 리 없잖아요? 그냥 제안을 하려는 겁니다. 괜찮다면 우리와 손을 잡으시겠습니까?"

그제야 이 사내가 대기실에 상주하던 이유를 깨달았다.

말하자면, 이 녀석은 '삐끼'다.

"왜 그래야 하죠?"

"폭군왕은 강합니다. 저는 왕을 믿지만, 솔직히 저희만으로 폭군왕에게 이길 수 있을 거란 생각은 안 하거든요."

충성심에 비해 판단은 굉장히 현실적이다. 하지만 이런 녀석이 '진짜' 충신이겠지.

"생각해보십시오. 아무도 막을 수 없는 망나니한테 전설의 보검까지 쥐여주면 어떻게 될 것 같습니까? 하물며 녀석이 서울시의 모든 왕을 통제하는 절대왕좌에 오른다면? 무슨 일이 있어도 그것만은 막아야 한다고 생각하지 않습니까?"

어렴풋이 기억이 난다. 3회차의 이야기는 아니었지만, 분명 멸살법에서도 이런 '반폭군 동맹'이 만들어진 적이 몇 번인가 있었다.

역시 미래가 바뀌었기 때문이겠지.

"일리는 있군요."

"그래서 제안하는 겁니다. 우리 그룹은 곧 폭군왕을 칠 거예요. 이미 몇몇 왕과도 이야기가 끝난 상태고요. 어느 그룹 소속이신지는 모르겠지만, 솔직히 지금 참가해서 손해 볼 건 없습니다. 숟가락만 얹으면 되는 상황이니까."

확실히 그 말대로다. 문제는 그 숟가락 한 술의 대가가 생각보다 클 거라는 점인데…… 내 침묵을 어떻게 받아들였는지 사내가 말했다.

"정 찜찜하면 제가 모시는 왕을 만나보고 생각하셔도 좋습니다. 슬슬 대기실로 돌아오실 때가 되었는데…… 엇, 마침 저기 오시네."

일곱 개의 입구 중 하나가 열리더니 '북두칠성의 장' 내부로 진입했던 무리가 돌아오고 있었다.

"왕이시여……!"

사내와 함께 문간에서 서성이던 사람들이 일제히 무릎을 꿇었다. 그리고 무리 중심에서, 한 사내가 이쪽을 향해 다가오고 있었다. 깨끗하게 머리를 밀고 한쪽 눈에 안대를 한 남자.

그리고 손에 쥔 갈색 법봉法棒…….

잠깐만. 저 녀석, 설마?

우리를 향해 다가오는 법복의 외눈 사내. 하필 제일 처음 만나는 서울 7왕이 이 녀석일 줄이야. 유상아가 그룹 채팅으로 말을 걸어왔다.

—독자 씨, 저 사람 혹시······.

—네, 맞는 것 같습니다.

비장하게 고개를 끄덕이는 유상아.

하긴, 저 외양을 보고서 나랑 같은 생각을 안 할 수가 없겠지.

—그런데 이해가 안 가네요. 설령 성좌가 '그 위인'이라 해
도, 왜 화신이 저런 복장을 하고 있을까요?

—성좌와 동조율이 높은 축인 것 같습니다. 동조율이 높아
지면 성좌의 생전 취향에 영향을 많이 받거든요.

말총머리가 법복 사내를 향해 무릎을 꿇었다.

"왕이시여. 오셨나이까."

"그래."

"어떻게 되었습니까?"

"두말할 필요 있겠느냐? 여기."

외눈 안대가 자신의 지팡이를 가리켰다. '북두칠성의 장'에
서 구할 수 있는 푸른 보석 조각이 박혀 있었다.

'탐랑貪狼의 별'.

말총머리가 감탄했다.

"오오······!"

제법인데? 벌써 '별보석' 하나를 손에 넣다니······.

별보석은 '북두칠성의 장'의 보상 아이템이다.

종합 능력치 중 한 가지를 1레벨 높여주는 아이템이기 때문에 하나만으로도 괜찮은 효과가 있지만, 별보석은 어디까지나 일곱 개를 모았을 때 의미가 있었다.

왜냐하면 저 보석이 사인참사검의 소환 재료가 되니까.

외눈 안대가 내 쪽을 바라보았다.

"한데 이들은 누구냐?"

"방금 '북두칠성의 장'으로 들어온 사람들입니다. 칼 재주가 제법 뛰어나 우리 쪽으로 받을까 고민하던 참이었습니다."

"그래?"

외눈과 나는 동시에 서로 상대를 향해 손을 내밀었다.

"차상경이오."

"김독자라고 합니다."

나는 녀석의 손을 잡는 동시에 스킬을 발동했다.

[전용 스킬, '등장인물 일람'을 발동합니다!]

〈인물 정보〉

이름: 차상경

나이: 26세

배후성: 외눈 미륵

전용 특성: 사이비 교주(영웅), 미륵왕彌勒王(영웅)

전용 스킬: [무기 연마 Lv.5] [정신 방벽 Lv.3] [화려한 언변 Lv.3] [능숙한 기만 Lv.3] [거짓 기도 Lv.1]……

성흔: [미륵정토 Lv.2] [관심법 Lv.2] [마구니魔仇尼 선언 Lv.3]

종합 능력치: [체력 Lv.28] [근력 Lv.26] [민첩 Lv.28] [마력 Lv.25]

종합 평가: 모든 것을 통찰하는 그의 '외눈' 앞에서는 누구도 자유로울 수 없을 것입니다. 그의 앞에서 함부로 기침을 하지 않도록 조심하십시오.

정희원이 여기 있어야 했는데 아쉽다. 지금 이 인간이 눈을 끔뻑이는 광경을 직접 봐야 다시는 내 배후성이 궁예라는 헛소리를 안 할 텐데.

차상경이 말했다.

"짐이 관상을 좀 볼 줄 아는데, 한번 봐도 되겠소?"

"그러시죠."

그래, 그거 왜 안 하나 싶었다.

[등장인물 '차상경'이 성흔 '관심법 Lv.2'을 사용합니다!]

궁예의 성흔 [관심법]은 멸살법에 등장하는 탐색 기술 중에서도 꽤 흥미로운 편이었다. 상대방의 특성창을 볼 수는 없지만, 상대방의 성정과 대략적인 위험도를 알 수 있는 기술. 쉽게 말해, 착한 사람이라면 눈에 '호구 마구니'라고 뜨고, 배신자라면 '뒤통수 칠 마구니'라고 뜨는 식이다. 예를 들면,

[등장인물 '차상경'은 당신이 '건드리면 안 되는 마구니'임을 알게 됐습니다.]

이런 식으로 말이다.

"이, 이건?"

"왕이시여, 왜 그러십니까?"

[등장인물 '차상경'이 크게 당황합니다.]

얼굴이 창백해진 차상경이 외쳤다.

"미, 마구니!"

"예? 설마……."

'마구니'라는 말에 말총머리를 비롯한 미륵왕의 그룹원이 동시에 나를 보았다. 팽팽한 긴장감이 발생하려는 순간, 차상경이 다급히 덧붙였다.

"아, 아니다. 내가 잘못 본 것 같다."

"예? 아닙니까?"

"그래, 아무것도 아니다. 다들 물러서거라."

과연. 성좌의 경고를 무시하지 않는 걸 보면 바보는 아닌 듯

했다. 그나저나 '건드리면 안 되는 마구니'라…… 아마 '외눈미륵'은 나와 싸우기를 원치 않는 모양이다.

"후우…… 깜짝 놀라지 않았습니까."

의아한 것은 오히려 말총머리의 반응이었다. 순간적이지만 녀석의 표정에 드러난 감정은 오히려 '아쉬움'에 가까웠다.

"계획은 정확히 한 시간 뒤부터요. 참가가 조금 늦긴 했지만, 내 그대들 활약을 기대하지."

차상경은 그 말을 끝으로 자기 그룹원에게 돌아가버렸다. 궁예와 첫 대면치고는 싱거운 결말이었다. 말총머리가 말했다.

"큰일 날 뻔하셨군요. 다행입니다."

"백성들의 마음을 헤아리는 왕이라더니, 말도 하기 나름이군요."

"하하, 훗날 폭군으로 기록되긴 했지만 궁예도 처음에는 성군이었습니다. 앞으로 어떻게 될지는 모를 일이지요. 역사는 바꿀 수 있으니까요."

"그럴 수도 있겠죠. 그보다 당신은 누굽니까?"

"아, 그러고 보니 제 소개를 안 했군요. 저는 한수영이라고 합니다. 그룹에서는 차상경 님의 보좌를 맡고 있고요."

궁예의 화신을 보좌하는 남자. 굳이 궁예 옆에 붙어 있을 정도면, 배후성에 그 이유가 있을 가능성이 높았다.

누구지? 설마 왕건인가? 나는 곧장 스킬을 발동했다.

[전용 스킬, '등장인물 일람'을 발동합니다!]

[해당 인물의 정보는 '등장인물 일람'으로 열람할 수 없습니다.]
['등장인물 일람'에 등록되지 않은 인물입니다.]

……뭐?

"음? 왜 그러십니까?"

뻔뻔하게 대답하는 한수영을 보며 나도 모르게 웃음이 나왔다. 그런가…… 이제 이 녀석이 누군지 알겠군.

"아무것도 아닙니다. 그냥…… 마구니가 낀 듯한 느낌이 들어서 말입니다."

"하하, 마구니요?"

나를 보는 한수영의 눈빛도 묘하게 바뀌었다. 어쩌면 이 순간, 우리 둘 다 같은 생각을 하고 있을 것이다. 문제는 '누가 먼저 칼을 뽑는가'인데.

끼이익— 하는 소리와 함께 대기실의 문이 하나둘씩 개방되기 시작했다.

"왕께서 행차하신다!"

미륵왕 그룹 쪽에 긴장감이 감돌았고, 대기실 반대편에 있던 인원들이 환호를 시작했다. 나는 문밖으로 걸어 나오는 왕들을 보며 한수영에게 물었다.

"저들도 같은 편입니까?"

"네, 모두 협력을 약속한 왕입니다. 왼쪽부터 '소심왕' 윤기영 님과 '박투왕' 김백호 님. 그리고 마지막으로 나오신 분이 '토룡왕' 구태성 님이십니다."

별명을 들으니 새삼 기억이 떠올랐다. 소심왕과 박투왕. 딱 별명처럼 생긴 녀석들이다. 준수한 능력치에 괜찮은 스킬을 가졌지만 서울 7왕에 비하면 한 끗 처지는 놈들이었다.

그러니 주목할 것은 토룡왕 구태성뿐. 구태성이 차상경을 발견하고 이죽거렸다.

"애꾸, 벌써 나와 있었냐? 빠르네."

"지렁이 마구니 놈이 깝죽대는구나."

"지렁이? 지금 내 배후성 욕한 거냐?"

그 말을 들은 유상아가 깜짝 놀라 내게 속삭였다.

"저 사람, 아무래도 배후성이 견훤인 거 같아요."

"……어떻게 아셨습니까?"

"후백제의 왕이 토룡土龍의 아들로 태어났다는 이야기를 들은 적이 있거든요."

"토룡?"

"지렁이라는 뜻이에요. 조롱하는 의미에서 다른 왕들이 견훤을 토룡의 아들이라고 불렀대요."

이거 놀랍다. 고작 그런 정보로 저자의 정체를 알아낼 줄이야. 유상아의 말은 맞았다.

토룡왕 구태성.

내 기억으로도 그는 서울 7왕 중 하나이자, 후백제의 왕인 견훤을 배후성으로 삼은 인물이었다.

"왕을 배후성으로 삼은 사람이 꽤 보이네요. 전에 본 진성왕도 그렇고……."

나는 고개를 끄덕였다. 사실 왕을 배후성으로 삼은 화신이 많은 것은 우연이 아니었다. 서울 돔뿐만 아니라 다른 지역도 상황은 비슷할 것이었다.

일본에서 지금쯤 오다 노부나가를 비롯한 전국 3영걸이 화신을 통해 경합 중일 테고, 영국에서는 사자왕 리처드나 헨리 8세 등이 대결 구도를 형성하고 있겠지.

전세계의 위인급 성좌들은 화신과의 동조율을 아슬아슬하게 조절해가며 왕좌를 둘러싼 전쟁을 준비하고 있을 것이다.

[성좌, '해상전신'이 새로운 설화급 성좌의 등장을 기대합니다.]
[성좌, '대머리 의병장'이 손에 땀을 쥔 채 상황을 지켜봅니다.]

다른 위인급 성좌들도 흥미진진하게 여기는 눈치였다. 앞서 말했듯, 네 번째 시나리오는 각 나라의 위인급 성좌를 위한 이벤트니까.

"모두 모였는가?"

이윽고 전열을 가다듬은 왕들이 중앙에 모였고, 연설이 시작되었다.

"우리의 적은 3번 문으로 들어간 폭군왕이다. 별보석을 노린 폭군왕의 습격에 무고한 왕 두 명이 명을 달리하고 말았다. 여기 모인 사람 중에는 놈에게 왕을 잃은 이도 있을 것이다."

그래서 대기실이 시체 밭이었군.

아무래도 폭군왕은 이곳에서 다른 두 왕을 죽이고 별보석을 빼앗은 모양이었다. 그렇다는 건, 3번 문만 공략하면 일곱 개의 별보석이 모두 모인다는 이야긴데…….

"새로운 서울을 결코 폭도의 무리에게 넘겨서는 안 된다. 만약 그가 사인참사검을 얻고, 나아가 절대왕좌까지 차지하게 되면 이 서울에 남는 것은 끝없는 통탄과 비극뿐이다!"

"그러니 민중의 투사들이여, 지금 당장 일어나라! 이곳의 왕은 모두 현명하고 지혜로운 자들이다. 우리 중 누가 왕이 되든 그것은 훗날의 일. 적어도 최악의 왕을 옹립하는 것만은 막아야 한다!"

"이것은 삶을 위한 정당한 투쟁이 될 것이다. 똑똑히 새겨들어라. 너희는 새로운 혁명의 역사를 살아 증명할 위대한 투사들이다!"

별 내용도 없는 연설에 사람들은 뜨겁게 열광했다. 환호하고, 동조하고, 심지어 어떤 사람은 감동에 벅차 눈시울을 붉혔다. 마치 자신들이 진짜 정의를 위해 일어난 혁명가라도 되는 양. 그 정경을, 나는 홀로 바라보았다.

한 달 전까지만 해도, 이곳 사람들은 투표로 대통령을 뽑았다. 맡은 의무를 다하고 가진 권리를 누리며, 합법적인 경제활동을 통해 사유재산을 가지는 데 동의한 사람들. 갑자기 그 모든 일이 꿈처럼 느껴졌다. 고작 한 달 만에, 서울은 왕국으로 되돌아갔다.

"출발한다!"

수백의 인파가 3번 문으로 입장했다. 차상경의 그룹은 후미에 있었기에 우리는 그에 맞춰 들어갔다. 곧이어 시야가 물결치더니 거대한 비동秘洞이 등장했다. 그 넓이도 끝도 쉽게 가능할 수 없는 커다란 굴.

바로 곁을 걷던 한수영이 입을 열었다.

"어쩐지 흥분되는군요. 꼭 무협지 속에 들어온 기분인데요."

"무협지요?"

한수영이 의미심장한 미소로 고개를 끄덕였다.

"왜, 무협지에 보면 그런 게 나오지 않습니까? 장보도藏寶圖 속에 그려진 신비의 비동. 비동 석실에는 전설의 보검이 잠들어 있으리니, 무림의 누구든 그 검을 얻는 자는 천하제일의 고수가 되리라!"

제스처까지 곁들이는 한수영의 목소리는 꽤 그럴듯했다.

"무협 소설에 나오는 흔한 클리셰군요. '장보도 보검.'"

"독자 씨도 무협 좀 읽으셨나 봅니다?"

딩연히지. 장르 소설 얘기라면 나도 빠질 수 없다.

"꽤 많이 읽었죠. 아시는지 모르겠지만, 그 클리셰에는 흔히 이어지는 전개가 있습니다."

"흔히 이어지는 전개?"

"알고 보니 '그 장보도가 가짜였다!'라는 전개죠."

한수영의 눈빛에 이채가 감돌았다. 내가 말을 덧붙였다.

"가짜 장보도 때문에 비동에 모인 고수들은 함정에 빠지고, 가짜 장보도를 뿌린 '흑막'은 조용히 뒤에서 실속을 챙긴다. 무협의 대표적인 클리셰잖아요."

"오호…… 그러면 지금 상황도 그런 클리셰일 수 있겠군요?"

"그럴 수도 있지만, 진짜 그런 거면 좀 실망할 거 같네요."

"예? 왜죠?"

"솔직히 '장보도 보검' 같은 클리셰는 너무 여러 번 쓰였잖아요."

내 말에, 처음으로 한수영의 눈빛이 흔들렸다. 역시 제대로 걸린 모양이다. 한참이나 입술을 달싹이던 녀석이 말했다.

"많이 쓰인 클리셰는 그만큼 검증됐다는 뜻이기도 하죠."

"검증됐다는 이유만으로 클리셰를 있는 그대로 썼다면, 작가로서는 자격 미달인 것 같은데요. 뭐…… 이건 소설이 아니니 이 상황을 만든 작가가 있는 건 아니겠지만."

한수영의 표정이 미미하게 굳어졌다.

여기가 바로 승부의 분수령이었다. 녀석이 미끼를 무느냐, 물지 않느냐. 그리고 얼마나 지났을까, 놈이 입을 열었다.

"만약 작가가 있다면 어떻습니까."

"예?"

"독자 씨가 이 상황을 만든 작가라면 어떻게 하겠습니까? 만약 '장보도 보검' 같은 내용을 써야만 하는 상황이라면?"

"글쎄요. 저는 이름 그대로 '독자'라 거기까진 생각 안 해봤는데요."

"전 결국 독자 씨도 똑같아질 거라 생각합니다. 뻔한 클리셰를 쓰고, 독자에게 뻔한 만족을 주는 일에 익숙해질 겁니다."

나는 빙긋 웃으며 말했다.

"누가 뭐랍니까? 꼭 작가처럼 말하시네요. 제 말은 클리셰가 나쁘다는 게 아닙니다. 적어도 표절 소리는 안 듣게 쓰라는 거죠."

"표……절이요?"

"네, 표절."

붉으락푸르락하는 한수영의 얼굴을 보고 있으니 참 재밌다.

"글쎄요, 어차피 다들 비슷한 이야기에 디테일만 조금씩 다른 건데…… 그걸 표절이라 할 수 있을까요? 아마 독자 씨도 작가 입장이 되면 결국 똑같이—"

"아뇨, 저라면 다르게 쓸 겁니다."

한수영의 눈썹이 꿈틀거렸다.

"……다르게 쓴다고요? 어떻게요?"

"예를 들면, 이렇게요."

나는 '부러지지 않는 신념'을 뽑아 그대로 한수영의 목을 베었다. 데구르르 굴러떨어지는 녀석의 목에서 혈흔은 보이지 않았다. 나는 덧붙였다.

"어차피 드러날 흑막을 뭐 하러 구차하게 숨깁니까?"

그러자 잘려나간 한수영의 머리가 바닥에서 말을 시작했다.

"재미있네. 김독자."

3

나는 녀석의 잘려나간 머리를 집어 들며 물었다.

"역시 이것도 '아바타'였군. 한수영은 네 본명이냐?"

"그래."

예상대로 한수영은 '첫 번째 사도'였다. 망할 표절 작가 자식, 어디 숨어 있나 했더니.

"저, 저 자식 뭐야!"

사람들이 이쪽을 향해 경악성을 질렀다. 배신이라는 둥 내분이 일어났다는 둥 당황한 목소리들. 나는 유상아와 이길영을 지키며 비동의 한쪽으로 물러났다. 물론 한 손에는 한수영의 말하는 머리를 쥔 채로.

"내 짐작이 맞는 것 같군. 계시록 내용을 뿌린 건 네놈이야. 그렇지?"

"정확히는 네 '표절 소설'의 내용을 뿌렸지."

"내 계시록은 표절이 아니야!"

"표절이지. 원작 설정을 그대로 가져다 썼잖아?"

"내 작품을 그딴 졸작에 비교하지 마."

"내 말을 알아듣는 걸 보니 그래도 원작을 읽었다는 사실을 부정하지는 않네?"

한수영이 으드득 이를 갈며 나를 노려보았다.

"모두 이놈을 죽여! 뭣들 하는 거야!"

"머, 머리가 말을 한다!"

한수영의 표정이 일그러졌다. 소란이 벌어졌는데도 사람들은 당황할 뿐 뚜렷한 행동을 보이지 않았다. 그리고 이제 곧 우리에게 신경 쓸 틈도 없게 될 것이다. 나는 한수영을 향해 웃으며 말했다.

"이제 곧 네가 말한 클리셰가 시작될 거야."

기다렸다는 듯 비동 앞쪽에서 터져나오는 빛.

빛의 고리 같은 것이 주변을 스쳐 가더니, 몇몇 사람의 몸에 긴 혈선血線이 생겼다.

"뭐……!"

푸슈슈슛!

핏줄기를 내뿜으며 통째로 갈라지는 육신들. 대열 뒤쪽에 있던 사람들이 피 벼락을 얻어맞고 비명을 질렀다.

"젠장, 놈이다!"

검은 비동의 안쪽에서 일렁이는 사이邪異한 마력. 비동 전체를 압박하는 존재감이 다가오고 있었다.

"가마를 들어라."

중성적인 목소리가 들렸고, 커다란 가마의 첨단이 보였다. 가마 속에서 일렁이는 누군가의 그림자. 나는 반사적으로 외쳤다.

"유상아 씨, 길영아! 뒤로 물러서!"

가마에서 목소리가 흘러나왔다.

"달려라."

가마가 전차라도 되는 양 사람들을 치받으며 접근하기 시작했다. 휘장 사이에서 날아간 삼색 빛의 고리들이 무자비하게 전장을 휩쓸었다. 수십 명이 한꺼번에 죽어나갔다. 불신 어린 눈빛으로 피거품을 문 사람들. 팔다리가 사라진 채 꿈틀거리는 신체들. 전열 앞쪽은 순식간에 휑해졌다.

"으아……."

공포에 질린 그룹원이 물러섰다. 몰아친 정적에 모두 쥐죽은 듯 입을 다물었다. 폭군왕이 휘장을 걷고 밖으로 나왔다.

"정말이지 보잘것없구나. 선대의 왕이란……."

그의 손에는 마력이 응축된 고리를 날릴 수 있는 아이템 '삼륜환三輪環'이 쥐어져 있었다. 삼륜환은 서울 북부에서 구할 수 있는 히든 아이템이지만, 원작에서 폭군왕이 소유하던 물건은 아니었다.

선지자들 일부를 데리고 있다더니 정말인 모양이군.

[전용 스킬, '등장인물 일람'을 발동합니다!]

〈인물 정보〉

이름: 정용후

나이: 33세

배후성: 헌천홍도경문위무대왕惠天弘道經文緯武大王

전용 특성: 서커스 단원(희귀), 폭군왕(영웅)

전용 스킬: [잡기 연마 Lv.5] [헌천보惠天步 Lv.3] [무기 연마 Lv.5]

성흔: [가마전차 Lv.5] [처용무處容舞 Lv.5] [폭정暴政 Lv.4]

종합 능력치: [체력 Lv.30] [근력 Lv.28] [민첩 Lv.28] [마력 Lv.34(+2)]

종합 평가: 한반도 최악의 폭군이 한을 품은 소시민을 만났습니다. 평소 사회 체제에 불만이 많은 소시민은 자신에게 주어진 기회를 외면하지 않을 것입니다.

* 현재 '스타터 팩'을 적용 중입니다.
* 현재 '성장 패키지'를 적용 중입니다.
* 현재 '신규 시나리오 기념 패키지'를 적용 중입니다.

과연 특성창을 보니 이해가 간다. 패키지를 벌써 세 개나 뜯었으니 저렇게 강할 수밖에. 위험할 정도로 개연성 외줄 타기를 좋아하는 성좌다.

거기다 전신에서 일렁이는 저 아우라. 폭군왕의 배후성은 동조율을 한계치까지 높이고 있었다. 언제부터였는지 비형을 비롯한 몇몇 도깨비가 허공에서 녀석을 노려보고 있었다. 언제라도 개연성에 위배된다 싶으면 '개연성 적합 판정'을 요구할 셈이겠지.

"건방진 후손들. 너흰 감히 나를 '왕'으로 기록하지 않았지."

폭군왕의 배후성, 헌천홍도경문위무대왕이 말한다.

"내가 이곳에 온 이유는 간단하다. 후대의 사가를 벌하고 왜곡된 역사를 바로잡으리라."

그는 한반도 최악의 폭군으로 전승될 뿐 역사에 '왕'으로 기록조차 되지 못했다.

"나는 연산군 이융李㦲이다!"

자신과 배후성을 혼동하는 폭군왕에게서 엄청난 마력이 터져나왔다. 달려가던 그룹원의 배가 모조리 터졌다. 무려 30레벨이 넘는 마력이 휘감긴 삼륜환. 저건 내가 맞아도 위험하겠는데.

"물러서지 마라!"

"모두 맞서 싸워!"

하지만 반폭군 동맹도 만만치 않았다. 다른 왕은 그렇다 쳐도, 토룡왕과 미륵왕은 어쨌든 폭군왕과 같은 서울 7왕이다.

여러 왕이 합심하자 불리하던 전황도 조금씩 비등해져갔다. 왕들은 모두 자신의 배후성과 동조율을 거의 한계치까지 높이고 있었다. 화신뿐만 아니라 위인급 성좌도 모두 필사적이었다.

나는 손에 쥔 한수영의 머리를 내려다보며 말했다.

"너는 안 싸울 거냐?"

내 말에 한수영이 흐흐, 웃었다.

"웃어? 아직 여유가 있나 보네."

"……건방진 녀석. 넌 지금 계획대로 됐다고 생각하겠지."

"……?"

"연산군과 다른 왕이 싸우기 시작했으니, 그들이 지치면 네가 사인참사검을 먹을 수 있을 거라 착각 중일 거야. 그렇지?"

제법 근사치에 가까운 추리다.

"하지만 그렇게는 안 될 거야. 계시록을 뿌린 건 제법이었지만, 나는 니보다 훨씬 오래전부터 오늘을 준비해왔으니까."

"무슨 헛소리야?"

"결국에는 '클리셰'가 이긴다는 얘기지."

허공에서 중급 도깨비 목소리가 들려왔다.

[후후, 다들 잘 싸우고 계시는군요. 우리 위인급 성좌님들도 아주 필사적이신데요? 암, 그래야죠. 화신도, 성좌님도 힘내야죠. 다들 설화급으로 승격하고 싶으시잖아요?]

이죽거리는 도깨비의 목소리에 일순 전장의 소리가 잦아들었다.

[그래서 제가 좋은 소식을 가져왔습니다. 지금 '두 번째 자격' 조건이 해금됩니다!]

<왕의 자격>

1. 왕좌의 주인은 그 누구보다 용맹할지니
— 절대왕좌는 결코 '약한 왕'을 원하지 않습니다. 왕좌에 도전하기 위해, 당신은 최소 '검은 깃발'을 소유한 왕이어야 합니다.

2. 왕좌를 꿈꾸는 자는 그 욕망에도 자격이 있으니
— 절대왕좌에 도전할 수 있는 '왕'의 숫자는 정해져 있습니다. 도전권을 얻기 위해, 당신은 주변 다른 왕을 제거해야만 합니다.

중급 도깨비가 스산한 미소로 웃었다.
[참고로 절대왕좌의 마지막 자격에 도전할 수 있는 왕은 오직 다섯 명뿐입니다. 지금 남은 숫자는…… 어디 보자.]

[현재 남은 왕의 수: 14]

사람들이 크게 웅성거렸다.
"여, 열넷이나 된다고?"

"바깥에 아직 왕이 남았나?"

[참고로 말씀드리면, 현재 히든 던전 내부에 있는 왕은 총 열두 명입니다.]

나도 조금 놀랐다. 이 던전에 그렇게 왕이 많이 있을 줄이야. 하긴 이 비동에만 왕이 있는 건 아닐 테니까.

"누구냐? 숨어 있는 왕이 누구야!"

폭군왕은 혼란에 빠진 사람들을 비웃었다.

"하하하! 서로 뒤통수를 쳐대는 꼴이 아주 우습구나."

"지금은 내분을 일으킬 때가 아니다! 폭군왕한테 집중해!"

왕들의 조정으로 간신히 술렁임이 회복되려는 그때.

"여기다! 이놈이 왕이다!"

쥐고 있던 한수영의 머리가 멋대로 외쳐댔다.

"내가 봤다! 이놈이 '깃발'을 가지고 있다!"

"뭐?"

이것 참. 나는 재빨리 한수영의 머리를 짓밟아 터뜨렸다. 시선이 나에게 집중되었다. 죽어야 할 '나머지 왕' 중 하나가 정해지는 순간이었다.

"저놈만 죽이면……."

그런데 느낌이 싸했다. 표절 작가 녀석의 계략이라기에는 수가 너무 얕다고 할까. 잠깐만, 설마?

……재밌군. 그런 생각이었나?

내게 사람들의 시선이 집중된 사이, 왕들 뒤쪽에서 은밀하게 움직이는 자들이 있었다. 왕이 아끼던 충신들이었다.

푹! 푸욱!

"커헉……!"

얇은 소도가 등을 찌르고, 방심한 왕의 목을 갈랐다.

[남은 왕의 숫자가 감소합니다.]

[현재 남은 왕의 수: 12]

체력이 떨어져 있던 소심왕과 박투왕이 절명했고, 미륵왕과 토룡왕도 기습에 상당한 타격을 받은 듯했다. 심지어 저 폭군 왕조차 뒤에서 달려든 노예 세 명에게 옆구리와 허벅지를 찔렸다.

"이 비천한 연놈들이……!"

그리고 나는 왕을 동시에 공격한 존재가 누구인지 깨달았다. 한 발 늦게 배신자들의 목을 잘랐으나 그 머리에서는 피가 흐르지 않았다. 땅에 떨어진 왕의 별보석들이, 손이 빠른 누군가에 의해 사라졌다.

"보석! 내 보석!"

숨어 있던 [아바타]들의 손을 타고 움직인 별보석을 이윽고 한 사람이 모두 쥐었다.

"내가 말했잖아. 결국은 클리셰가 이긴다고."

허공을 딛고 날아오른 한 미소녀가 비동의 벽감에 서서 히죽 웃고 있었다. 설마 저게 표절 작가 녀석의 본체였나?

그녀의 손에 모인 일곱 개의 별보석이 빛을 내뿜었다.

[‘가짜왕’ 한수영이 7개의 별보석을 모두 획득했습니다!]

[7개의 별보석을 제물로, 새로운 아이템을 소환합니다.]

[‘가짜왕’ 한수영이 ‘사인참사검’을 소환했습니다!]

결국 표절 작가 놈이 사인참사검의 주인이 되었다. 거기다 ‘가짜왕’이라. 놀랍도록 잘 어울리는 특성이구만.

“독자 씨. 어떡하죠?”

“아직은 괜찮습니다.”

무덤덤한 말에 유상아는 의아하다는 얼굴이었다.

“정말 괜찮을까요? 저 검, 굉장히 좋은 아이템이라면서요.”

맞다. 실제로 S+급 아이템이니까 좋기는 좋다. 하지만 그렇게 따지면 연산군의 삼륜환도 무려 S급 아이템이다. 성능 차이는 좀 나지만 그렇게 꿀리지는 않는다는 얘기다.

“하하하핫! 죽어! 죽으라고!”

사인참사검에서 뿜어져 나온 눈부신 마력이 전장을 휩쓸었다. 그런데 사람들은 쉽게 죽지 않았다. 통쾌하게 터져나갈 줄 알았겠지만, 위태롭기는 해도 한수영의 마력을 꾸역꾸역 받아냈다.

[아바타]를 대량으로 사용한 탓에 마력이 많이 떨어져 있기도 했고 무엇보다 아직 세 명의 왕이 건재한 까닭이었다.

당황한 한수영이 외쳤다.

“뭐, 뭐야 이거? 이 검 왜 이렇게 약해?”

“죽여라! 저년 죽이고 검 빼앗아!”

"으, 으아아앗! 물러서! 물러서라고!"

왠지 저렇게 될 것 같았다. 어느새 밀려난 한수영이 우리 일행이 있는 곳까지 뒷걸음쳤다. 내가 이죽거렸다.

"클리셰 잘 깨네. 평소에도 그렇게 좀 쓰지."

"닥쳐!"

"도와줄까?"

"필요 없어!"

호기롭게 외친 한수영이 다시 검을 휘둘렀다. 하지만 점점 밀려나는 게 보인다. 바보 같은 녀석에게 한마디 해주고 싶다. 그 무기가 유명했던 건 무기가 강하기 때문이 아니라 본래 주인이 강해서였다고.

"그만 모두 죽여주마!"

자신감을 되찾은 폭군왕이 공격을 개시했고, 다른 왕들도 혼전을 벌이기 시작했다. 어느새 전투는 적도 아군도 없는 난전이 되어가고 있었다.

그나저나 슬슬 올 때가 됐는데…….

설마 아직도 헤매고 있나?

여기서 북구 지역까지 거리가 좀 있긴 해도, 그 녀석이면 충분히 돌아오고도 남을 시간인데.

[현재 남은 왕의 수: 11]

허공에 떠오른 알림판의 숫자가 바뀌었다.

[현재 남은 왕의 수: 10]

아, 역시.

[현재 남은 왕의 수: 9]

오셨구만.
"뭐, 뭐야!"
"왕 숫자가 줄어들고 있다!"
공포에 질린 왕들이 주변을 돌아보았다. 누가 어떻게 죽는
지도 모른 채 줄어드는 왕의 수.

[현재 남은 왕의 수: 8]

마침내 숫자가 한 자리로 줄어들자 왕들의 공포는 한계치
에 달했다.
"누가 있다! 누군가가 왕만 죽이고 있어!"
반면 오히려 즐거워하는 녀석도 있었다.
폭군왕이었다.
"하하하! 알게 뭐냐! 너희도 죽어라!"
폭군왕의 삼륜환이 다시 불을 뿜으려는 순간, 천장이 무너
지며 폭군왕이 그대로 깔렸다.
가공할 마력의 폭풍이 몰아쳤고, 그 아래에 깔린 폭군왕이

고통으로 비명을 질렀다. 모든 생명체를 입자 단위로 분해해 버리는 엄청난 양의 마력 폭풍이 폭군왕의 전신을 그대로 으 깼다.

"으으…… 아아…… 으아아아악!"

그리고.

[현재 남은 왕의 수: 7]

냉혹한 숫자만이 사람들 눈앞에 남았다.

비정상적인 정경 탓에 가까이 있던 사람들이 몸을 떨며 주 저앉았다.

"뭐, 뭐야. 뭐냐고!"

그 무서운 폭군왕을 단 한 방에, 벌레처럼 터뜨려 죽인 사 내. 매캐한 폭연 속에서 한 사내가 천천히 모습을 드러냈다.

죽은 왕도, 살아남은 왕도.

모두가 넋을 잃고 그를 바라보았다. 다리를 떨던 한수영이 공포에 질려 물러섰다.

"말도 안 돼…… 말도 안 된다고!"

문득 그녀의 아바타가 한 말이 떠오른다. 서울 최강의 왕이 폭군왕이라고 했지. 아까도 생각했지만 그건 사실이 아니다.

지금까지 내가 만난 서울 7왕은, 선지자들 때문에 왕이 되 지 못한 한동훈을 포함해서 총 다섯 명이었다.

은둔한 그림자의 왕 한동훈.

미희왕 민지원.

미륵왕 차상경.

토룡왕 구태성.

그리고 폭군왕 정용후.

아직 등장하지 않은 '중립의 왕'을 제외하더라도, 여전히 자리는 하나 빈다. 그렇다면 남은 한 자리는 누구의 것인가?

답은 간단하다.

사실 나는 그 어떤 왕보다도 이 녀석을 먼저 만났으니까.

분노한 놈의 목소리가 비동 전체에 울려 퍼졌다.

"김독자……."

나는 미소 지으며 녀석을 향해 손을 흔들었다.

성큼성큼 다가오는 녀석의 등 뒤로 흩날리는 '검은색 깃발'.

"넌 뒤졌어……."

서울 7왕 중 최강은 당연히 패왕霸王 유중혁이다.

4

역시 주인공은 주인공이다.

강북구까지 떨어뜨렸는데 벌써 '검은색 깃발'이라니.

대표 아닌 자가 대표의 깃발을 빼앗으면 히든 시나리오 '혁명의 길'이 열린다. 놈은 아마 그걸 알고 있었을 테니, 오는 길에 다른 역 대표를 죽여서 왕의 자리를 얻었을 것이다.

그나저나 유중혁이 저렇게 열받아 있는 걸 보면, 다행히 이지혜와 정희원이 제대로 일을 처리한 모양인데.

나는 몇 걸음 물러서며 한수영을 바라보았다.

"야, 빨리 그 칼 내놔."

"싫어."

"여기서 다 죽고 싶어?"

한수영의 눈이 흔들리고, 유중혁의 신형이 움직였다. 나는 외쳤다.

"길영아!"

그것을 신호로, 기다렸다는 듯 이길영의 눈이 백색으로 물들었다.

그오오오오—!

비동의 위쪽이 찢어지는 소리가 들리더니, 뭔가가 쿵쾅쿵쾅 던전을 두들겼다. 잠시 후. 파지직, 하는 소리와 함께 비동 한쪽 벽면에서 거대 사마귀의 낫이 날아들었다.

[6급 충왕종, 티타노프테라가 출현했습니다!]

역시 깽판에는 이길영의 능력이 최고다. 거대 충왕종의 괴력에 비동 전체가 흔들렸다. 당황한 유중혁이 뒤를 돌아보는 사이, 나는 한수영의 작은 뒤통수를 갈겼다.

"악, 아앗……!"

신음과 함께 한수영이 사인참사검을 놓쳤다. 나는 검을 주워 든 뒤, 한수영이 목에 두르고 있던 깃발도 덤으로 빼앗았다.

[당신은 '홍대입구 그룹'의 깃발을 획득했습니다.]
[당신의 '보라색 깃발'이 '검은색 깃발'의 누적 공적치를 흡수합니다.]
[당신의 '보라색 깃발'이 '검은색 깃발'로 진화합니다.]
[이제부터 '검은색 깃발'의 특전을 사용할 수 있습니다.]
[축하합니다! 당신은 첫 번째 '왕의 자격'을 완수했습니다.]

[현재 남은 왕의 수: 6]

나는 곧장 폭군왕 쪽을 향해 달렸다.

폭군왕은 돌무더기 사이에 깔려 있었다. 겉으로 보이는 육신은 반죽처럼 뭉개져 처참했다. 애초에 죽이려고 벼르던 놈이지만 이렇게 어이없게 죽을 줄이야.

뒤쪽에서 한수영이 처량하게 외쳤다.

"이 도둑놈 새끼야!"

나는 그 말을 무시하고 바닥을 나뒹구는 폭군왕의 아이템을 재빨리 쓸어 담았다.

[아이템 '삼륜환'을 획득했습니다.]

[아이템 '용준'을 획득했습니다.]

재생의 항아리 '용준'.

폭군왕은 7인 던전을 클리어하고 들어온 모양이었다.

"……김독자!"

유중혁이 무서운 속도로 나를 추격해 왔다. 민첩이 30이나 되는데도 녀석과의 거리는 순식간에 좁혀지고 있었다. 나는 주변을 살피다가, 어쩔 수 없이 가장 가까이 있는 왕 뒤로 숨었다.

"뭐, 뭐야!"

후백제의 왕, 구태성이었다.

"크아아악!"

유중혁의 가차 없는 일격이 녀석의 머리를 갈겼고, 녀석의 깃발은 고스란히 유중혁의 것이 되었다.

[성좌, '한남군 개국공 漢南郡 開國公'이 당신을 노려봅니다.]

견훤한테는 미안한 일이지만 어쩔 수 없다. 다음 시나리오를 기약하시길. 그쯤에서 나는 도망을 멈추고 시치미를 떼기로 했다.

"중혁아, 잠깐 멈춰봐. 우리 대화로 해결하자."

"그 쪽지."

"쪽지?"

"내 여동생."

두 단어지만 모든 것을 이해하기에는 충분했다.

다행히 이시혜는 무사히 일을 처리했다. 쪽지가 적당한 시기에 유중혁에게 간 것이다.

"네 여동생 뭐?"

"내 여동생을 어디에 숨겼지?"

"무슨 소리야?"

[등장인물 '유중혁'이 '거짓 간파 Lv.6'를 사용 중입니다.]

[등장인물 '유중혁'이 당신의 말이 거짓임을 확인했습니다.]

이런.

"당장 말하지 않으면, 네놈은 정말로 죽는다."

[거짓 간파]가 없어도 진심임을 알 수 있었다. 유중혁이 비동에 뒤늦게 도착한 것은 전적으로 내 계략 때문이었다.

나는 녀석이 여동생을 구하기 위해 북쪽으로 가도록 유도했고, 유중혁은 북쪽 지역 탐색에 시간을 허비했다. 아직 유중혁의 인격이 덜 마모된 '회귀 3회차'이기에 가능한 작전.

비겁하다 해도 어쩔 수 없었다. 본래의 '3회차'보다 훨씬 강해진 유중혁이 모든 것을 도외시하고 왕들의 전쟁에 참전했다면, 이 시나리오는 속전속결로 끝나버렸을 테니까.

그런 식이 되어서는 결코 내가 원하는 결말로 향할 수 없다.

"……좋아. 근데 일단 칼은 좀 내려놓고 말하자. 막말로 내가 진짜 나쁜 놈이면 어쩌려고 그래?"

"가족을 인질로 삼을 셈인가?"

"또 오버한다. 그런 말까진 안 했잖아?"

애초에 인질 개념이 성립하지도 않는다. 막말로 이 녀석이 사망회귀를 시전해버리면 모두 끝장이니까.

"그럼 왜 이런 짓을 한 거지?"

"왜 그랬을 것 같아?"

내가 시간을 끈다는 것을 눈치챘는지, 유중혁의 표정이 차갑게 굳었다.

"역시 그때 죽여야 했는데…… 그만 죽어라."

유중혁이 검을 치켜든 순간, 허공에서 목소리가 들려왔다.

[거기 여러분, 진정하세요. 벌써 싸우고 계시면 어떡합니까? 어디 보자…… 자격은 모두 충족하셨군요.]

중급 도깨비. 이제야 나타나셨군.

그제야 유중혁도 허공에 떠 있는 알림판을 확인했다.

[현재 남은 왕의 수: 5]
['마지막 왕의 자격'이 시작됩니다.]

나와 유중혁을 비롯해 남은 왕들의 몸이 강제로 공간 이동을 시작했다.

"김독……!"

뒤늦게 뻗어진 유중혁의 검은 내게 닿지 못했다. 드디어 이 시나리오의 마지막 페이즈까지 왔다.

[자격을 깆춘 왕들이 마지막 시험 장소로 이동합니다.]

흐물거리며 사위의 정경이 바뀌었다. 몸이 쏜살같이 어디론가 빨려 들어가는 것이 느껴졌다. 그리고 다음 순간, 퉁! 하는 소리와 함께 뭔가에 머리를 부딪혔다. 번뜩 정신이 든 것은 잠시 후의 일이었다.

[당신은 '마지막 왕의 자격' 후보에서 제외됩니다.]

……뭐야? 주변을 돌아보니 광화문 도심에 서 있었다. 그리고 방금 부딪힌 곳에는 야구장만 한 크기의 결계가 쳐져 있었다. 결계의 중심에는 이 시나리오의 마지막 보상인 절대왕좌가 있을 것이다.

난 왜 저기 못 들어간 거지?

[하하핫! 저런, 저런! 큰 그림만 보고 있다가 정작 중요한 걸 놓치고 말았군요!]

웃음소리에 허공을 올려다보니, 조소를 머금은 중급 도깨비의 얼굴이 보였다. 설마 저 자식이 농간을 부렸나 싶었는데, 뜻밖의 메시지가 날아들었다.

[당신은 네 번째 시나리오의 '표적 역'을 점거하지 못했습니다.]
['마지막 왕의 자격'을 얻기 위해서는 우선 '표적 역'을 점거하세요.]
[당신 그룹의 '표적 역'은 '창신역'입니다.]

아…… 왕들에 대해서만 생각하다 보니 깜빡 잊고 있었다. 그걸 아직 안 했지.

[이전 페이즈를 제대로 클리어하지 않으면 마지막 페이즈는 수행할 수 없습니다. 당연한 건데, 그렇게 얼렁뚱땅 넘어갈 수 있을 줄 알았습니까?]

결계 안에서는 벌써 싸움이 벌어졌다. 이대로 있다가는 지금까지 해온 일이 꼼짝없이 수포로 돌아가고 만다. 지금이라도 늦지 않았으니 창신역으로 달려가야 하나 싶었다.

그런데…… 망할, 거기까지 달려갔다 오면 이미 시나리오는 전부 끝나 있을 텐데.

"독자 씨!"

멀리서 유상아가 이길영을 업고 이쪽으로 달려오고 있었다. 그런데 자세히 보니 일행이 더 있었다. 응?

"희원 씨?"

정희원이 낯선 여자아이의 손을 꼭 쥐고 있었다.

"진짜 우리 오빠 여기 있어여?"

"그렇다니까. 몇 번을 말해."

"근데, 나 배고픈데."

정희원은 지금 여기 있으면 안 되는 사람이었다. 강북 지역에서 한 여자아이를 구한 뒤 창신역에서 대기할 것. 그것이 정희원이 이번 시나리오에서 맡은 임무였다.

"희원 씨, 여긴 왜 왔습니까? 창신역에서 대기하시라고 분명히 말씀드렸는데……."

"아니 이 답답한…… 내가 그걸 언제까지 기다리고 있어요? 게다가 애, 오늘 아침부터 굶었단 말이에요. 여동생이라면서 걱정도 안 돼요?"

정희원의 말에 여자아이가 나를 가리키며 말했다.

"저 사람 우리 오빠 아닌데여."

"어?"

"우리 오빠보다 못생겼어여."

망할 꼬마가. 정희원이 당황하며 나와 여자아이를 번갈아

보았다.

"어? 독자 씨 여동생 아니에요? 난 그래서 구하라고 한 줄 알았는데?"

"아닙니다."

"그럼 누구예요, 얘는?"

아마 정희원은 자기가 무슨 일을 했는지 잘 모르고 있을 것이다. 대체 누가 저 여자아이를 그 사이코패스의 여동생이라고 생각할까. 아이 배에서 꼬르륵거리는 소리가 들려왔다. 허탈한 마음으로 그 소리를 듣다가 헛웃음이 나왔다.

설마 내 완벽한 계획이 여기서 무너지나?

"독자 씨, 어디 가요?"

"창신역 점거하러 갑니다."

늦더라도 도전해보는 수밖에. 장거리 텔레포트 스크롤이라도 있으면 좋겠는데, 중급 도깨비가 보고 있으니 도깨비 보따리를 열어볼 수도 없고.

그런데 나를 보던 정희원이 입을 열었다.

"거길 왜 가요?"

"예?"

"얘, 그거 꺼내봐. 아까 언니가 준 거 있지?"

"네!"

유중혁의 동생, 유미아가 입속에 손을 넣었다. 그 입이 비정상적으로 커지더니, 역시나 비정상적인 크기의 돌덩어리가 입 밖으로 나오기 시작했다. 유미아의 전용 스킬인 [인벤토리]였다. 나는 돌덩어리를 향해 다가갔다.

"이게 뭡니까?"

"뭐겠어요?"

반질반질한 윗면을 살폈다. 무언가 꽂을 수 있는 작은 홈이 보였다.

……생각지도 못했다. 이런 게 가능하다고?

멸살법의 어떤 회차에서도 이런 짓을 한 사람은 없었다.

정희원이 뻔뻔하게 말했다.

"역을 점거하려면 깃발 꽂이만 있으면 되잖아요?"

대체 어떤 무식한 인간이 이런 생각을 해낼까.

정희원은 창신역의 깃발 꽂이가 있는 바닥을 통째로 도려내 왔다.

[성좌, '달걀을 세우는 모험가'가 정희원의 발상에 감탄합니다.]

나는 뭔가 말하려다 도로 입을 다물었다.

"왜요, 뭐 잘못됐어요?"

"……아뇨."

"그럼 뭘 멍하니 있어요? 어서 꽂고 가보시지요, 폐하."

나는 고개를 끄덕이며 깃발을 꺼냈다.

[당신의 그룹은 '창신역'을 점거했습니다.]

[깃발 쟁탈전'의 보상으로 2,000코인을 받았습니다!]

된다. 진짜로 된다.

[당신의 그룹은 '표적 역'을 확보했습니다.]
[당신의 육체가 '마지막 왕의 자격'의 전장으로 이동합니다.]

슈우우욱— 하는 느낌과 함께, 다시 의식이 깜빡였다.
머릿속으로 메시지가 떠올랐고, 왕의 자격 조건이 추가되
었다.

<왕의 자격>

1. 왕좌의 주인은 그 누구보다 용맹할지니
  — 절대왕좌는 결코 '약한 왕'을 원하지 않습니다. 왕좌에 도전하
    기 위해, 당신은 최소 '검은 깃발'을 소유한 왕이어야 합니다.

2. 왕좌를 꿈꾸는 자는 그 욕망에도 자격이 있으니
  — 절대왕좌에 도전할 수 있는 '왕'의 숫자는 정해져 있습니다. 도
    전권을 얻기 위해, 당신은 주변 다른 왕을 제거해야만 합니다.

3. 그러므로 단 하나의 왕은, 누구의 도움도 없이 홀로 우뚝 선 자로
  — 절대왕좌에 도전할 수 있는 '왕'은 오직 자신의 몸뚱이 하나로
    강함을 증명할 수 있어야 합니다.

[성좌, '해상전신'이 침착하게 상황을 주시합니다.]

[성좌, '대머리 의병장'이 위인급 성좌들을 응원합니다.]

[성좌, '긴고아의 죄수'가 낄낄대며 귀를 팝니다.]

[성좌, '심연의 흑염룡'이 위인급 성좌들을 향해 코를 후빕니다.]

여느 때와는 달리 성좌들도 상반된 반응을 보였다.

성좌라고 해서 다 같은 급은 아니다. 위인급과 설화급은 어린아이와 어른만큼이나 격차가 크니까. 방송을 시청하는 성좌들의 반응이 엇갈리는 것도 그래서였다. 어른들이 애들 숨바꼭질에 별 관심을 보이지 않듯, 설화급 이상 성좌에게 이번 시나리오는 별 의미가 없다.

하지만 위인급 성좌에게는 다르다.

이번 시나리오에서 승리한 위인급 성좌는 절대왕좌에 오르며 자신의 새로운 '설화'를 쌓을 수 있다. '왕의 자격' 시나리오가 시작되면서 위인 왕들이 조급해 보인 건 모두 그 때문이었다.

그리고 눈을 깜빡였을 때, 마침내 왕의 전장이 보였다.

[지금부터 모든 왕은 배후성의 지원을 받을 수 없습니다.]

[지금부터 모든 아이템의 공격력 및 방어력이 제한됩니다.]

[지금부터 모든 스킬 및 성흔, 아이템의 특수 옵션이 봉인됩니다.]

[지금부터 모든 왕의 능력치가 10/10/10/10레벨로 일괄

조정됩니다.]

　['마지막 왕의 자격'은 최후의 1인이 남을 때까지 계속됩
니다.]

15
Episode

왕이 없는 세계

(1)

1

마지막 왕의 시험. 그것은 오로지 자신의 몸뚱이 하나로 이겨내야 하는 극한의 시련이었다. 광화문 바닥은 엉망으로 패여 있었다.

숭앙의 질대왕좌를 사이에 두고, 왕들이 한데 엉켜 싸우고 있었다.

미희왕 민지원.
미륵왕 차상경.
패왕 유중혁.
그리고 한쪽 구석에 서 있는 저 중년 남성은…….

그렇군, '중립의 왕'인가. 눈이 마주친 중립의 왕이 양손을 들어 보였다.

['중립의 왕' 전일도는 현재 기권 상태입니다.]

과연 이름답게 중립의 왕은 왕위에 욕심이 없었다. 욕심이 있는 것은 남은 셋뿐. 그 셋 중 하나가 유중혁이니 본래라면 일 분도 채 되지 않아 끝났어야 할 싸움이었다. 어디까지나 본래라면 말이다.

"죽어라, 마구니야!"

미륵왕 차상경의 법봉이 허공을 갈랐고, 유중혁의 발차기가 차상경의 복부에 꽂혔다.

"큭!"

그러나 차상경은 생각보다 별 타격을 받지 않았다. 모든 능력치가 10레벨로 통일되었기 때문이다. 스킬도 봉인되었으니 결국은 육신의 기량으로 승부를 봐야 한다는 이야기였고, 그래서 유중혁도 다른 왕들을 쉽게는 제압하지 못하고 있었다.

그 배후에서 눈치를 보던 민지원이 나를 발견했다.

나는 미미하게 고개를 끄덕였다.

"다시 만나게 됐군요."

"……그러네요. 당신과는 싸우고 싶지 않았는데."

이곳까지 온 것을 보면 민지원 역시 '왕의 자격'을 모두 완수했다는 뜻이겠지. 대단한 일이다. 솔직히 그녀가 끝까지 살아남을 것이라고는 생각하지 않았다.

"기권하지 않으시면 공격할 겁니다."

"해보세요. 만만치 않을걸요?"

스킬도 성흔도 없이, 동등한 능력치로 벌이는 싸움. 조금 전까지 도시를 부수며 날아다니던 왕들의 전투라기에는 너무나 초라한 정경이었다.

그때 살점이 터지는 소리와 함께 차상경이 비명을 질렀다.

"커헉! 어, 어떻게……?"

유중혁의 주먹을 언어맞은 차상경이 고통스럽게 바닥을 나뒹굴었다. 분명 방금 전까지는 대등한 싸움이었으나 조금씩 양상이 변하고 있었다.

스킬도 성흔도 쓸 수 없는데 유중혁의 공격은 점점 더 빨라졌고, 점점 더 격렬해졌다. 단순히 유중혁의 전투 감각이 뛰어나서가 아니었다.

민지원도 놀란 눈치였다.

"……어떻게?"

내 기억이 맞는다면 유중혁은 이번 회차에서 '마지막 페이즈'의 허점을 깨닫게 된다. 아마 유중혁의 머릿속에는 지금쯤 이런 메시지가 떠오르고 있을 것이다.

[체력에 400코인을 투자했습니다.]

[민첩에 400코인을 투자했습니다.]

[근력에 400코인을 투자했습니다.]

우습게도 이 전장은 '모든 것을 통제'했지만, 단 하나 예외가 있었다. 바로 각자 가진 코인이었다.

[성좌, '매금지존'이 시나리오의 형평성에 의문을 제기합니다.]

중급 도깨비가 웃었다.

[하하, 뭐가 의문이시죠? 각자 코인을 사용하는 건 당연한 권리입니다. 적어도 코인은 화신들이 제 발로 뛰어 벌었으니까요. 그동안 열심히 모았는데 쓸 기회가 있어야죠.]

유중혁은 자신이 소지한 코인으로 능력치를 올리고 있었다.

[아, 물론 여기서 코인으로 올린 능력치는 시나리오가 끝난 후 초기화됩니다. 그러니 꼭 주의해서 쓰세요! 코인을 허공에 내다 버리는 거나 마찬가지니까요! 하하핫!]

중급 도깨비의 말을 들은 민지원과 차상경의 안색이 급격히 어두워졌다. 아마 두 사람은 남은 코인이 거의 없을 것이다. 당연한 일이다. 왕들이 치고받는 전장에서 코인을 아낄 겨를 따위는 없었을 테니까.

하지만 유중혁은 달랐다.

처음부터 온갖 히든 시나리오를 돌파하며 성장한 유중혁은 항상 적당량의 코인을 예비로 가지고 다녔다.

본래 3회차의 유중혁은 현시점에서 약 3만 코인을 가지고 있었다. 지금은 원래보다 더 많이 얻었을 테니…… 4만 정도 있으려나?

퍼어억, 하는 소리와 함께 차상경의 육체가 걸레짝이 되어 날아갔다.

['미륵왕' 차상경이 전투 불능에 빠졌습니다.]

유중혁이 근처에 있던 민지원을 바라보았다. 흠칫 놀란 민지원이 황급히 양손을 들며 물러섰다.

"기권하겠어요."

['미희왕' 민지원이 기권합니다.]

마침내 유중혁이 나를 보았다.

분노가 가득하던 녀석의 눈동자가 차분해져 있었다. 이해는 간다. 절대왕좌만 차지한다면 모든 왕을 자기 마음대로 주무를 수 있으니, 내게 여동생을 돌려받는 것은 문제가 아니라고 생각했겠지.

하지만 과연 그렇게 될까?

"유중혁."

우리는 서로를 향해 검을 뽑았다. 어떤 스킬도 사용할 수 없기에 오로지 내 육체의 기억, 그리고 내가 가진 한 줌의 종합 능력치에 의존해야 했다.

휘이익!

처음으로 유중혁의 칼날이 눈에 보였다. 분명 페이크겠지.

녀석은 지금 내 능력치가 어느 정도인지, 코인이 얼마나 남았는지 가늠하는 것이다. 역시 신중한 녀석이다. 최소한의 코인만 투자해서 이기려는 속셈이겠지.

하지만 이번에는 그 신중함이 오히려 너를 패배시킬 것이다.

왜냐하면 지금 서울에 있는 어떤 '왕'도 나보다 코인이 많지는 않을 테니까.

[보유 코인: 80,850C]

그도 그럴 것이, 대체 누가 초반부터 8만 코인까지 모을 생각을 하겠어?

나는 달려오는 유중혁을 향해 씩 웃어주었다.

"살살 칠 테니까 죽지 마라."

이제 '풀매도 익절'의 시간이다. 나는 지금껏 코인을 사용하지 못한 한을 풀듯이, 대량의 코인을 '근력'에 투자했다.

['근력'에 4,000코인을 투자했습니다.]

[근력 Lv.10 → 근력 Lv.20]

['근력'에 5,000코인을 투자했습니다.]

[근력 Lv.20 → 근력 Lv.30]

['근력'에 6,000코인을 투자했습니다.]

[근력 Lv.30 → 근력 Lv.40]

(…)

['근력'에 11,000코인을 투자했습니다.]

[근력 Lv.80 → 근력 Lv.90]

['근력'에 12,000코인을 투자했습니다.]

[근력 Lv.90 → 근력 Lv.100]

[총 72,000코인을 소모했습니다.]

[당신의 '근력'이 인간의 한계를 돌파합니다.]

[가공할 업적! 당신은 최초로 근력 세 자리 레벨을 달성했습니다.]

[30,000코인을 보상으로 획득합니다.]

나는 주먹에 담긴 힘을 조절했다. 잘못해서 유중혁이 죽어 버리기라도 하면 곤란하니까. 근력 100레벨의 일격은 어마어마했다. 내 주먹을 둘러싼 공간이 미세하게 휘어지는 것이 느껴졌다.

멸살법에 따르면, 능력치는 세 자리를 돌파하는 순간부터 차원이 다른 파괴력을 가진다. 어떤 느낌이냐고? 당연히 죽여주는 느낌이지. 억 단위 수표를 한가득 움켜쥔 느낌이랄까.

눈이 커진 유중혁이 황급히 코인을 사용하는 게 보였다.

그러나 이미 늦었다.

돈 가방이 터지는 듯한 소리와 함께 소닉붐이 발생했고, 유중혁은 방망이에 직격당한 야구공처럼 하늘로 쏘아졌다. 하지만 안타깝게도 이 경기장은 홈런이 불가능했다. 유중혁은 결계에 한 번 부딪히고 맞은편의 또 다른 결계에 부딪힌 뒤, 대여섯 번이나 핑퐁을 반복하고 나서야 땅바닥에 처박혔다.

……저거 잘못하면 죽겠는데?

나는 조금 당혹스러운 마음으로 유중혁을 향해 달려갔다. 젠장, 내가 왜 그랬지? 힘을 조금만 더 뺄걸. 바닥에 푹 박힌 유중혁을 조심스레 꺼냈다. 그런데.

아, 이래서 주인공은.

유중혁이 눈을 부릅뜬 채 나를 노려보고 있었다. 아니, 근력 100레벨의 일격을 맞고도 제정신이라고?

"……유중혁?"

"……."

"중혁아?"

"……."

눈동자가 움직이지 않았다. 이 자식, 설마 눈 뜬 채로 기절한 거야? 너무 세게 때렸나? 아니지, 앞으로 내가 언제 유중혁을 이렇게 때려보겠어.

"그러게, 평소에 잘했어야지. 넌 어떻게 볼 때마다 죽인다는 말부터 하냐?"

평소 밉상이던 얼굴을 찰싹찰싹 때려주었다. 어쩐지 볼을 때릴 때마다 눈이 움직이는 것 같아 신경은 쓰였지만…….

어쨌거나 숨은 붙어 있었다. 전신의 뼈가 모두 부러지고, 칠공에서 피를 쏟기는 해도…… 여기서는 [기사회생] 스킬을 사용할 수 없으니 자칫 생명이 위험할 수도 있었다. 일을 빨리 진행해야 했다.

['패왕' 유중혁이 전투불능이 됐습니다.]
[축하합니다! 당신은 '절대왕좌'의 모든 시험을 통과했습니다.]

허공에서 결계가 천천히 사라지고 있었다.

[코인으로 올린 임시 능력치가 회수됩니다.]
[왕들에게 걸려 있던 모든 종류의 제약이 사라집니다.]
[성좌, '긴고아의 죄수'가 과도하게 시원한 전개에 털을 뾰족하게 세웁니다.]
[싱좌, '은밀한 모략가'가 당신의 인내에 박수를 보냅니다.]
[성좌, '악마 같은 불의 심판자'가 당신의 인내심에 감탄합니다.]
[4,500코인을 후원받았습니다.]

이어서 위인급 성좌들의 메시지도 들려왔다.

[성좌, '매금지존'이 원통해합니다.]
[성좌, '외눈 미륵'이 안대를 집어 던집니다.]
[성좌, '한남군 개국공'이 당신을 원망합니다.]

역시나 후삼국의 왕들이 죄다 나를 원망했다. 설화급으로 도약할 수 있는 몇 안 되는 기회를 놓쳤으니 아쉽기도 할 것이다.

[오, 의외의 승자가 나타났군요.]

중급 도깨비는 어쩐지 못마땅한 얼굴이었다. 놈도 내가 이길 줄은 몰랐겠지. 그런데 나는 이겼다.

[뭐, 좋습니다. 결과는 결과니까요. 자자, 서울의 모든 화신에게 알립니다. 지금 막 절대왕좌의 새로운 주인이 탄생했습니다!]

나는 시스템 메시지를 띄우려는 중급 도깨비를 제지했다.

"잠깐만 기다려."

[……뭡니까?]

중급 도깨비의 눈썹이 꿈틀거렸다.

"너무 급하잖아. 난 아직 왕좌에 오르지도 않았는데 대뜸 선언부터 하면 어떡해? 내 의사도 물어봐야 하는 거 아냐?"

[이제 오를 테니 상관없지 않습니까?]

나는 절대왕좌를 향해 성큼성큼 다가갔다. 그 순간만큼은 서울 돔을 관찰하는 모든 성좌가 내게 집중하는 것이 느껴졌다. 하늘 높이 치솟아 있던 절대왕좌가 천천히 나를 향해 내려왔다. 마치 오랫동안 나를 기다렸다는 듯이, 예의 바른 황금빛을 뿜내며.

나는 중급 도깨비를 향해 물었다.

"이걸로 뭘 할 수 있지?"

[인간에게 할 수 있는 일이라면 뭐든.]

짧지만 무서운 말이었다.

[절대왕좌는 이름 그대로의 아이템입니다. 그 왕좌에 앉아 있는 한, 당신은 무소불위의 권력자가 되죠. 당신이 지배하는 이 땅의 어떤 백성도 당신을 거스를 수 없을 것이며, 모두 당신 앞에 머리를 조아릴 것입니다!]

도깨비의 설명에, 몇몇 사람이 내게 부러움의 눈길을 보냈다. 부럽기도 하겠지. 모두 이 자리만 탐하며 여기까지 달려왔으니까.

[성좌, '매금지존'이 입맛을 다십니다.]

심지어 저 성좌들조차…… 정말 안타깝고 또 기묘한 일이었다. 이 아이템의 진짜 정체가 뭔지 알면서도 저렇게 부러워할 수 있다니. 니는 정말 성좌라는 족속이 싫다.

"그게 전부냐?"

[……예?]

"너무 말도 안 되게 좋은 능력만 붙어 있잖아. 내가 지배하는 '땅' 위에서 '절대적인 권력'을 누린다니."

[고생을 했으면 보답받는 게 당연하지 않습니까? 몇 번이나 죽을 고비를 넘기고 도달한 왕좌니까.]

"아하, 그래서 이 왕좌는 무려 '개연성의 제약'도 없이 그런 일을 벌일 수 있다?"

[무슨……?]

"너 거짓말 되게 잘한다. 도깨비라 그런가? 그렇게 사기 쳐도 관리국에서 아무 말 안 하나?"

일순 표정 관리가 안 되던 중급 도깨비가 이내 얼굴이 굳어졌다. 허공의 건너편에서 비형이 죽을상을 한 채 나를 보고 있었다. 내가 드디어 돌아버렸다고 생각하겠지.

[피곤한 설전은 그만두죠. 그만 시나리오 끝내야 하니까. 자, 어서 왕좌에 앉으세요. 한 번만 더 헛소리를 하면 절대왕좌를 부숴버릴 수도 있습니다.]

"아, 그거 말인데. 맘대로 해."

[예?]

나는 도깨비를 한 번 바라본 다음, 멍하니 입 벌린 사람들을 돌아보며 천천히 입을 열었다.

"나는 절대왕좌에 오르지 않겠다."

무서운 정적이 광화문 일대를 휩쓸었다.

하늘에서 천둥소리가 들리더니 이내 비가 내리기 시작했다. 절대왕좌에서 솟아난 빛이 하늘에 닿아 있었다. 그 빛을 중심으로 소용돌이치는 두꺼운 먹구름들.

다섯 번째 시나리오, '그레이트 홀 Great Hall'의 징조였다.

추적추적 내리는 비를 맞으며 중급 도깨비가 입을 열었다.

[……지금 뭐라고 하셨습니까?]

"왕좌, 안 앉겠다고."

[왜 그런 심술을 부리는지 모르겠군요. 이럴 시간에 1코인

이라도 더 버는 게 이득이라고 생각하지 않으십니까? 아까 코인도 엄청나게 썼을 텐데요? 순순히 보상을 받으세요. 절대왕좌의 힘이 없다면 서울 돔은 결코 다섯 번째 시나리오에서 살아남지 못할 겁니다.]

도깨비 말에 겁을 먹었는지 광화문 주변에 모인 사람들이 나를 향해 소리를 질렀다.

"뭐야? 뭔 생각을 하는 건데?"

"잔소리 말고 빨리 앉기나 해!"

"젠장, 차라리 내가 앉을 테니 넘겨!"

자기 뜻대로 되고 있다 여겼는지, 도깨비가 계속해서 말했다.

[저 왕좌는 당신이 원하는 것 이상을 줄 수 있습니다. 왕좌에 앉기만 해도 당신의 '설화'가 탄생할 것이며, 당신과 계약한 배후성은 격이 상승할 것입니다. 그게 무슨 의미인지 잘 모르는 모양이군요?]

실제로 네 귓가에는 아까부터 성좌들의 아우성이 들려오고 있었다.

[성좌, '달걀을 세우는 모험가'가 당신의 배후성이 되기를 원합니다.]

[성좌, '서애일필'이 당신의 배후성이 되기를 원합니다.]

(…)

[500코인을 후원받았습니다.]

중급 도깨비는 차가운 목소리로 말을 이었다.

[미리 경고해두지만, 저는 하급 도깨비와는 다릅니다. 어설픈 잔꾀가 통할 거라고 생각하지 마십시오.]

나는 절대왕좌를 바라보았다. 도깨비 말마따나 여기서 절대왕좌를 여기서 얻지 못하면, 다섯 번째 시나리오 클리어는 힘들어진다. 하지만 나는 도깨비가 말하지 않은 것도 알고 있었다. 절대왕좌를 한 번이라도 사용하면 시나리오의 결말에 도달할 수 없게 된다.

원작의 유중혁도 41회차에서야 간신히 눈치챘다.

절대왕좌는 태생부터 그런 물건이기 때문이다.

"대체 왜 왕을 안 하겠다는 거야!"

군중 가운데 흥분한 사람이 나타났다. 숨을 씩씩 내뱉으며, 자신의 삶이 모욕이라도 당했다는 듯이 내게 삿대질하는 사내. 나는 사내를 향해 되물었다.

"그건 내가 묻고 싶군요. 제 뭘 믿고 '왕'을 시키려는 겁니까?"

"뭣?"

"내가 왕이 된 후에 당신을 죽이기라도 하면 어쩌려고 그럽니까?"

벌어진 사내의 입이 순간 굳어졌다. 나는 주변의 다른 사람들을 보며 계속해서 말했다.

"당신들 전부 마찬가집니다. 벌써 잊었습니까? 우리는 원래 왕국에 살지 않았습니다. 그런데 어째서 왕국의 백성처럼 구는 겁니까?"

내가 왕이 되기 싫은 이유? 간단하다.

"나는 당신들처럼 추한 인간을 대표하는 왕이 되고 싶진 않습니다."

하늘을 보며 말을 이었다.

"그리고 당신들처럼 추잡한 성좌를 배후성으로 두고 싶지도 않고요."

이어서 왕좌를 보았다.

"그러니 나는 절대왕좌에 앉지 않을 겁니다. 하지만."

거의 동시에 칼을 뽑아 들었다.

"다른 사람이 왕좌에 앉도록 허락하지도 않을 겁니다."

누군가가 앉는다는 것은 곧 누군가는 앉지 못한다는 뜻이다. 중급 도깨비의 눈에서 차가운 불길이 일었다.

[그쯤 하는 게 좋을 겁니다. 전 참을성이 그리 좋지 않으니.]

나는 그런 도깨비를 똑바로 쏘아보며 말을 계속했다.

"대체 언제까지 도깨비들 '시나리오'에 무력하게 끌려다닐 겁니까? 누군가 절대왕좌에 앉는다는 게 어떤 의미인지 정말로 모릅니까?"

한번 '복종'에 길든 사람이 거기서 벗어나기 위해 얼마나 큰 대가를 치러야 하는지, 나는 알고 있었다.

"한반도의 성좌들. 당신들도 마찬가집니다. 성좌라고 모두 같지 않다는 건 잘 압니다. 어떤 성좌는 격이 낮고, 또 어떤 성좌는 격이 높겠지요."

성좌들 사이에도 보이지 않는 계급이 있다. 성좌가 화신을 구경하듯, 어떤 성좌는 다른 성좌를 구경한다. 정확히는, 격이 낮은 성좌를.

"하지만 이제 충분하지 않습니까? 대체 언제까지 이 땅을 불행한 화신들의 각축장으로 만들 겁니까?"

[성좌, '외눈 미륵'이 침음합니다.]

"힘들게 역사를 쌓아 위인급 성좌가 되고, 설화를 쌓아 설화급 성좌가 되고…… 그래서 다음엔 또 뭘 어쩔 겁니까? 더 높은 하늘의, 더 빛나는 별이 된 다음엔? 당신들 사리사욕을 위해 이 땅의 후손을 얼마나 더 이용해야 성이 차겠습니까?"

[성좌, '매금지존'이 침묵합니다.]

그때, 잠자코 있던 중급 도깨비가 움직였다.
[더는 좌시할 수 없군요.]
그 말과 동시에 시스템 메시지가 도착했다.

[새로운 '서브 시나리오'가 도착했습니다.]

〈서브 시나리오 - 왕좌 탈취〉

분류: 서브

난이도: B

클리어 조건: 왕좌에 앉지 않으려는 화신 '김독자'를 제압하고,
그를 대신해 왕좌를 손에 넣으시오.

제한 시간: 30분

보상: 6,000코인

실패 시: ―

그래, 이렇게 나올 줄 알았다.

잠깐이나마 내 말을 듣고 흔들리던 사람들이 이쪽으로 다
가오고 있었다. 탐욕에 먼 눈빛들. 결국 도깨비 말대로다. 저
사람들도, 나도. 아무리 번지르르하게 말해봤자 고작 코인 얼
마에 양심을 파는 버러지에 불과하니까.

물론 모든 사람이 그렇지는 않았다.

"지나갈 수 있으면 지나가봐."

내 앞을 막고 선 여자가 있었다. 으르렁거리는 그 목소리에
사람들이 주춤거렸다. 정희원이었다.

"세계가 어떻게 변해도 잊지 말아야 할 가치가 있어요. 전
분명 그런 게 있다고 믿어요."

어느새 유상아도 다가와 있었다. 망치를 든 이길영도 기다
렸다는 듯 내 뒤를 지키고 있었다. 대기하던 정민섭과 이성국
도 다가왔다.

"가끔 보면 대표님이 유중혁보다 더 주인공 같습니다."

"유중혁도 이런 미친 짓은 안 하는데……."

하지만 그들만으로 막아내기에는 적이 너무 많았다. 그때 의외의 인물이 나타났다.

"이번 한 번만 도와드리죠."

"짐의 관심법으로 보건대 설득력이 있었네."

미희왕 민지원과 미륵왕 차상경까지. 내 말의 무엇이 마음을 움직였는지는 모르겠다. 하지만 분명 뭔가 변하기는 변한 것이다. 그것이 설령 이 세계에서 한 줌도 채 되지 않는 가능성이라 해도.

[버러지들이 잘도 노는군…… 뭐 하고 있습니까? 당장 끌어내세요!]

사람들이 왕좌를 향해 달려왔다. 바로 곁에서 대열을 밀어내며 정희원이 물었다.

"독자 씨, 뭔가 생각이 있는 거죠?"

"네."

"우리가 뭘 하면 돼요?"

"시간을 끌어주세요. 제가 이 왕좌를 부술 때까지."

새로운 시나리오의 길이 왕좌 안에 들어 있었다. 나는 품속에서 검 한 자루를 꺼내 들었다. 군중 속 누군가가 외쳤다.

"사인참사검이다!"

사인참사검은 S+급 아이템이다. 하지만 특정 조건만 만족하면 한순간 '성유물'로 바꿀 수도 있었다. 왜냐하면 이 검은 위인급 성좌들이 혼을 담아 벼려냈으니까.

[‘간평의’의 특수 옵션, ‘별의 메아리’를 발동합니다.]
[‘별의 메아리’를 통해 당신은 위인급 성좌의 도움을 청할 수 있습니다.]

“성좌를 호명하겠다.”

[별들의 흐름 속에 위인급 성좌들이 당신의 목소리를 듣습니다.]

나는 주문을 외우듯이 성좌의 수식언을 불렀다.
“나는 ‘북두칠성의 첫 번째 성군’을 원한다.”
탐랑貪狼 성군.
“나는 ‘북두칠성의 두 번째 성군’을 원한다.”
거문巨文 성군.
“나는 ‘북두칠성의 세 번째 성군’을 원한다.”
녹존祿存 성군.
“나는 ‘북두칠성의 네 번째 성군’을 원한다.”
문곡文曲 성군.
“나는 ‘북두칠성의 다섯 번째 성군’을 원한다.”
염정廉貞 성군.
“나는 ‘북두칠성의 여섯 번째 성군’을 원한다.”
무곡武曲 성군.

[별들의 운항이 시작됩니다.]

[여섯 성좌가 당신을 바라봅니다.]

천반의 별자리가 모두 사라지자 머릿속이 만원 지하철처럼 갑갑해졌다. 현기증으로 비틀거렸고, 코와 귀에서 동시에 피가 흘러나왔다. 생각을 이어가기조차 힘겨웠다. 여섯 성좌와 동시에 접촉해서 뇌에 과부하가 걸린 것이다. 북두의 성군들이 말했다.

[그대는 대체 무슨 생각인가?]

[그렇게 우리 모두를 부르면.]

[그대의 정신은 완전히 파괴되고 말 것이다.]

[왜 우릴 부른 거지?]

[어째서 쉬운 길로 가려 하지 않고…….]

[가시밭길을 자처하는가?]

나는 멈추지 않았다. 아직 사인참사검을 사용하려면 성좌를 한 명 더 불러야 한다. 하지만 이제 천반에 남은 별자리가 없었다.

['간평의'의 사용 횟수를 모두 소모했습니다.]

아까 폭군왕에게서 얻은 항아리 '용존'을 꺼냈다.

7인 던전 '용존의 장'의 보상품.

그러고는 항아리에 두 개의 아이템을 집어넣었다.

"S급 아이템 '삼륜환'을 제물로, S급 아이템 '간평의'의 소모 횟수를 재생한다."

['용존'이 신묘한 재생의 힘을 발휘합니다.]
[S급 아이템 '삼륜환'이 제물로 사라졌습니다.]
[S급 아이템 '간평의'의 소모 횟수가 재생됐습니다.]

나는 다시 '간평의'를 집었다. 그리고 마지막 하나의 성좌를 불렀다.
"나는 '북두칠성의 일곱 번째 성군'을 원한다."
파군破軍 성군.
허공에 수놓인 일곱 개의 별. 마침내 북두칠성을 이루는 칠좌七座가 모두 모였다. 일곱 개의 별이 동시에 나에게 말을 걸었다.
[우리에게 무엇을 원하는가?]
"북두성군이여, 저는 '별자리의 연'을 끊고 싶습니다. 당신들의 검을 빌려주십시오."
[……그대는 그게 무슨 의미인지 아는가?]
"알고 있습니다."
잘 알기에 위험을 무릅쓰고 이런 일을 벌인 것이다.

네 번째 시나리오의 최종 보상인 절대왕좌.

저 왕좌는 암흑 차원을 주유하는 '이계의 신격神格' 중 하나의 힘을 빌리는 아이템이다. 왕좌를 얻으면 당장은 편할 것이다. 유중혁에게 제약을 걸 수도 있고, 나를 위협하는 내부의 적도 사라질 것이다.

하지만 서울은, 이 세계는 반드시 멸망하게 될 것이다.

어떤 구원도 기적도 없는 완전한 파멸.

그것이 함부로 '절대'의 힘을 빌린 대가였다. 내가 생각한 결말까지 나아가려면 이 땅의 누구도 왕좌를 가져서는 안 된다.

[이 하늘의 성좌들조차 왕좌의 제작자를 꺼린다.]

[그런데 한낱 인간인 그대가, 저 물건의 주인에게 도전하려 하는가?]

"당신들이 도와준다면 할 수 있습니다. 그리고 주인과 싸우는 게 아닙니다. 그저 주인과 물건 사이에 이어진 별자리의 연을 베는 것뿐."

[그것은 그대가 감당할 수 없는 개연성이다.]

[그대는 반드시 죽게 될 것이다.]

"그건 제가 결정합니다. 시작하시죠."

일곱 개의 성좌가 침묵했다. 시간이 얼마나 지났을까. 하늘에서 북두칠성이 밝게 빛나더니, 검에 새겨진 별자리가 환하게 타올랐다.

[그대의 의지를 존중한다.]

[그대가 이곳에서 죽더라도.]

[우리가 그대를 기억할 것이다.]

눈부신 빛살이 사인참사검에 휘감기며, 백색의 검신이 환한 불꽃으로 타오르기 시작했다.

[S+급 아이템 '사인참사검'이 성유물 '사인참사검'으로 진화합니다.]

성유물 사인참사검은 본래 '제사'를 위해 만든 의식용 검이다. 사악한 기운을 끊고 재앙을 막는 검.

나는 그대로 절대왕좌를 향해 검을 휘둘렀다. 까강, 하는 소리와 함께 불꽃이 튀었다. 사인참사검은 성유물에 연결된 성좌의 연緣을 끊을 수 있는 몇 안 되는 아이템이었다.

쩌저적.

보이지 않는 허공에서 찢어지는 소리가 들렸다. 뭔가 눈치채기 시작했는지 절대왕좌에서 불길한 검은 빛이 감돌았다. 몇 번 더 내려치자 칼날의 이가 빠지기 시작했다. 지금부터는 북두성군을 믿는 수밖에 없었다. 유상아가 외쳤다.

"독자 씨! 빨리!"

나는 미친 사람처럼 검을 휘둘렀다. 망가지는 칼날을 도외시한 채 계속 왕좌를 내려쳤다. 터지는 불꽃, 부서지는 칼날. 그리고 마침내.

[성유물, '절대왕좌'에 연결된 가호가 사라집니다.]
['미지의 신격'이 이 세계의 변고를 눈치챘습니다.]

절대왕좌는 평범한 의자가 되어 빛을 잃었다. 황망히 있던 중급 도깨비가 발악하는 소리가 들려왔다.

[저 주제 파악 못 하는 버러지가⋯⋯!]

[서브 시나리오가 강제로 종료됐습니다.]

사람들 움직임도 멈췄다. 시나리오가 끝난 이상, 행동을 계속할 필요가 없었다. 북두성군들이 내게 말했다.

[화신이여, 찾아올 개연성의 범람에 대비하라.]

목소리가 들려오자마자, 속이 울렁거리며 입에서 피가 쏟아졌다. 누군가가 내 존재를 늘렸다 찌부러뜨리기를 반복하는 느낌이었다. 육신을 찢어버릴 것만 같은 거대한 힘이 천진하게 내 주변을 맴돌았다. 나는 애써 정신을 다잡았다.

쿠구구구구구.

괜찮을 것이다. '개연성'이란 결국 '그럴듯함'이다. 나는 이 모든 일이 그럴듯해 보이게 하려고 지금껏 최선의 노력을 다해왔다. 그러니 이겨낼 수 있다.

속으로 그렇게 되뇌며 흐려지는 의식을 간신히 붙잡았다.

저 먼 밤하늘 속, 별 하나가 조용히 반짝인 것은 그때였다.

[성좌, '해상전신'이 당신을 바라봅니다.]

고요하고 외롭지만 몹시 온화한 하나의 시선.

[성좌, '대머리 의병장'이 당신을 바라봅니다.]

그리고 둘.

[성좌, '황산벌의 마지막 영웅'이 당신을 바라봅니다.]

셋.

[성좌, '매금지존'이 당신을 바라봅니다.]

(…)

쏟아지는 성좌들의 메시지 속에서 중급 도깨비가 외쳤다.

[대체 왜……?]

별이 하나 더해질 때마다 고통도 조금씩 줄어들었다. 성좌들이 내가 감당해야 할 개연성을 조금씩 나눠 갖고 있음을 깨달았다. '그럴듯하지 않던 이야기'가 별들의 동의 속에 '그럴듯한 이야기'로 바뀌어갔다. 무수한 별들이 자신의 빛으로 나를 감쌌다. 개중에는 내게 힘을 빌려준 북두성군도 있었다.

[이것이 그대가 보여주고 싶던 이야기인가?]

대답하고 싶지만 그럴 힘이 없었다.

[우리가 그대를 지켜보겠다, '왕이 없는 세계의 왕'이여.]

혼란한 서울의 밤하늘. 나는 내게 빛을 보내는 별들을 마주 올려다보았다.

[성좌, '흥무대왕'이 당신을 바라봅니다.]

[성좌, '외눈 미륵'이 당신을 바라봅니다.]

(…)

　서울시의 모든 위인급 성좌들이 나를 향해 빛을 뿜고 있었다. 하지만 그 많은 별이 있음에도 여전히 어두운 밤하늘을 밝히기에는 역부족이었다.

　나는 먹구름과 함께 소용돌이치는 그레이트 홀을 가만히 올려다보았다.

[네 번째 시나리오가 강제로 종료됩니다.]

[예정에 없던 분기가 발생하여, 시나리오 정산에 시간이 소요됩니다.]

　코에서 흘러내리는 핏물을 닦자 중급 도깨비가 성큼 다가왔다.

　[기어코 최악의 선택을 하셨군요. 오늘 일을 평생 뼈저리게 후회하게 될 겁니다. 제 명예를 걸고 반드시 그렇게 만들어드리죠.]

　나는 흐려지는 시야 속에서도 웃을 수밖에 없었다. 도깨비가 저렇게 말했다는 것은 내가 승부에서 이겼다는 뜻이니까.

[당신은 존재하지 않는 업적을 달성했습니다.]

[당신의 새로운 설화가 생성됩니다.]

[설화, '왕이 없는 세계의 왕'이 탄생했습니다.]

[성흔의 가능성을 입수했습니다.]

내게 다음 '회차'는 없다.

나는 이 세계에서, 이야기의 결말에 도달할 것이다.

[PART 1 – 04에서 계속]

전지적 독자 시점 PART 1-03

1판 1쇄 발행 2022년 1월 20일 **1판 7쇄 발행** 2024년 8월 16일
지은이 싱숑
펴낸이 박강휘
편집 박정선, 박규민 **디자인** 홍세연, 윤석진

발행처 김영사
주소 경기도 파주시 문발로 197(문발동) 우편번호10881
등록 1979년 5월 17일(제406-2003-036호)
주문 및 문의 전화 031)955-3200 **팩스** 031)955-3111
편집부 전화 02)3668-3291 **팩스** 02)745-4827 **전자우편** literature@gimmyoung.com
비채 블로그 blog.naver.com/viche_books **인스타그램** @drviche, @viche_editors
트위터 @vichebook
ISBN 978-89-349-6733-0 04810 책값은 뒤표지에 있습니다.

비채는 김영사의 문학 브랜드입니다.